JUMĂTATEA PERFECTĂ

CARTEA I

CU DUBLU-TĂIȘ
&
OCHI ÎN ÎNTUNERIC

ROWENA DAWN

SCARLET LEAF
2018

DEDICAȚIE:

Tuturor celor care încearcă să-și găsească sufletul pereche.

CU DUBLU TĂIȘ

ROWENA DAWN

JUMĂTATEA PERFECTĂ CARTEA ÎNTÂI

AVERTIZARE:

Dacă vă înscrieți la matrimoniale pe Internet și cineva vă cere bani, amintiți-vă că aceast roman este pur și simplu o fantezie, ficțiune pură, și nu are nici un fel de legătură cu realitatea.

CAPITOLUL 1

TÂNĂRA FEMEIE ERA AȘEZATĂ într-un fotoliu comod din holul hotelului. Ținea o revistă deschisă în poală și pretindea că citea un articol captivant.

Purta o pălărie uriașă albastră, menită să-i ascundă jumătate din față. Pălăria se asorta perfect cu rochia de vară scurtă, care-i dezvăluia picioarele bine făcute, lungi și bronzate.

O pereche de ochelari mari de soare negri completau ansamblul și arăta exact ca Audrey Hepburn în *Șarada*.

Ascunși în spatele lentilelor negre, ochii ei urmăreau cu atenție oamenii care treceau pe la recepție și care vorbeau cu recepționerul.

Deja aranjase cu bărbatul mult mai tânăr de la recepția hotelului să o anunțe când persoana care o interesa a apărut. Trebuia doar să ridice mâna, ca și cum ar fi spus 'numai o *clipă, vă rog*', urmând să se întoarcă pentru câteva secunde și să pretindă că verifica ceva pe monitorul computerului.

De când îşi începuse pânda, două cupluri trecuseră pe la recepţie să discute cu recepţionistul, dar şi-au luat cheile şi au plecat imediat, aşa că nu au mai interesat-o.

În sfârşit, după ce a aşteptat mai multe minute plină de nerăbdare, un bărbat înalt brunet s-a apropiat de recepţie şi i s-a adresat funcţionarului. Acesta a dat din cap şi a ridicat mâna – semnul asupra căruia conveniseră ei doi în prealabil.

Recepţionistul a verificat ecranul computerului câteva secunde, a dat din cap din nou, iar apoi a luat o geantă din spatele contoarului şi i-a înmânat-o bărbatului.

Bărbatul a luat geanta, mulţumind cu o înclinare uşoară a capului, iar apoi s-a întors să privească în jur. Ochii i-au trecut expert peste oamenii din holul hotelului.

Lăsa impresia că este doar vag curios, dar, cu toate acestea, femeia a remarcat cu câtă grijă a analizat pe toată lumea. Îi arunca priviri furişe, de teamă că s-ar fi expus dacă privirea i s-ar fi oprit asupra lui pentru mai mult timp.

Şi-a imaginat că nu l-a impresionat prea mult pentru că, după ce a privit-o din cap până-n picioare, ochii lâncezindu-i pe lungimea picioarelor ei, bărbatul i-a întors spatele şi s-a îndreptat spre lifturi. Probabil nu şi-a imaginat că ar fi putut fi periculoasă şi de aceea nu i-a păsat prea mult de ea.

Din nou, simţurile ei nu au perceput nimic clar despre el, lucru care o supără mai mult decât înainte. Îşi dăduse seama că a dat peste prima persoană din lume pe care nu o putea citi defel şi neputinţa o frustra şi înfuria în acelaşi timp.

Fusese sigură că va reuşi să arunce o privire în mintea lui atunci când s-ar fi găsit faţă în faţă. Nu părea imposibil, pentru că nu ar mai fi fost nici un fel de obstacole prezente care să-i obstrucţioneze percepţia.

Aparent, s-a înșelat. Mintea bărbatului continua să rămână complet opacă viziunii ei.

În momentul în care acesta a dispărut din raza ei vizuală, femeia s-a ridicat cu mișcări fluide și aparent leneșe. A lăsat revista pe masa de lângă fotoliul pe care stătuse, gesturile ei lăsând impresia că avea tot timpul din lume.

Și-a netezit fusta cu mișcări lungi și ușoare, iar apoi ochii ei au măturat întregul hol al hotelului, mobilat cu gust și având comfortul clientului în minte.

Cu pași leneși, s-a îndreptat spre recepție. Recepționerul i-a zâmbit cu căldură și s-a grăbit să vină spre ea, de parcă celălalt client aflat la recepție nu ar fi contat defel.

Observându-i graba de a o servi, și-a imaginat că era rezultatul bacșișului uriaș pe care i l-a dat mai devreme.

Cu toate acestea, putea citi și altceva în spatele zâmbetului strălucitor al tânărului. Bărbatului îi plăcuse enorm jocul lor și fantezia lui construise tot felul de scenarii pline de suspans.

Atât vârsta lui, precum și felul în care arăta femeia, îi inflamaseră imaginația. Pălăria ei și ochelarii de soare mari, precum și aerul ușor clandestin al întregii afaceri în care fusese implicat, îl făcuseră să se simtă ca James Bond sau altcineva asemănător.

-Voi pleca în după-masa aceasta, cred. Nu voi mai astepta până mâine dimineață. Bineînțeles, voi plăti pentru noaptea aceasta, nu te teme, îi spuse ea tânărului recepționer.

Se scuză cu un zâmbet când și-a dat seama că el spera că aventura nu se va încheia acolo.

Din păcate, pe ea o interesase numai o scenă, iar aceea se jucase deja, chiar dacă rezultatul era dezamăgitor.

-Ne pare foarte rău că plecați, doamnă. Nu v-a plăcut apartamentul? întrebă tânărul, iar îngrijorarea îi sterse zâmbetul de pe buze.

-Oh, nu, mi-a plăcut, nu-ți fă griji, îl asigură ea cu o fluturare a mâinii și un zîmbet larg. Dar știi, deja am închiriat o casă pe plajă pentru mai multe zile și mă gândeam să profit de ea de-acum, știi? îi surâse ea strălucitor. E pe plajă, are și piscină, totul doar pentru mine... Te-ar deranja să-mi pregătești factura înainte de a mă întoarce jos cu bagajele?

-Nu, bineînțeles că nu. Factura va fi gata, doamnă, bărbatul o asigură și se grăbi la computer să o pregătească.

JUMĂTATEA PERFECTĂ CARTEA ÎNTÂI

CAPITOLUL 2

TOT ÎN PREZENT – 19 iulie...

TÂNĂRA PĂRĂSI HOLUL hotelului cu mersul său leneş, caracteristic, şi se îndreptă spre rândul de lifturi lucitoare aliniate la capătul unei scări cu trei trepte. Apăsă pe buton să cheme unul dintre lifturi şi apoi aşteptă, jucându-se cu eşarfa ei şi admirând motivul geometric al covorului de pe hol.

Era dusă pe gânduri şi nu-l observă pe bărbatul cu părul negru, ascuns după una dintre coloane. I se ridicase părul la ceafă, avertizând-o de un pericol iminent, dar nu-i dădu nici o atenţie. Părea stupid să fie în pericol în holul unui hotel atât de aglomerat.

Bărbatul o privea fix, cu sprâncenele adunate într-o încruntare teribilă.

Ea nu ştia că acesta auzise conversaţia pe care tocmai o avusese cu recepţionerul şi, de fapt, nici nu îi păsa. Se decisese deja să lase totul în urmă, în trecut, şi să-şi vadă de viaţa ei, aşa că acum era chiar nerăbdătoare să vadă ce-i va aduce viitorul.

Se duse în apartamentul său şi, în mai puţin de zece minute, se întoarse în holul de la intrare. Nu se obosise să despacheteze când ajunsese acolo în dimineaţa aceea aşa că nu avusese nevoie de prea mult timp ca să-şi adune lucrurile.

Îşi plăti factura, lăsând un alt bacşiş generos recepţionerului care o ajutase, iar apoi l-a rugat pe valet să-i aducă maşina închiriată în faţa hotelului.

Închiriase un automobil mic decapotabil, nimic deosebit, doar o maşină cu care să se poată deplasa. Valetul deja coborâse capota, iar acel mic gest plin de atenţie îi aduse un zâmbet pe buze. În sfîrşit, simţea că vacanţa îi începuse.

Valetul îi puse singura valiză în portbagaj şi geanta cu laptopul pe locul din spate al maşinii. Se aplecă uşor când femeia îi dădu o bancnotă împăturită, împreună cu un zâmbet larg.

Odată aşezată în maşină, învârti cheia în acceleraţie mai întâi, iar apoi porni sistemul de navigare, introducând adresa casei pe care o închiriase pe plajă.

Acum se simţea în siguranţă, aşa că îşi scoase pălăria şi îşi scutură capul. Părul îi căzu pe umeri în şuviţe dese şi ondulate de culoarea mierii, iar razele soarelui de după-amiază reflectau nuanţe de roşu ici colea în culoarea bogată.

Uşurarea că totul se terminase o făcea să se simtă liberă. Ştia că acum lucrurile se vor întoarce la normal şi nu va mai resimţi neliniştea de dinainte şi nici nu-şi va mai pune întrebări care nu aveau răspuns.

Viaţa aşa cum o ştia şi pe care o iubea era din nou a ei. Avea controlul asupra ei şi ştia dinainte cum stăteau lucrurile cu oamenii din jurul ei.

Era fericită că nu o mai măcina incertitudinea, înnebunind-o și umplându-i nopțile albe cu anxietate.

Conduse încet de-a lungul aleii din fața hotelului, iar apoi întoarse pe șoseaua care ducea spre plajă. Nu observă SUV-ul negru care o urmărea, lăsând câteva mașini între ei, dar nici măcar nu se gândise să se uite după o coadă.

Conduse cu viteză moderată, cum îi era obiceiul. Nu se grăbea defel. Casa o va aștepta în același loc, indiferent când ar fi ajuns acolo.

Era în vacanță oricum. Își îndeplinise misiunea, iar acum nu mai trebuia să se gândească decât la ocean, soare și ea însăși. Va lâncezi pe plajă diminețile și va înnota în piscină serile.

Deja își planificase să stea cât mai departe de lume și orice fel de stress. Pentru o vreme, avea nevoie de o schimbare. Își dorea pace și solitudine.

Recunoștea că fusese cumva interesant să guste acele sentimente neliniștitoare, chiar dacă uneori o stresaseră. Cel puțin i-au adus o neliniște ce i-au condimentat viața și nu regreta că s-a simțit puțin diferit pentru o vreme. Fusese cumva... educațional.

Cu toate acestea, era comod să fie ea însăși din nou și să-și regăsească vechea rutină. Aștepta cu brațele deschise un viitor în care nu trebuia să caute o explicație pentru evenimente sau lucruri care mai bine rămâneau o necunoscută.

Casa de vacanță pe care o închiriase nu era departe de hotel. În nici cincisprezece minute ajunse la destinație.

Conduse în fața bungaloului ridicat la marginea plajei și își opri mașina să admire căsuța și împrejurimile câteva momente. Îi plăcea.

Aceea urma să fie oaza ei de pace pentru următoarele zece zile. Priveliștea, dar și vocea și mirosul oceanului, înnabușiră orice regret că a părăsit Montrealul și și-a luat câteva zile libere.

După câteva minute, și-a parcat mașina decapotabilă sub adăpostul improvizat exact pentru aceea și opri motorul. Coborî din mașină, iar apoi ridică capota. Plătise pentru asigurare, dar nu dorea să aibă nici un fel de probleme la returnarea mașinii.

Tânără respiră cu nesaț mirosul sărat al mării. Briza îi zburli părul și ea zâmbi. Un fulger de plăcere îi energiză tot corpul.

Își scoase valiza din portbagaj și deschise ușa din spate a mașinii pentru a-și lua laptopul. Cu pași leneși, parcurse cărarea pavată ce ducea spre casă, iar apoi căută cheile sub ghiveciul de flori din dreapta ușii unde agentul de închiriare îi spusese că le va lăsa.

Intră în casă, închizând ușa în spatele ei. Interiorul era exact cum i se promisese și arăta mai bine decât se așteptase.

Niciodată nu avusese încredere în fotografiile prezentate lângă casele sau apartamentele de închiriat și chiar crezuse că agentul doar lăudase casa pentru a o face să o închirieze.

Cu toate acestea, casa era plină de personalitate și comfortabilă în același timp. Mobila din camera de zi părea ușoară și funcțională.

Își lăsă laptopul pe măsuța de cafea și se duse să arunce o privire la dormitoare.

Ca să ajungă acolo trebui să urce câteva scări, dar dormitorul principal o încântă. Razele soarelui încălzeau galbenul pereților și cuvertura cărămizie de pe pat.

Își lăsă valiza pe podea lângă pat. Nu se mai obosi să-și schimbe rochia pe care o purta. Ieși pe terasa din spatele casei, care dădea spre mare. Dorea să se bucure de restul după amiezei.

Își turnase un pahar de vin înainte de a ieși și își luase telefonul mobil cu ea, pentru că știa că el o va suna. Suna întotdeauna și nu credea că-și va schimba obiceiul taman atunci.

Pe terasă, găsi câteva fotolii de răchită și o masă ovală pentru șase persoane, umbrite de o umbrelă mare, plină de culoare. Își puse paharul pe masă și se întoarse să privească plaja.

Pe nisip, dincolo de terasă, două șezlonguri o așteptau la marginea piscinei dacă dorea să facă plajă. Puțin mai departe, poate după o plimbare de numai două minute, putea să se bucure de valurile mării.

Își lăsă și telefonul mobil pe masă și se așeză într-unul dintre fotolii. Își întinse picioarele pe un altul și se relaxă. Încordarea ultimelor zile începu să i se disipeze din corp încet.

Își închise ochii câteva secunde și-și lăsă mintea să vagabondeze. Nu dorea să se gândească la nimic anume, ci doar să disipeze toate impresiile pe care le adunase în acea zi și să le abandoneze în trecut unde le era locul. Deja își atinsese scopul.

Abia avu parte de câteva minute de deconectare, când îi sună telefonul. Aruncă o privire ezitantă la ecran şi, ca de obicei, arăta 'număr privat'.

Se strâmbă. Grimasa o făcea să arate mult mai tânără decât era, ca o adolescentă plină de temperament.

Simțindu-se maliţioasă, femeia lăsă telefonul să sune de câteva ori şi numai după aceea răspunse.

-Alo!

-Kate, eşti tu, iubito? auzi pe linie vocea bărbătească pe care o ştia atât de bine.

-Da, eu sunt, desigur, spuse ea, încercând să-şi oprească mârâitul care i se formase în gâtlej.

Era o intrebare idioată. *Cine altcineva ar putea răspunde la telefonul meu?* Doar nu se înâmplase niciodată aşa ceva.

Mai mult decât atât, în astfel de momente, pur şi simplu ura cuvântul acela 'iubito'. Ce o supăra cel mai tare era faptul că nu-şi putea da seama dacă era sincer sau nu şi asta o înnebunea.

Nu înțelegea de ce el era singura persoană pe care nu o putea citi. Era innebunitor să nu ştie ce gândeşte şi care îi erau intenţiile.

-Îţi mulţumesc, dragostea mea. I-am primit. Eşti nemaipomenită, continuă el.

Tonul vocii lui trezi din nou la viaţă fluturii care dormitau în stomacul ei. Timbrul coborât şi uşor răguşit şi o făcea să-şi imagineze un cowboy cu un pahar de whiskey într-o mînă şi un trabuc în cealaltă. Era probabil o reminiscenţă din zilele copilăriei când adora să se uite la filme western.

I se făcea pielea găină ori de câte ori îl auzea vorbind. Se ura pe sine pentru că de fiecare dată, coeficientul de inteligenţă îi scădea la două numere. Se crezuse mai deşteaptă de-atât.

'Bineînţeles, că sunt,' gândi ea, *'probabil fantastic de cretină.'*

În ciuda gândurilor sale, răspunse altceva:

-Atunci totul e în regulă, da?

-Da, draga mea, răspunse el, iar apoi tăcu timp de câteva secunde. Te aud de parcă ai fi foarte aproape acum. De obicei nu te aud atât de bine, spuse el pe un ton uşor perplex.

-Probabil că ai obţinut o linie bună, replică ea cu indiferenţă, iar buzele i se arcuiră într-un zâmbet dispreţuitor.

Desigur că o auzea mai bine. Ce Dumnezeu, erau amândoi în acelaşi oraş. Evident, nu avea nici o intenţie să-i spună adevărul. Nu trecuse prin toate acele încercări numai ca să-i mărturisească lui totul.

-Acum totul va fi bine, continuă el, pe o voce fermă. Voi termina ce am de făcut aici şi voi veni la tine.

-Nu te grăbi pentru mine, replică ea fără să se gândească, iar apoi închise ochii frustrată.

Kate se temea că el va înţelege la ce s-a referit şi va ghici că vrea pur şi simplu s-o termine cu el. Nu vroia să mai continue cu acea aşa-zisă relaţie.

-Ce vrei să spui? întrebă el cu aceeaşi voce dură pe care o folosea ori de câte ori se enerva.

Vocea lui avea o tonalitate mai coborâtă acum şi Kate efectiv ura profund nota de autoritate ce răzbătea din cuvintele sale.

Lui Kate nu-i plăcea atitudinea lui. Probabil că bărbatul considera că va răspunde vocii sale poruncitoare şi se va comporta corespunzător. Observase că reacţia aceea îi era caracteristică şi că omul nu reuşea să-şi controleze vorbele, dar asta nu o făcea să-i displacă mai puţin.

-Vreau să spun că e posibil să părăsesc ţara pentru o vreme, Ryan. Probeme de familie, ştii cum e, spuse ea. Desigur, telefonul nu-mi va funcţiona în afara ţării pentru că nu am serviciu internaţional. Te voi suna eu când pot, da? spuse ea pe un ton conciliatoriu.

Nu se simţea ea prea conciliatoare în acel moment, dar dorea să încheie conversaţia şi să o termine cu el definitiv.

Ryan nu răspunse nimic pentru o vreme şi tăcerea deveni din ce în ce mai apăsătoare şi ameninţătoare.

-Mai eşti acolo? întrebă ea după mai bine de un minut.

-Da, sunt, sunt aici, Kate. Şi când spun aici, asta înseamnă aici, replică el, înfierbântat.

Nici o clipă mai târziu, paşi apăsaţi răsunară pe veranda ce înconjura casa. Kate privi în direcţia paşilor şi-l văzu pe Ryan venind spre ea.

Buzele îi erau strânse într-o grimasă furioasă. Îşi închise telefonul, iar expresia de pe chipul lui nu prevestea nimic bun.

JUMĂTATEA PERFECTĂ CARTEA ÎNTÂI

CAPITOLUL 3

TREI LUNI MAI DEVREME – 15 aprilie...

-HAIDE, KATE, TREBUIE să încerci şi tu. Niciodată nu ai timp să mergi nicăieri sau să te înâlneşti cu careva. Magazinul ăla al tău îţi mănâncă tot timpul. Asta este şansa ta, încercă Ellie să o convingă pe Kate, privind-o cu ochii săi mari de căţeluş de pluş.

Kate zâmbi. Niciodată nu putea să o condamne pe biata Ellie. Ea mereu încerca să îi ajute pe oameni să-şi găsească fericirea, deşi fericirea ei personală se găsea sub semnul întrebării. Kate ştia foarte bine că Ellie nu avea pe nimeni special în viaţa ei.

-Nu ştiu, Ellie, replică Kate cu o ridicare a umerilor, iar nehotărârea îi strânse buzele într-o linie subţire. Ştii foarte bine că sunt o mulţime de nebuni pe lumea asta, continuă ea, gesticulând. Şi, de altfel, nu cred că este prea sigur să intri într-o legătură cu cineva pe Internet. Am auzit prea multe poveşti despre ce se poate întâmpla, Kate îi explică.

21

Kate nu credea cu adevărat că era mai în siguranță în lumea reală decât era pe Internet. Oameni duși cu pluta se găseau peste tot, pe stradă, în magazine și baruri. Citise destule minți așa că știa foarte bine ce gânduri oribile le treceau oamenilor prin cap.

-Bine, Kate, să spunem că ai dreptate, Ellie aprobă. Dar noi două știm foarte bine că ești destul de inteligentă să îți dai seama cu ușurință cum stau lucrurile. Ai darul acela special de a știi când ceva nu este în regulă. Bineînțeles că nu vei merge să te întâlnești cu un tip dacă ți se pare că ceva este în neregulă cu el, Ellie încercă să o asigure, iar apoi își luă ceașca de ceai și sorbi din tizana pe care Kate i-o pregătise ceva mai devreme.

-Da, Ellie, dar un tip poate părea în regulă și asta poate fi înșelător, doar știi asta, Kate insistă, doar că să o ațâțe pe Ellie.

Nu îi plăcea când oamenii încercau să i se amestece în viața personală.

-Cei răi așa sunt, de obicei, spuse ea cu un gest larg. Și desigur, eu, fiind una dintre fetele cuminți și bune, îl voi alege pe cel mai rău dintre ei, glumi ea, dar Ellie nu-și dădu seama că era doar o glumă.

-Nu mai fi așa de pesimistă, replică Ellie plesnindu-i brațul. Hai, Katie, hai să facem niște salate, așa cum ai promis, iar apoi deschidem computerul.

-Care-i legătura dintre salate și computerul meu, Ellie? Kate se prefăcu să nu înțeleagă la ce se referea, numai ca să o tachineze.

Ellie își dădu ochii peste cap și se strâmbă la Kate.

-Știi foarte bine ce vreau să spun așa că nu mai te juca cu mine. Vom mânca și, în același timp, îți vom pregăti un profil. Știu cel mai bun site de matrimoniale.

-L-ai încercat? Kate întrebă peste umăr mergând spre bucătărie.

-Eu? Nu, Ellie se strâmbă urmând-o.

-Atunci cum de știi că este cel mai bun? Kate îi aruncă o privire.

-Una dintre colegele mele l-a folosit, Ellie explică, însoțindu-și vorbele cu gesturi largi. Și s-a măritat, nu de multă vreme. A spus că a fost șansa vieții ei, se asigură ea să adauge.

-Înțeleg, Ellie... Te-ai gândit cumva că, probabil, a fost una dintre puținele norocoase? Kate întrebă și, cu o strângere de inimă, deschise laptopul pe care-l lăsase pe contoarul de la bucătărie mai devreme când se întorsese acasă. Statisticile nu sunt foarte încurajatoare, se gândi ea să adauge.

Învățase că aruncând o statistică, două în conversație era în avantajul ei. Nimeni nu se apuca să-i verifice declarațiile și mereu avea ultimul cuvânt.

Ellie îi alungă replica cu o fluturare rapidă a mâinii și se duse să adune ingredientele pentru a pregăti salatele.

Kate se uită în urma ei, nevrând să accepte înfrângerea atât de ușor.

-Știi că am dreptate, Ellie. Spune-mi, tu ai face-o dacă ai fi în locul meu? insistă ea.

-Eu? Nu, desigur că nu. Și știi de ce? Bineînțeles că știi. Pentru că nu știu să citesc printre rânduri. Cred absolut tot ce mi se spune și mereu am probleme din cauza asta, doar știi, explică Ellie aducându-i aminte lui Kate despre alegerile idioate pe care le făcuse în trecut. Dar tu nu eşti ca mine, Kate. Tu eşti deşteaptă şi cunoşti oamenii, aşa că ai toate şansele să reuşeşti.

Kate zâmbi. Nu putea face altceva decât să zâmbească. Ellie mereu o punea pe un piedestal, şi uneori se simţea jenată din cauza asta. Acela era unul din motivele pentru care nu putea niciodată să o refuze pe Ellie.

-Bine, cred că mă pot descurca, într-adevăr, ridică ea din umeri. Sunt aproape sigură că nimeni nu-mi poate afla locaţia sau cine sunt, gândi ea cu voce tare. Poate doar oraşul în care mă găsesc dacă ştiu să folosească adresa mea de IP, cred, continuă ea să reflecteze, iar o încruntare îi apăru între sprâncene. Oricum, nu o să-i răspund nici unui lunatic care mă contactează şi nu voi da nimănui nici un fel de informaţie pertinentă despre mine.

Kate continuă să mediteze câteva clipe, iar apoi spuse:

-Bine, Ellie, acum vom vedea cât de inteligentă sunt şi dacă pot să mă descurc într-o astfel de situaţie, Kate concluzionă, iar Ellie începu să ţopăie ca o minge, plină de fericire.

De fapt, Kate avea un presentiment ciudat despre întreaga întreprindere. Simţise o atingere ciudată, ca un semn că un eveniment cu consecinţe profunde va avea loc, şi nu-i plăcu ideea defel.

Ellie râse de îngirjorarea ei şi, după ce preparară salatele, se întoarseră la computer.

-Uite, ăsta este site-ul de care îţi spuneam, Ellie îi arată lui Kate. Uite, Kate, au atât de multe întrebări că nu poţi greşi. Vei găsi bărbatul perfect, îţi spun eu, Ellie îi zâmbi lui Kate stălucitor.

-Da, au întrebări, dar cu răspunuri predefinite. Uită-te la asta aici. Chiar crezi că vreunul din răspunsurile acestea mă descrie pe mine? Ce altceva pot alege? Kate întrebă cu frustrare.

-Mda, Ellie o aprobă. Sunt puțin cam rigide.

-Și imaginează-ți că și tipii au aceeași problemă. Marea parte dintre răspunsurile astea nu au nici cea mai mică legătură cu mine, deci bănuiesc că orice bărbat care completează formularul se va găsi în aceeași situație. Chiar dacă nu vrea să mintă, tot o va face. Nu are de ales dacă vrea să continue cu formularul, spuse Kate, mereu frustrată.

-Alege ceva, orice ce pare destul de apropiat de felul tău de a fi. Trebuie să fie ceva care să meargă și pentru tine, insistă Ellie, nedorind ca prietena ei să renunțe.

-Da, pot alege, dacă vreau să creez o nouă persoană de la zero. Dar cred că trebuie să aleg ceva. Altfel nu mă lasă să merg mai departe, se strâmbă Kate.

Au fost necesare două ore să răspundă la toate întrebările din chestionar. Ambele erau extenuate și doar Ellie simțea ceva similar unui triumf.

-Acum trebuie să alegi o poză. Evident, cea mai bună pe care o ai, se gândi Ellie să specifice.

-Nu, nu cred, replică Kate scuturându-și capul. Trebuie să aleg cea mai proastă pe care o am. Dacă cineva mă place în poza aceea, atunci bărbatul acela e de păstrat, îi zâmbi malițios lui Ellie.

-Întotdeauna ai avut un simț al umorului ciudat, Kate, Ellie își scutură capul uimită. Dumnezeule, toată lumea pune cea mai bună poză pe care o are. Nimeni nu se va gândi să atragă persoana potrivită cu cea mai oribilă poză. E ca şi cum te-ai gândi să-ţi foloseşti poza de paşaport, Kate, pentru numele lui Dumnezeu, explodă ea.

-Poate, replică Kate indiferentă la vorbele lui Ellie. Dar îmi place să fac lucrurile în felul meu şi tu ştii asta, Ellie. Ştiu exact ce poză ar trebui pusă la profilul meu. Mi-am făcut una anul trecut, imediat după acele două săptămâni când am avut cea mai groaznică gripă din oraş. De fapt, mi-a trebuit chiar pentru paşaport, dacă îmi amintesc corect. Mă gândeam să plec într-o vacanţă în Mexic şi apoi am renunţat, spuse ea pe un ton gânditor. Da, aceea e cea mai bună poză de pus aici, decise ea şi începu să o caute prin dosarele de pe computer.

Nu îi dădu nici cea mai mică atenţie lui Ellie care-şi dădea ochii peste cap. Fata nu-şi putea crede ochilor.

-E ca şi cum nici măcar nu ai vrea să încerci, se plânse ea.

-Chiar din contra, micuţa mea! Chiar încerc, Kate spuse cu hotărâre. Vei vedea că totul va fi bine.

Ellie încercă din nou să o facă pe Kate să-şi schimbe părerea, dar nimic nu o mişcă pe Kate. Ellie ar fi trebuit să ştie deja că îşi pierdea timpul. Kate era mai încăpăţânată decât un măgar dacă o dorea.

Poza aleasă, arăta o Kate cu chipul palid. Părea să-şi fi frecat faţa foarte bine – atât de bine încât nu era urmă de culoare în obrajii ei. Doar ochii îi ieşeau în evidenţă, verzi de culoarea mări, moştenire de la mama ei care deja trecuse în lumea drepţilor.

Părul îi arăta oribil, turtit şi fără luciu. Cel puţin şi-l prinsese într-un fel de coc, o pieptănătură care amintea de una din coafurile purtate de bunica, cu cinci sau şase decenii în urmă.

Kate încărcă poza la profilul ei. Nici nu se gândea să renunţe la planul său.

-Acum trebuie să aştepţi, Ellie o sfătui, ca şi cum ar fi fost un izvor de înţelepciune când venea vorba de întâlnirile online. Este posibil să primeşti o notificare că ţi s-a găsit o pereche mâine, dar nu aş conta pe asta. De ce a trebuit să alegi o posibilă pereche de peste tot din lume? Chiar nu pricep. Ar fi trebuit să alegi doar Montreal, Kate. Cum te vei întâlni cu un tip din Australia, de exemplu?

-Vorbeai despre şansa vieţii, mai ştii? Dacă e să-mi întânesc sufletul pereche, răspunse Kate pe un ton jucăuş, atunci trebuie să consider că se poate găsi la celălalt capăt al lumii, nu crezi? Care sunt şansele să-l întânesc chiar aici în oraş? L-aş fi întâlnit deja, Kate sublinie.

Ellie păru să aibă îndoielile ei, dar nu dorea să o contrazică pe Kate. Kate era cea mai deşteaptă dintre ele două. Ea putea să pună degetul pe pulsul oricărei probleme şi, uimitor, ştia exact de ce era capabilă o persoană, chiar dacă tot ce ştia Ellie despre persoana respectivă indica într-o direcţie complet diferită.

Ellie nu reuşise niciodată să afle explicaţia pentru toate acelea, dar învăţase încă din primul an de şcoală petrecut în compania lui Kate să-i respecte judecata.

CAPITOLUL 4

URMĂTOAREA ZI 16 APRILIE...

KATE OPRI ALARMA DE la telefon, iar apoi, verifică notificările de pe telefon cu ochi somnoroşi. Când văzu mai multe mesaje, toate venind de pe site-ul de matrimoniale, se trezi de-a binelea. Nu se aşteptase să o contacteze careva atât de curând.

Kate puse telefonul deoparte şi decise să se ocupe mai întâi de ritualul ei de dimineaţă. Se duse să facă un duş şi să-şi perie dinţii înainte de a verifica mesajele primite.

După ce termină cu rutina ei de fiecare dimineaţă, îşi pregăti micul dejun şi îl aşeză pe masa din nişa specială pentru mic dejun, a carei fereastră dădea spre grădină.

Mâncă în timp ce parcurse mesajele primite. Mare parte veniseră de la aceeaşi persoană, un tip al cărui nume era Ryan, şi aceea o surprinse.

Primise mesaje de la alți patru bărbați, dar acelea nu spuneau mai mult de *'bună, ce faci?'* Ei bine, era și asta o manieră de a începe o conversație, presupuse ea, deși se așteptase la o scurtă introducere, cel puțin, dacă nu la mai mult ...

Kate ridică din umeri și uită de ei. Nu avea chef să-și piardă timpul cu ceva atât de generic. În fond, puteau să scrie oricui, până la urmă.

Începu să-și mănânce cerealele și decise să citească mesajele venite de la Ryan.

Mesajul unu: *Tocmai ți-am văzut poza. Pur și simplu îmi plac ochii tăi, la nebunie. Mi-ar plăcea să te întâlnesc.*

Se strâmbă la telefon și-și reconsideră părerea de mai devreme. Cel puțin, acel *'Bună, ce faci?'* era destul de inofensiv. Tipul ăsta, Ryan, ieșea la atac cu artileria de la început.

Mesajul doi, care venise la o jumătate de oră după primul, spunea: *'Când ți-am văzut poza, am simțit ca și cum ceva mi-ar fi săgetat inima. Te rog, ia legătura cu mine.'*

Reciti mesajul cu ochii mari și spuse cu voce tare:

-Ha, nu sunt atât de bleagă, îmi pare rău.

Mesajul trei (după altă jumătate de oră): *'Sunt convins că tu ești persoana perfectă pentru mine și abia aștept să te întâlnesc. Te rog, răspunde!'*

Acum își scutură capul cu uimire și murmură:

-Omul ăsta e fantastic.

Kate era șocată. Nu putea crede că exista cineva care vorbea în acest fel și care și credea că ar avea succes.

Mesajul patru (după altă jumătate de oră): '*Sper că nu ai văzut nici unul din mesajele mele încă și de aceea nu mi-ai răspuns. Știu că putem construi ceva extraordinar împreună. Putem avea relația perfectă, scumpa mea, crede-mă.*'

Sorbi din cafea și-și dău ochii peste cap cu neîncredere. Tipul venise la bătălie cu toate armele încărcate.

Mesajul cinci (dupa alte treizeci de minute– clar, omul era precis ca un ceasornic): '*Încă mai aștept. Știu că împreună vom face o pereche potrivită, scumpa mea. Doar scrie-mi.*'

Își ridică umerii cu dispreț și spuse din nou cu voce tare:

-Da, pe bune?

Mesajul șase (desigur, tot după treizeci de minute – cel puțin era consistent în sincronizarea mesajelor), '*Încă mai aștept. Am computerul deschis și îți aștept replica. Te rog răspunde-mi. Din ce am citit, cu siguranță ești sufletul meu pereche..*'

De data aceasta, izbucni în râs:

-Pe bune? Nu chiar, pe bune? Tipul ăsta e de necrezut.

Scuturându-și capul din nou, Kate se întoarse la micul ei dejun. Nu se grăbea defel să răspundă la mesajele care se îngrămădiseră în căsuța ei poștală.

Trebuia să admită că era puțin încântată, dar se simțea și neliniștită. Mesajele acelea transmiteau o anumită vibrație. Fie omul acela era disperat, fie era genul de hărțuitor.

Indiferent de situație, ea trebuia să plece la muncă și nu avea timp să analizeze toate posibilitățile. Kate era propriul său șef, dar era atât o angajată sârguincioasă cât și o șefă exigentă. Nu-i plăcea când angajatele ei întârziau, așa că își lua toate măsurile de precauție ca să ajungă la muncă la timp.

Își spălă vasele pe care le folosise pentru micul dejun, iar apoi părăsi casa fără a se obosi să răspundă la nici unul dintre mesajele primite.

JUMĂTATEA PERFECTĂ CARTEA ÎNTÂI

CAPITOLUL 5

O LUNĂ MAI DEVREME – 10 iunie...

-ÎMI PARE RĂU IUBITO, Ryan spuse cu o voce răguşită. Ştiu că am spus că voi veni să ne întânim şi ştii că am şi cumpărat biletele de avion... Ţi-am trimis emailul de confirmare, îţi aminteşti doar? Dar vezi tu, chiar trebuie să merg într-o călătorie de afaceri în Asia... Nu e ca şi cum aş vrea s-o fac, dar...

Ryan se opri şi nu mai încheie propoziţia.

-Interesant, Ryan, că nu ai menţionat nici o călătorie de afaceri mai înainte, Kate replică, întrerupându-i explicaţiile.

Era dornică să încheie conversaţia, dar nici nu dorea să fie considerată proastă.

-Haide, nu fii aşa, se răsti el la ea. Doar ştii că am afaceri peste tot în lume. Doar ţi-am spus. Nu e ca şi cum frec menta toată ziua şi nu fac nimic, ridică el vocea, înfuriat din cauza tonului ei. E adevărat că nu am planificat nici un fel de călătorie, Kate, dar, uite, unele lucruri se întâmplă şi chiar trebuie să plec. Trebuie să înțelegi. Vin și ne vedem când mă întorc. Doar știi că poți avea încredere în mine, iubito, Ryan încercă să o împace și-și coborî și mai mult vocea.

-Da? Cum așa? replică ea cu sarcasm. De unde să știu că pot avea încredere în tine?

-Vrei să spui că nu ai încredere în mine? Ryan replică și el pe o voce malițioasă.

-Spun că nici măcar nu te cunosc, Ryan, Kate îi replică pe același ton. Hai să vorbim pe cinstite aici. Tu nu mă cunoști și eu nu te cunosc, sublinie ea pe un ton de afaceri.

-După... după... după toate... toate aceste luni, se bâlbâi el, timp în care... am vorbit la telefon... am vorbit de câteva ori pe zi... ți-am spus tot ce e de știut despre mine... nu-i așa? Cum poți spune că nu mă cunoști? Faci mișto de mine, Kate? Pe bune? Nu e ca și cum stau în fund toată ziua și aștept ca lucrurile să se întâmple, se răsti el, din ce în ce mai furios.

Practic, bărbatul mârâia deja când ajunse la finalul tiradei.

Sarcasmul lui îi încrețea pielea și un sentiment ciudat o copleși. Lui Kate începuse să-i displacă discuția enorm și decise să o încheie. În fond, nu era genul care să accepte nici o formă de abuz de la nimeni. Prefera să lupte dacă era cazul.

-Perfect, spuse ea pe un ton rece și distant. Ocupă-te de călătoria ta de afaceri, Ryan. Sayonara!

Deconectă convorbirea, având timp doar să-l audă strigând 'Ce nai...' dar nu se mai obosi să se întrebe ce avea de gând să spună. Nu mai dădea o ceapă degerată pe ce voia el.

Cu toate acestea, Kate era uimită pentru că se lăsase atrasă fără voie în acea ciudățenie de relație la distanță și asta în numai câteva luni. Uneori chiar se întreba dacă Ryan nu a vrăjit-o cumva, dar știa că așa ceva nu era posibil.

Încă de la început, nu s-a simțit prea comfortabil cu maniera în care discutau despre absolut orice, chiar și despre nimicuri lipsite de importanță. Nu existau nici un fel de bariere și aceea nu era normal deloc.

Kate era o femeie cu adevărat deschisă și se înțelegea bine cu oricine. Trebuia să fie astfel și să relaționeze bine cu oamenii pentru că altfel nu ar fi reușit să creeze și să dezvolte tipul de magazin și clientelă pe care și-o făcuse.

Cu toate acestea, în relațiile sale personale, păstrase mereu o anumită distanță. Nu-și releva gândurile și sentimentele în fața oricui. Poate era astfel pentru că putea citi gândurile oamenilor și, în cea mai mare parte a timpului, ceea ce citea în mințile lor o oripila.

Întâlnise câțiva bărbați cumsecade, dar erau prea cumsecade pentru gustul său. De altfel, păreau prea dornici să facă orice numai pentru a fi plăcuți. Probabil că era adevărat ce se spunea că femeile doar afirmă că își doresc bărbați cumsecade, dar, în final, erau atrase de băieții răi.

Kate avea nevoie de un bărbat care să-i fie egal în absolut orice. Nu dorea unul pe care să-l cocoloșească la infinit. Nu se credea capabilă să calce mereu ca pe ouă, ca nu cumva să-i rănească sentimentele.

Indiferent de cât de răbdătoare era, Kate nu se vedea în poziția de a îndeplini orice dorință sau nevoie a unui bărbat. De fapt, dorea să fie ea cea răsfățată și pentru aceea avea nevoie de cineva puternic pe care să se poată baza. Căuta un bărbat capabil să se întreţină fără ajutor, care putea să aibă grijă de ea şi chiar să o protejeze dacă ar fi fost necesar. Voia un bărbat capabil să-i ofere grija şi dragostea pe care şi le dorea.

După ce s-a abonat la site-ul de matrimoniale, Kate a primit mesaje de la cinci bărbaţi. După câteva săptămâni de conversaţie, atât prin intermediul website-ului cât şi prin telefon, s-a întâlnit cu patru dintre ei.

Chiar şi când conversase cu ei la telefon, putuse să le citească gândurile. Nu era prea dificil. Abilităţile sale mentale se dezvoltaseră şi deveniseră mult mai acute în timpul ultimilor ani, iar acum era capabilă să perceapă anumite gânduri, chiar dacă se găsea la distanţă.

Gândurile a doi dintre ei fuseseră dubioase, dar destul de sonore şi clare. Vorbeau despre fetişuri şi obsesii ciudate şi au făcut-o să păstreze o distanţă apreciabilă. Erau inofensivi, dar nu erau pentru ea. Abia a reuşit să petreacă vreo două ceasuri în compania fiecăruia în timpul unei seri.

Unul însă depăşise obsesiile ciudate şi ce citise în mintea lui a marcat-o profund. A reuşit să-şi dea seama că deja se întânise cu două femei pe care le contactase pe alte două site-uri de matrimoniale şi pe ambele femei le-a ucis într-o manieră oribilă.

Kate a făcut un apel anonim la poliţie. Le-a spus câteva amănunte despre felul în care cele două femei au fost ucise şi le-a dat numele ucigaşului. Le-a oferit o descriere, câteva puncte de reper, pentru a putea aduna dovezi, şi i-a lăsat să se ocupe ei de el.

JUMĂTATEA PERFECTĂ CARTEA ÎNTÂI

Ea nu mai dorea să se implice cu poliția din nou. O făcuse o dată, cu mulți ani în urmă, când era mai tânără și mai naivă. Pe vremea aceea, Kate crezuse că-și poate folosi darul și salva lumea în același timp.

Se strâmba ori de câte ori își aducea aminte de entuziasmul și idealismul ei de pe vremea aceea. Acea experiență a făcut-o să uite că ar exista o posibilitate de a contribui substanțial.

Kate încă își aducea aminte cum o trataseră polițiștii. Unii crezuseră că era o monstruozitate a naturii, iar alții că încerca să-i inducă în eroare. Pentru o vreme, nu putuseră să se decidă. Chiar insinuaseră că trebuie să fi fost implicată în crimele respective pentru că altfel nu ar fi putut știi toate acele detalii înfiorătoare.

Acea experiență a făcut-o evazivă și ezitantă. Nu putea lăsa pe nimeni să știe despre darul ei. Nici măcar oamenii apropiați ei, cum era Ellie, nu știau nimic despre talentele ei speciale.

Ceilalți doi oameni de pe site-ul de matrimoniale erau destul de inofensivi. Nu ar fi putut ucide o muscă.

Cu toate acestea, nu erau pentru ea. Cei doi bărbați aveau nevoie de cineva puternic ca să le conducă viața și care să-i accepte așa cum erau. Aveau nevoie de o femeie care să joace rolul de mamă, iar Kate nu simțea nici un fel de sentimente materne pentru ei ca să accepte rolul.

Kate căuta și ea o persoană puternică. Dorea să cunoască un bărbat pe care să se poată baza și care ar fi făcut-o să simtă parte dintr-un parteneriat. Visa la un bărbat care ar fi iubit-o pe ea, femeia, nu pentru că ar fi jucat rolul mamei unui băiat deja adult.

Simțea nevoia de companie, dar nu s-ar fi mulțumit numai cu așa ceva. Kate tânjea să aibă parte de tot ce se presupunea că se întâmplă într-o relație adultă: romanță, iubire, conectare fizică și încredere.

Al șaselea bărbat care a contactat-o era Ryan. La început, i se insinuase în viață cu mesaje trimise la fiecare treizeci de minute timp de douăzeci și patru de ore. Când s-a predat în sfârșit și i-a răspuns, el a continuat cu discuții amuzante și inteligente pe Internet.

Bărbatul demonstrase că știa foarte multe despre o mulțime de subiecte și avea abilitatea de a conversa cu ușurință.

Îi plăcuseră discuțiile cu el. Demonstrase că avea cultură, dar în același timp era real, cu picioarele pe pământ. Uneori, atitudinea lui îi dezvăluia și partea întunecată, relevând băiatul rău care să găsea sub tot lustrul educațional. Iar aceea, o atrăgea pe Kate ca un magnet.

În mai puțin de o săptămână, au schimbat numere de telefon, ceea ce a regretat când el a început să o sune și noaptea, deși i-a spus, de câteva ori, că ar prefera să doarmă în jurul orei două dimineața. Cât era ora nu părea defel important pentru el. Trăia undeva în afara timpului normal.

Ryan i-a trimis câteva fotografii cu el, dar în toate, purta fie pălării cu boruri mari și coborâte, fie șepci. Putea vedea numai o fracțiune din chipul sau părul lui.

Dacă i s-ar fi cerut să îl descrie, ar fi putut spune numai că era un bărbat cu păr închis la culoare, pentru că văzuse umbra unei bărbi întunecate și o șuviță de păr negru.

El îi tot promisese să facă o nouă poză şi să i-o trimită, dar desigur, nu a făcut-o. Mereu se întâmpla câte ceva şi nu putea să o facă.

Ryan i-a spus că locuia în Chicago şi i-a dat un număr de telefon din Chicago. Kate a sunat la acel număr de două ori şi a dat peste robot de fiecare dată. Nu a mai încercat după aceea. Era convinsă că nimeni nu îi va răspunde şi acel gând o măcina.

Mai mult decât atât, Ryan tot amâna sosirea sa la Montreal să se vadă cu ea. Mereu spunea că era în toiul unui contract mare, iar compania lui i-a promis clientului un anumit termen limită. I-a explicat lui Kate că reputaţia sa era în joc, iar reputaţia era cel mai important atu pentru el şi nu-şi putea permite să o piardă.

Kate credea că povestea lui Ryan despre acel contract era şi ea o minciună, dar nu pentru că ar fi putut să-i citească mintea. Ryan era primul bărbat care a reuşit să o ţină la distanţă de gândurile sale private. Ori de câte ori încerca să-i pătrundă în minte, avea senzaţia că bărbatul se încrunta şi îi împingea antenele mentale deoparte.

Nu putea ştii despre tentativele ei de a-i citi gândurile. Şi cu toate acestea, mintea lui simţea că ceva era în neregulă.

Când vorbeau la telefon, simţea că ceva nu era tocmai în regulă, dar nu putea spune precis ce.

Kate nu-şi explica alte lucruri, de asemenea, şi asta o îngrijora. De exemplu, îi aştepta apelurile cu nerăbdare, mai tot timpul. Tânjea să-i audă vocea aspră şi râsul bogat din gât. Era ca un fel de otravă care-i intrase în sânge şi nu mai putea trăi fără doza zilnică.

Vocea lui Ryan o făcea se simtă bine, cel puţin în marea parte a timpului. Uneori, vocea lui o făcea să se simtă încordată, dar abia aştepta chiar şi acele momente pline de încordare şi aceea chiar nu avea sens.

Kate se simţea trasă în două direcţii. Pe de o parte, avea nevoie să fie în contact cu el. Era vital pentru starea ei de bine, deşi nu putea spune de ce. Pe de altă parte, nu mai dorea să audă nici un cuvânt din partea lui şi-şi dorea ca Ryan să înceteze să o mai sune.

Maniera lui de-a fi, fermecătoare, precum şi cuvintele lui, care deveneau sarcastice într-o clipă, o copleşeau. Era capabil să o înconjoare cu o condescendenţă extrem de rece, iar în astfel de momente Kate şi-ar fi dorit să-i tragă un pumn bine ţintit care sa-l doboare la pământ.

Kate devenise din ce în ce mai neliniştită în ultimele câteva săptămâni, iar acum îşi chestiona propriile sale dorinţe. Se simţea prizoniera unui labirint din care nu-şi găsea calea spre ieşire.

RYAN TOT A SUNAT ŞI i-a lăsat mesaje toată ziua. A implorat-o să-i răspundă la telefon şi să-i vorbească. Şi-a cerut scuze în scris, trimiţându-i mai multe emailuri pentru a-şi explica şi scuza ieşirea.

I-a explicat că era doar foarte obosit şi stresat din cauză că avea mai multe proiecte în dezvoltare, dar că nu dorise să se răstească la ea. A fost doar o reacţie instinctivă, pentru că încerca să se protejeze. Cea mai fierbinte dorinţă a lui era să se vadă cu ea şi nu putea să o facă încă, iar acel fapt îl înnebunea.

Kate ignoră totul până mai târziu în seara aceea. Ea însăşi era obosită şi nu se simţea capabilă să facă faţă hachiţelor lui.

Numai după ora nouă seara, a răspuns la unul dintre apelurile sale repetitive.

-Oh, iubit-o, nu am vrut să te supăr, Ryan vorbi repede.

Se părea că-i era teamă că se va răzgândi şi-i va închide telefonul în nas.

-Ştiu că nu e vina ta că totul este atât de încurcat, dar, te rog, înţelege, sunt doar foarte obosit şi necăjit că nu pot face ce-mi doresc să fac... Atâta tot.

-Şi ce înseamnă asta? Kate a întrebat într-o voce calmă.

Decisese să fie calmul personificat şi să nu-l mai lase sa-i manipuleze emoţiile. Câteva clipe, nu mai auzi decât respiraţia lui uşoară pe fir. Era aproape sigură că bărbatul va încheia conversaţia pe loc, dar se înşelase.

-Vreau să spun că-mi doresc enorm să te văd. Îmi doresc atât de mult încât nu mai pot aştepta să fiu cu tine. Îţi dai seama ce buni am fi împreună? Nu mai pot de nerăbdare... sa-mi pot trece degetele pe suprafaţa pielii tale...

-Nu-mi spune că te gândeşti să faci sex prin telefon acum??? îl opri ea şocată.

Era o chestie nouă. Încercase el multe, dar nu să facă sex prin telefon.

-Ce vrei să spui cu acel 'acum'?" Ryan întrebă cu nerăbdare. Am tot visat la tine, timp de atât de multe zile... desigur că aş dori să te savurez...

-Nu sunt o prăjitură, îl întrerupse ea cu o voce rece doar pentru a fi întreruptă şi ea la rândul ei.

-Haide, Kate. Nu-mi spune că tu nu te-ai gândit să faci dragoste cu mine. Nu aş fi crezut că eşti o mironosiţă, se răsti el la ea.

Ea rânji. Ryan uitase de intenţia de a-i vorbi dulce, iar sarcasmul lui apăru la iveală încă o dată.

-Bineînţeles, nu sunt o mironosiţă. Dar chiar nu ştiu, spuse ea pe o voce dezinteresată, pentru a-i demonstra că subiectul nu era important pentru ea.

-Kate! spuse el printre dinţi, iar scrâşnetul se auzi clar pe linie.

-Ryan! replică ea, imitându-i tonul.

Ryan izbucni în râs şi spuse:

-Eşti atât de bună pentru mine, Kate. Iubito, tu eşti femeia ideală pentru mine şi o ştii, spuse el cu triumf în voce.

Îi simţi râsul peste tot, ca şi cum o atingea uşor cu degetele pe spate, trasând fiecare terminaţie nervoasă, şi se cutremură. Nu spunea nimic explicit, dar cu toate acestea o atingea erotic chiar în acel moment, iar corpul ei se întrebă cum ar fi fost să-l simtă mângâind-o în realitate.

În ciuda a tot, ceva era straniu. O senzaţie ciudată îi agita stomacul şi când ceva de genul acela se întâmpla, ştia că ceva rău se va întâmpla şi că lucrurile nu erau ceea ce păreau.

Ryan nu o abuza verbal, chiar dacă uneori vocea lui o făcea să simtă ceva asemănător. Tot împungea, însă, până ce obţinea ce dorea.

În cea mai mare parte, relaţia lor ciudată părea nemaipomenită, chiar dacă era o relaţie la lungă distanţă, dar, când şi când, Kate se simţea ca un pion într-un joc de şah şi detesta senzația profund. Se mândrea cu controlul pe care-l avea asupra vieții și acțiunilor sale și detesta manipularea lui Ryan.

-Mai ești acolo, iubito? vocea lui Ryan îi răsună în urechi. Cuvintele lui o aduseră înapoi în prezent.

-Da, sunt tot aici, dar am ceva de făcut acum și, din păcate, nu mai pot sta la telefon. Să ai o călătorie plăcută, Ryan, și vorbim mai încolo, spuse ea rapid, dorind să întrerupă conexiunea dintre ei.

-Este aceasta maniera ta de a mă pedepsi? Ryan întrebă, iar neplăcerea răsună cu claritate în vocea lui.

-Nu, nu este. Doar că trebuie să închid. Vom vorbi mai încolo, nu-i asa? încercă ea să-l domolească, iar apoi, gândindu-se la ce-a făcut, îi veni să-și tragă palme.

-Da, vom vorbi, Ryan spuse implacabil, iar cuvintele lui o făcură să se cutremure.

Kate închise telefonul, iar apoi ridică din umeri cu nonșalanță. Era o fatalistă, așa că știa că putea doar să-și altereze călătoria, dar nu și destinația. Ceea ce nu putea schimba, totuși, era ea însăși.

ROWENA DAWN

CAPITOLUL 6

TREI ZILE MAI DEVREME, câteva ore după miezul nopții – 16 iulie...

-ȘTII CĂ NU ȚI-AȘ CERE să-mi dai banii dacă aș fi avut o altă variantă, Ryan practic mârâi la ea prin telefon. Nu ți-am cerut nimic înainte și oricum îți voi returna banii. Sunt un om de cuvânt, Kate, spuse el printre dinții încleștați.

-Poți mârâi dacă vrei și te face să te simți mai bine, Ryan, nu-mi pasă. Nu amestec iubirea, cum o numești tu, cu banii, Kate replică cu detașare.

Era decisă să nu cedeze în fața unor cereri dubioase. Deja își făcuse tema și cercetase tot ce găsise despre posibilele escrocherii de pe Internet și știa cam ce scheme se practicau. Modul de operare al lui Ryan se încadra într-una din schemele despre care citise.

Acum totul făcea sens: apelurile telefonice la anumite ore din timpul zilei și nopții; scuzele lui pentru că nu putea să vină să se întâlnească cu ea... Iar acum cererea lui de a-i da nouă mii de dolari ...

A sunat-o la cinci dimineața, probabil să o prindă când era adormită și incapabilă să facă decizii prudente. *Ca și cum aș fi atât de idioată*, îl luă ea în derâdere.

Descoperirea adevărului îi rupea inima, dar, de fapt, nu se așteptase defel să iasă ceva din acea relație stranie. Viața totdeauna îi oferea lecții de tot felul, iar unele erau dureroase, dar nu era ceva cu care nu putea supraviețui.

-Nu e așa, Ryan reuși să replice prin dinții strânși, iar ea putea spune că bărbatul făcea eforturi să nu explodeze. Am o problemă acum. Ți-am spus că mi-au înghețat conturile în State. Când ajung acolo, rezolv problema în două săptămâni. Îți vei primi banii, cu dobândă, îți promit, încercă el din nou.

-Nu sunt bancă, Ryan. Nu-ți pot împrumuta atât de mulți bani, îi răspunse ea într-o voce practică.

-Ți-am cerut numai câteva amărâte mii de dolari nu zeci de mii, Kate. Sunt convins că-ți permiți suma respectivă. Desigur, dacă vrei să mă ajuți. Nu e ca și cum ai fi săracă lipită pământului, pentru numele lui Dumnezeu! Doar știu că nu ești!

Ryan respiră adânc, iar apoi continuă într-o voce calmă:

-Kate, cred că avem o relație cu adevărat bună. Vom fi împreună pentru totdeauna și putem construi ceva care poate dura. Mă înșel? Ryan o întrebă cu oboseală în voce.

-Acum e rândul meu să te întreb de ce condiționezi existența relației dintre noi? De ce pentru a o continua trebuie eu să-ți dau banii? întrebă ea calm.

-Nu fac așa ceva, Kate, și o știi, spuse el răstit. Știi ce? Nu înțeleg chestia asta. Cum poți fi atât de rece când eu îți spun că am o problemă serioasă și numai tu mă poți ajuta? Nu te-aș fi sunat atât de devreme, dar nu am avut de ales. Am nevoie de banii tăi ca să rezolv situația asta și să plec din țara asta nenorocită. Atunci, voi veni la tine, iubito, și vom putea fi împreună așa cum ne-am dorit întotdeauna, Kate, încercă el să o abordeze altfel pentru a o convinge.

-Poate pentru că nu cred că ai într-adevăr o problemă, Ryan. Pare prea convenabil, Kate îi replică în aceeași voce rece.

-Deci în sfârșit admiți că nu ai încredere în mine, urlă el.

-Dacă pantoful se potrivește, spuse ea blând.

-Deci în tot acest timp... în tot acest timp, în care eu ți-am arătat ce se găsește în inima mea, ce simt și gândesc... iar tu doar ți-ai bătut joc de mine, începu Ryan să spună ceva, dar ea îl întrerupse.

-Nu, nu chiar. Am fost eu însămi. Nu te-am mințit, nici măcar o singură dată. Nu am bătut câmpii spunându-ți că ești sufletul meu pereche și că vom fi împreună pentru totdeauna...

-Deci, spui că te-am mințit, șuieră el printre dinții încleștați.

Cu siguranță își va distruge complet smalțul de pe dinți, Kate gândi.

-Ei bine, așa se pare, Kate admise fără regrete.

-De ce? Pentru că ți-am cerut ajutorul acum? Ryan întrebă caustic. Sunt destul de bun să fiu plimbat cu lesa, dar nu destul de bun să fiu ajutat, ha! spuse el cu amărăciune.

-Ryan, tu nu mi-ai cerut ajutorul, dacă îți amintești. Mi-ai poruncit, efectiv. Nu m-ai rugat. Și oricum, oamenii se întâlnesc mai întâi, de vreo câteva ori. Vorbesc față-n față, înainte de a intra în chestii de genul ăsta. Nimeni nu face așa ceva cu intenții bune, să fiu cinstită, Kate spuse răspicat.

-Nu am altă alegere! Nici un fel de alegere! Atâta tot! Pricepi?Nu am altă alegere! Dacă aş fi avut, nu ţi-aş fi cerut nenociţii ăia de bani, nu-i aşa? Ryan îi răspunse furios, aproape scuipând cuvintele.

-Nu am nici măcar un motiv să cred că există vreo problemă, Kate repetă înainte ca Ryan să o întrerupă brutal.

-Eşti prima femeie din viaţa mea care mi-a făcut nervii varză şi mi-a ridicat tensiunea, Kate. Şi asta de la început. Mereu e ceva cu tine. Nu i-am permis nici unei femei până acum să-mi facă aşa ceva. E ceva legat de tine, ştii? spuse Ryan cu răutate.

-De la început, ai spus? Kate îi replică uşor.

-Da, de la început. Ai auzit corect. Mereu trebuie tu să analizezi absolut tot ce spun, să te îndoieşti de absolut tot ....

-Cred că am avut motive bune, Kate îl întrerupse din nou. Apari din neant, şi îţi declari marea dragoste pentru mine. Hai, să fim serioşi. Nici măcar nu m-ai întâlnit. Ai citit un chestionar cretin pe site-ul ăla şi te-ai îndrăgostit peste urechi. Poate chestia asta merge cu alte femei, dar eu nu sunt atât de naivă, Ryan. Nu muşc nada. Ar fi trebuit să fii puţin mai original, îi replică Kate cu răutate.

-Atunci de ce ai continuat să vorbeşti cu mine dacă ai crezut că nu sunt cine spun că sunt? Care a fost motivul? Ryan o întrebă pe o voce obosită. Suna ca un om învins.

Nu se aşteptase la aceasta de la el. Nu era genul de bărbat care să accepte înfrângerea. Încăpăţânarea lui caracteristică nu i-ar fi permis să se predea în faţa circumstanţelor.

-Curiozitatea, probabil, recunoscu ea.

-Curiozitatea!!! Ryan strigă de parcă nu-i venea să-şi creadă urechilor. Deci eu mi-am dezgolit inima şi mintea în faţa ta şi tu vii acum să-mi spui că erai doar curioasă?

-Ţipând la mine nu te va ajuta cu *'problema ta'*, Ryan, Kate îi replică sarcastic. Mă va face numai să închei această conversaţie idioată mai curând. Oricum nici nu ar fi trebuit să aibă loc, după părerea mea, Kate vorbea fără timbru, ca să-i dea de înţeles că nu-i păsa care era alegerea lui.

-Conversaţie idioată, ha? Ryan murmură. Deci te sun să-ţi spun că am nevoie de ajutorul tău să-mi păstrez libertatea, iar tu consideri asta o conversaţie idioată. Acum se pune întrebarea cine a dus de nas pe cineva de-a lungul acestor câteva luni, Kate? Nu eu, cu siguranţă, concluzionă el.

-Nu eu, Ryan, argumentă ea. Tot timpul am fost eu însămi. Nu mi-am declarat iubirea nemuritoare. Nu am zis niciodată cuvintele acelea atât de uzate, *'Te iubesc'*, pe care oamenii le aruncă în stânga şi în dreapta fără discriminare, Kate îi replică pe un ton categoric.

-Dar ştiai că te-am iubit tot acest timp, Ryan încercă să spună, dar ea nu-i dădu ocazia să-şi termine propoziţia.

-Ştiam? Kate întrebă. Cum puteam ştii, Ryan?

-Pentru că ţi-am spus eu! Ryan urlă cu exasperare.

Kate mută telefonul de la ureche şi se holbă la el. Omul sunase ca un lup rănit. Să o spună pe-a dreaptă, bărbatul ăsta nu ştia ce înseamnă răbdarea.

Aşteptă câteva clipe, iar abia apoi puse telefonul înapoi la ureche şi îi spuse:

-Mi-ai spus tu. Da, oricine poate spune asta. Nu e aşa de dificil să spui trei cuvinţele.

-Eşti mare figură, Kate. Nu pot crede că m-am îndrăgostit de o ticăloasă fără inimă..., Ryan reuşi să spună înainte să fie întrerupt cu mânie de Kate.

-Ai spus de-ajuns. Adios, se răsti ea şi deconectă apelul.

Îţi scutură capul cu uimire. Bărbatul avea tupeul să-i ceară o grămadă de bani, pentru că indiferent ce spunea el, nouă mii de dolari, chiar şi canadieni, erau bani. Şi colac peste pupăză, mai avea şi tupeul să urle la ea.

Se simţea de parcă ar fi aterizat într-un univers paralel. În lumea reală, astfel de lucruri nu se întâmplau sau cel puţin nu ei.

Kate decise să uite de el şi îşi aruncă telefonul celular în geantă cu un gest nervos. Îşi lăsă geanta în camera de zi, departe de dormitor.

Întorcându-se înapoi în pat, auzi telefonul sunând din nou, dar nu se mai obosi să vadă dacă era tot Ryan. *De parcă ar fi vreo îndoială*, ridică ea din umeri. Nimeni altcineva nu ar suna-o la ora aceea.

Kate avea multe planuri pentru dimineaţa aceea şi nu dorea să mai risipească restul nopţii cu acea aşa-numită relaţie. Trebuia doar să o şteargă din viaţa ei şi să-şi vadă de ale ei.

Cu toate acestea, inapoi în patul ei comfortabil, gândurile lui Kate s-au tot învârtit în jurul conversaţiei care avusese un iz de ireal.

Nu fusese capabilă să citească gândurile lui Ryan, ceea ce nu mai era o noutate. În ciuda acelui fapt, panica îi era palpabilă. Ryan era clar măcinat de ceva. Fusese plin de anxietate, furie şi neîncredere când ea a refuzat să-i dea banii.

Kate nu putea crede că Ryan considera cu adevărat că relația lor era reală, dar cu toate acestea, simțise că gândea astfel, iar asta nu făcea nici un pic de sens.

Kate era aproape convinsă că era un escroc, dar un escroc nu s-ar fi panicat și nu ar fi fost rănit, cum simțise ea când vorbise cu el. Abilitatea ei de a citi gândurile nu funcționa cu el, dar puterile ei empatice funcționau. Acum era confuză din cauza varietății mari de emoții pe care o percepuse în Ryan.

Obosită, Kate încercă să împingă în spatele minții conversația cu el. Făcu eforturi să-și liniștească gândurile și să adoarmă, dar după o oră renunță.

O măcina gândul că ceva rău urma să i se întâmple lui Ryan și că ea va fi instrumentul nenorocirii lui. Se ura pe sine însăși că-i lăsa cuvintele să o influențeze.

Kate coborî din pat și se duse la bucătărie unde porni filtrul de cafea. Așteptând să se facă cafeaua, privi pe fereastră afară.

Grădina ei se îmbăia în lumina lunii și o îmbia să iasă afară. Înainte de a părăsi bucătăria, văzu cartea pe care o citea zăcând pe un colț al mesei de bucătărie și o luă cu ea.

Aerul nopții era cu adevărat cald, iar mirosul florilor o alină. Casa ei nu se găsea foarte departe de străzile cu trafic serios, dar Kate nu auzea decât bâzâitul insectelor. Undeva, în depărtare, o bufniță țipă și o făcu să zâmbească.

Kate își deschise cartea să citească. Cartea o interesase foarte mult, dar acum nu se putea concentra pe cuvinte. Renunță până la urmă și continuă să-și bea cafeaua, lăsându-și gândurile să-i hoinărească în toate direcțiile, fără a se opri la ceva anume în mod deosebit.

ROWENA DAWN

CAPITOLUL 7

*TOT TREI ZILE MAI DEVREME, mai puțin câteva ore –
16 iulie*

DUPĂ CE A PETRECUT vreo două ore în grădină, Kate
se întoarse în casă și făcu un duș. Trebuia să se pregătească să
plece la muncă și trebuia să se și grăbească daca nu dorea să
fie în întârziere.

Kate se resemnă. Îi era clar că urma să fie mai înceată pe
ziua aceea. Nu dormise suficient, iar mintea ei s-a învârtit
non stop, fără a ajunge la nici o concluzie, și aceasta o
necăjea. Ca să compenseze pentru lipsa de somn, mai bău
niște cafea.

Kate dădu drumul la duș, iar apa caldă îi mângâie pielea.
Se simțea dumnezeiește și uită că era grăbită. Numai când
apa deveni rece ca gheața, închise dușul.

Curiozitatea era unul dintre defectele ei majore, așa că,
înainte de a părăsi casa, își verifică telefonul. Cum se
așteptase de altfel, găsi mai multe mesaje vocale și cel puțin
șaptesprezece apeluri pierdute.

Ryan fusese foarte ocupat cât timp ea a stat și pritocit lucrurile. Sunase și îi trimisese texte de parcă își pierduse uzul rațiunii.

Kate dădu din umeri și plecă fără a-i returna nici unul din apeluri. Nu ascultă nici măcar unul dintre mesajele vocale. Mai târziu, de-a lungul zilei, va avea destul timp să vadă ce dorea sau ce altceva mai spunea pentru a obține ce cerea.

DIMINEAȚA S-A TÂRÂT pur și simplu, iar orele părură mai lungi decât de obicei. Timpul încetinise și se mișca cu pași de melc.

Kate tânjea să se întoarcă în patul ei. Se și vedea intrând între cearșafurile răcoroase și închizând ochii de fericire. După ce imaginația ei se jucă astfel de câteva ori, decise să părăsească magazinul și să plece acasă dacă nu își revenea înainte de ora două.

Îi adresă câteva cuvinte '*dulci*' lui Ryan. Lui trebuia să-i mulțumească pentru că i-a distrus somnul în noaptea precedentă și, în consecință, și ziua de muncă.

După ce bombăni la adresa lui câteva minute și îi mai adresă și câteva cuvinte bine alese, continuă să verifice inventarul. Trebuia să reînnoiască stocul dacă nu dorea să-și dezamăgească unii dintre clienții fideli.

-Kate, știai că-ți sună telefonul de câteva ore în șir? Voce exasperată a lui Alice se auzi din spatele ei, iar Kate se strâmbă.

Se întoarse spre Alice și o privi confuză. Nu înțelegea ce-i spunea.

Alice era angajata ei cea mai de încredere, dar, de asemenea, și o bună prietenă. Lucrase pentru Kate chiar de la început, când micul magazin pe care îl numise '*Doar Magic*' își deschisese ușile în fața unei clientele foarte curioase și ușor precaută.

Alice nu era numai o persoană de încredere, dar avea și calitățile necesare să interacționeze cu oamenii. Știa să creeze atmosfera de magic pe care clienții lor o așteptau când le treceau pragul.

Alice știa cum să formuleze fiecare propoziție în așa manieră încât oamenii chiar credeau în aura magică a magazinului. Dar cu toate acestea, nu spunea niciodată nimic direct legat de magie sau vrăjitorie.

Lumea avea nevoie să creadă în magic, iar acea axiomă îi pusese ideea unui astfel de magazin în mintea lui Kate. Ea știa că cei care veneau în magazinul ei '*magic*' veneau să cumpere iluzia unei lumi fermecate.

Ea făcea un profit bun din acea iluzie, dar profitul nu era singurul ei țel. Știa că acele iluzii și acea convingere că magia există îi ajuta pe oameni să se descurce cu aspectele severe și pline de cerințe ale vieții lor de zi cu zi.

Tânăra proprietară a magazinului nu inducea pe nimeni în eroare. Ea vindea doar un anumit gen de produse. Dacă cei ce veneau să cumpere acele produse preferau să creadă că erau magice și aveau anumite puteri, aceea era treaba lor nu a ei.

Ea vinde potpuriuri, amulete, săpunuri și șampoane făcute de mână, creme de mâini și aranjamente florale. Nimeni nu o putea blama dacă clienții credeau că articolele expuse în magazinul ei aveau puteri mistice și le-ar aduce iubire sau properitate în viețile lor.

Unii dintre clienți o priveau piezis, măsurând-o, ca și cum s-ar fi așteptat să-i crească coarne. Unii dintre ei o credeau vrăjitoare, nu numai din cauza ierburilor și a aranjamentelor florale, dar și din cauza colecției de artifacte pe care le expusese într-o casetă de sticlă lângă mașina de marcat.

De asemenea, mai vindea și zânele și dragonii de sticlă creați de un tânăr artist care locuia lângă Montreal. Toată lumea era uimită de calitatea lor și de atenția pe care artistul o dădea detaliilor. Mulți clienți veneau de departe doar pentru ele.

Kate încă medita la diversele felii de viață ce îi traversau magazinul, când își dădu seama că Alice continua să o privească, așteptând un răspuns. Problema era că nu-și mai amintea care era întrebarea.

-Oh, îmi pare rău, Alice, visam cu ochii deschiși. Am mintea în ceață în dimineața asta, Kate se scuză și își frecă ochii.

-Nu-i nici o problemă, Kate, Alice îi alungă îngrijorarea cu un semn al mâinii. Pot să te ajut cu ceva? Nu pari a fi în apele tale. Tu niciodată nu ești prost dispusă, Alice răspunse, iar Kate îi auzi temerea din voce.

Alice își cunoștea șefa bine. Kate era întruchiparea energiei și bunei dispoziții și niciodată nu arătase atât de extenuată.

-Nu, nu am nici o problemă, nu-ți fă griji, Kate o îi mângâie brațul lui Alice. Doar că am avut o noapte proastă. Nu am reușit să dorm suficient, Alice, atâta tot. Acum nu fac decât să-mi târăsc picioarele de ici colea și nu-s capabilă de nimic, își scutură capul tristă. Cred că ar nu ar trebui să mai pierd vremea pe aici, ci să merg direct acasă. Oricum nu sunt în stare să fac nimic pe ziua de azi. Crezi că te descurci dacă plec? Kate o întrebă neliniștită.

Știa că după-mesele și serile aduceau mai mulți clienți în magazin, iar câteodată era chiar aglomerat. Era nevoie de doi oameni ca să poată servi pe toată lumea.

-Nu te teme, Kate. Mă descurc eu. În plus, nu uita, Jeanne trebuie să vină la patru. Totul e acoperit, Alice o asigură bătând-o liniștitor pe mână.

-Ah, da, am uitat de ea, Kate admise îngrijorată.

Nu și-ar fi imaginat că ar fi posibil să uite programul angajaților săi. Doar era o femeie de afaceri! Își scutură din nou capul să și-l limpezească.

-Va trebui să mă întorc seara, din păcate, ca să închid magazinul. Tu termini la șase.

-Pot sta până la nouă, dacă nu te deranjează. Așa aș putea închide magazinul eu, Alice își oferi ajutorul.

Pentru ea nu era o problemă să rămână după program. Alice știa că mereu Kate plătea mai mult decât ar fi trebuit, iar Alice avea nevoie de bani. Viața părea să devină din ce în ce mai scumpă zilele acelea.

-Pe bune? Stai până la ora închiderii? În tine am încredere să închizi magazinul și să faci depozitul la bancă, Kate înhăță șansa imediat.

-Bineînţeles că pot, Kate. Nu am nici un fel de planuri pentru seara aceasta, aşa că nu-i nici o problemă. Pot închide magazinul şi pot face şi depozitul la bancă, nu-ţi fă griji.

-Perfect! Atunci mă duc direct la culcare. Îmi mai trebuie cel puţin încă două ore de somn ca să-mi revin la normal, cred. Mâine o să fiu bine, o să vezi. De-atâta am nevoie, doar de un pic de somn, iar totul va fi bine după aceea, Kate continuă să bată câmpii.

-Nu-ţi mai fă griji pentru nimic şi du-te acasă să te odihneşti, Alice o luă pe după umeri şi o îndreptă spre biroul din spate. Voi închide magazinul, voi face depozitul la bancă şi pe tine te voi vedea mâine când vin la zece, da?

-Mulţumesc, Alice, mi-ai salvat viaţa, Kate răspunse cu entuziasm.

-Cam dramatic, ha? Alice spuse izbucnind în râs, iar apoi o bătu pe Kate pe umăr.

-Nici nu ştii, Alice. Chiar îţi apreciez ajutorul astăzi, ştii asta, spuse ea şi se îndreptă spre biroul său să-şi ia lucrurile.

-Că tot suntem pe tema asta, cred că ţi-ar trebui o vacanţă, Kate, Alice strigă după ea, de data aceasta cu o voce serioasă.

Kate se întoarse spre ea şi o privi. Da, Alice arăta într-adevăr foarte serioasă.

-Eşti extenuată, Kate. Lucrez pentru tine de vreo patru ani, nu-i aşa? Nu cred că ai plecat vreodată undeva pe o perioadă mai lungă decât un sfârşit de săptămână. Nu poţi continua aşa, ştii bine. Corpul tău are nevoie de decompresie, să-şi încarce bateriile. Nu cred că un final de săptămână ici colea contează. Nu poţi munci la infinit. Eu una aş pleca într-o vacanţă dacă aş fi în locul tău, Kate. Nu mi-ar fi prea greu să mă ocup de magazin cât ești plecată. Putem să aranjăm programul de lucru în magazin cu ușurință, Alice îi explică.

Alice nu se gândea numai la situația ei financiară. Era chiar îngrijorată pentru șefa și prietena ei. Kate muncise din greu ani la rând și, deși era tânără și sănătoasă, corpul uman avea limitele sale.

-Mă voi gândi la asta, Kate replică. Da, știu, ai dreptate, Kate spuse repede și-și ridică mâna când văzu că Alice dorea să o întrerupă. Promit să mă gândesc la ce ai spus și să plec în vacanță curând, o să vezi.

-În regulă, șefa, decizia e a ta, Alice spuse și se întoarse să plece.

-Oh, Doamne, știi că urăsc când mă numești așa, Kate replică cu neplăcere.

-Doar glumeam, Kate, privi Alice înapoi spre ea și râse.

Râsul ei aduse un zâmbet și pe buzele lui Kate.

ROWENA DAWN

CAPITOLUL 8

DOUĂ ZILE ŞI CÂTEVA ceasuri mai devreme... 17 iulie

KATE SOSI ACASĂ ŞI mai ostenită după ce a condus într-un trafic infernal. Şi-a parcat maşina şi a intrat în casă.

Simţea nevoia să se simtă comfortabil şi efectiv pica de oboseală, aşa că, imediat ce a închis uşa în urma ei, şi-a scos pantofii.

Şi-a aruncat geanta pe măsuţa de cafea şi s-a întors să meargă spre bucătărie, dar după câţiva paşi, a ezitat. S-a întors înapoi, şi-a luat telefonul celular din geantă şi a verificat apelurile pierdute. Acum erau cam cu cincisprezece mai multe decât înainte.

Ryan sunase tot timpul şi lăsase câte un mesaj vocal de fiecare dată. Kate se minună că nu a renunţat încă. Ea ar fi renunţat deja.

Kate aruncă telefonul înapoi pe masă şi se duse spre bucătărie unde îşi turnă un pahar mare de suc de portocale. Îl bău încet, chiar acolo, rezemându-se de contoar. După ce a băut ultima picătură, s-a decis să treacă prin mesajele lăsate de Ryan şi să le şteargă.

Kate ascultă primele două mesaje. Un Ryan furios striga la ea să răspundă şi să-l asculte. Kate scutură din umeri şi le şterse. Tonul lui era mult prea abuziv pentru un bărbat care încerca să obţină o favoare de la ea.

Nu s-a mai obosit să le asculte pe următoarele patru. S-a gândit că erau, cu siguranţă, pe aceeaşi linie din moment ce Ryan le lăsase foarte curând după primele două şi, clar, nu avusese timp să se răcorească.

Ascultă începutul celui de-al cincilea. Acum, Ryan, pe o voce dulce, încerca să o convingă să-i răspundă. Spunea că speră că lucrurile nu se schimbaseră între ei şi că mai exista ceva între ei doi.

Tonul lui era cald şi fermecător, probabil pentru că-şi dăduse seama că nu va răspunde pozitiv la urletele lui. Bărbatul încerca să-şi croiască drum înapoi în inima ei.

Evident, după câteva mesaje dulci, ispititoare, îşi pierduse răbdarea din nou: '*Răspunde la nenorocitul ăsta de telefon, Kate!*'

Kate dădu din umeri din nou, iar apoi se admonestă când îşi dădu seama că devenise un obicei în ultima vreme. Era deja parte din personalitatea ei. Ridică din umeri din nou, iar apoi, hotărât, şterse toate mesajele vocale şi mesajele text pe care Ryan i le trimisese. Îi era îndeajuns şi nu mai voia să-i audă vocea.

Închise telefonul şi-l lăsă pe masa din sufragerie. Cu paşi mari, se duse în dormitor, îşi smulse hainele de pe ea şi se strecură în aşternuturile răcoroase, aşa cum îşi imaginase mai devreme. Curând, adormi şi avu un somn agitat timp de aproape trei ore.

Kate avu multe vise, iar protagonistul fiecăruia era Ryan. Îl văzu în tot felul de situații oribile, una mai cumplită decât cealaltă. De câteva ori, îl visă zăcând pe o podea murdară, acoperit de sânge, iar pieptul nu i se ridica. Visele treceau dintr-unul în altul constant. Era ca o minge care se rostogolea la vale pe un deal și ea nu avea puterea s-o oprească.

După somnul acela agitat, Kate se trezi amețită, neliniștită și în toane mai proaste decât înainte. Își frecă ochii și, coborând din pat, se duse cu pași ezitanți spre baie să facă un duș. Era lipicioasă și își încreți nasul când simți mirosul sudorii care-i acoperea pielea.

KATE ÎȘI PREGĂTI O masă ușoară, lâncezind asupra detaliilor neimportante. Pe o farfurie, înghesui două jumătăți ale unui sandviș cu brânză prăjit și sferturile unei portocale pe care o curățise meticulos.

Apoi, ieși în curtea din spatele casei după ce, mai întâi, fără prea multă tragere de inimă, făcuse un ocol să-și ia telefonul lăsat pe masa din sufragerie.

Kate își mâncă sandvișul, în același timp uitându-se pieziș la telefon, de parcă ar fi fost nociv. Nu dorea să-l atingă.

Pe de o parte, își dorea ca telefonul să sune, dar pe de alta era îngrozită că va suna.

Niciodată nu fusese atât de nesigură de ceva în întreaga ei viață și asta o necăjea. Se detesta pe sine pentru că se dovedea atât de ezitantă.

Kate înțelegea că visele acelea oribile jucau un rol major în starea ei psihică din acel moment. Mintea ei analitică îi spunea că ar trebui să se retragă și să reconsidere totul dintr-o perspectivă diferită. Dar cu toate acestea, nu putea trece peste gândul supărător că decizia ei va avea un efect major asupra vieții lui Ryan și într-o manieră pe care nici nu o putea ghici.

Kate se lăsase să cadă pradă jocului lui Ryan și se ura din cauza aceasta. Era aproape sigură că bărbatul încerca să o escrocheze. Kate era o femeie rațională și chiar dacă se găsea într-o stare de agitație din cauza viselor avute, nu putea să dea la o parte simțul său practic.

Bipul telefonului o făcu să tresară. Verifică și, evident, venise un alt mesaj de la Ryan.

Nu le verificase pe celelalte încă, dar se decise să le sară și să-l citească pe ultimul. Scria: '*Te rog, iubito, înțelege, nu ți-aș cere asta dacă aș avea altă soluție. Am nevoie să mă ajuți acum. Am nevoie de ajutorul tău. Nu există altcineva de la care să pot cere. Îți promit că poți avea încredere în mine!*'

După ce citi mesajul. Kate pufni pe nas fără pic de eleganță, un obicei la care încercase să renunțe de foarte mult timp. Când era copil, mama ei îi amintea tot timpul că fetele nu trebuiau să se comporte astfel. Dar, și acela devenise parte a personalității sale și nu mai avea șanse să-l schimbe acum.

Kate puse telefonul înapoi pe tavă și se întoarse la gândurile sale împovărătoare. Știa că trebuia să ia o hotărâre, dar nu voia să-l lase pe Ryan să o împingă într-o anumită direcție numai din cauza anxietății pe care o făcea să se simtă vinovată.

În mod normal, Kate şi-ar fi luat visele în considerare. Ştia că mereu îi spuneau ceva important. Cu toate acestea, considera că are nevoie de un cap limpede şi nu numai de intuiţie pentru a decide.

Kate ştia unde se găsea financiar. Fiind o femeie de afaceri, era foarte atentă cu finanţele ei. Admitea că suma pe care i-o ceruse Ryan nu o va sărăci, chiar dacă se dovedea că este un escroc. Ar câştiga banii aceia din nou în numai câteva zile.

Totuşi, indiferent de posibilităţile sale financiare, două lucruri o îngrijorau şi o derutau. În primul rând, totul suna aproape identic cu escrocheriile despre care citise pe Internet.

Mai mult decât orice, Kate ura să fie luată de fraieră. Îi displăcea enorm când oamenii se uitau la ea şi trăgeau concluzia că era o marcă uşoară din cauza tinereţii sale.

În afară de aceasta, suma pe care Ryan o ceruse era exact sub limita de zece mii, tocmai bună să treacă neobservată de către autorităţi. S-ar fi simţit mai bine dacă el i-ar fi cerut zece sau unsprezece mii de dolari.

Al doilea lucru care o măcina era în completă contradicţie cu restul. Kate era cu adevărat îngrijorată pentru Ryan. Era aproape sigură că are o problemă serioasă.

Chiar dacă dădea visele la o parte, bărbatul păruse disperat şi cu nervii întinşi la limită.

Kate presupunea că un escroc ar fi renunţat deja. I-ar fi pus numele în coloana pierderilor şi şi-ar fi văzut de treabă, căutând pe cineva care ar fi fost mai uşor de păcălit.

Aceasta o făcea să creadă că Ryan nu se ocupa cu escrocherii, dar că se găsea într-o situaţie foarte proastă, iar ea ar trebui să îl ajute, mai ales pentru că avea mijloacele să o facă.

Acum, dacă se gândea mai bine, nu riscase niciodată nimic în întreaga ei viaţă. Nu a riscat bani şi nu şi-a riscat inima.

Kate nu considera deschiderea magazinului un risc real. Când l-a deschis, ştia că tot ar fi avut suficienţi bani să trăiască chiar dacă magazinul nu ar fi mers şi afacerea s-ar fi dus de râpă.

Magazinul era doar un vis ce a devenit realitate. Ceva ce ea iubea. Mai mult de atât, plănuise totul cu multă grijă şi făcuse nenumărate studii de piaţă înainte de a-l deschide.

Părinţii ei îi lăsaseră o avere serioasă când au decedat într-un accident de maşină cu aproape zece ani în urmă. Kate a investit cu înţelepciune în fonduri variate de-a lungul anilor. Nu s-a lăcomit şi a ales fonduri sigure. Poate că nu i-au adus un câştig mare pe an, dar banii îi erau în siguranţă.

Precauţia ei nu a fost degeaba. Când piaţa a căzut în urmă cu câţiva ani, nu a reuşit să facă o gaură remarcabilă în fondurile ei. Deci, putea să rişte o dată în viaţă.

Brusc, Kate şi-a dat seama că dorea să-i dea banii lui Ryan. Ideea o şocă, dar avea bănuiala că încolţise în subconştientul ei de ceva vreme.

Kate ştia că hotărârea ei era nebunie curată, dar, în acelaşi timp, considera că ar face o investiţie înţeleaptă. Va afla care este adevărata situaţie cu Ryan şi se va simţi mai bine ştiind că a făcut tot ce putea pentru a-l ajuta dacă chiar avea nevoie de ajutor.

Lui Kate îi plăcea să fie cinstită cu ea însăși. Admitea că simțea deja ceva pentru el, chiar dacă nu era atât de sigură că bărbatul merita ajutorul sau sentimentele ei.

Faptul că simțea ceva pentru el o uimea. Nu și-a imaginat niciodată că ar putea dezvolta simțăminte pentru un bărbat pe care nu l-a întâlnit față în față.

Se simțea atrasă de el sau, mai bine spus, de vocea și râsul lui. Îi plăcea să discute și să se certe cu el tot timpul. Aproape absolut totul era o discuție cu Ryan, și încă una foarte vehementă.

Amândorora le plăceau conversațiile acelea gălăgioase. Erau amândoi foarte satisfăcuți când ajungeau la aceeași concluzie după o bătălie pasională și inteligentă.

Lui Kate îi plăcea când Ryan își pierdea răbdarea, iar el și-o pierdea de fiecare dată. Ori de câte ori își pierdea calmul, începea să vorbească printre dinți și chiar să mârâie ca un lup, iar aceasta o amuza pe Kate. Mârâitul lui suna primitiv, dar, într-un fel o incita. Suna cam ca un ritual de împerechere și chiar dacă ea nu dorise să o recunoască în fața lui, se gândise la el în acel fel de vreo câteva ori. Vocea lui îi provoca haos în sistem și o făcea să simtă furnicături pe piele.

Nu-i plăcea că răspundea atât de puternic la astfel de stimuli. Mereu se mândrise cu puterea ei de analiză rece și detașată.

Oricum, Kate s-a decis să-i dea banii și acum se simțea liniștită. Luase acea hotărâre cu ochii deschiși și era pregătită să nu vadă un cent înapoi.

Dorea doar să se asigure că a făcut ce trebuia să facă și că putea trăi cu sine însăși, fără regrete și întrebări fără răspuns.

Imediat după ce s-a decis, şi-a luat telefonul şi a răspuns la ultimul mesaj al lui Ryan, fără a se obosi să-i citească mesajul. Scrise: *'Bine, îți dau banii. Cum propui să o facem?'*

În câteva secunde, telefonul îi sună şi ecranul îi arătă număr privat. Numai Ryan o suna cu număr privat. *Probabil că omul aştepta cu telefonul în mână*, mustăci ea.

-Alo, Ryan. Văd că mi-ai primit mesajul, îl salută ea pe o voce tăioasă, dornică să-l facă să priceapă că totul între ei era doar o afacere din acel moment.

-Iubito, ştiam că nu mă vei dezamăgi. Ştiam că nu poţi renunţa la mine aşa cum nici eu nu pot renunţa la tine, Ryan aproape strigă, cuvintele sale bulucindu-se, unul după altul, iar bucuria îi era evidentă în fiecare silabă.

-Nu e necesar să încerci atât de tare, Ryan. Deja am spus că-ţi dau banii, Kate replică pe un ton dispreţuitor.

-Ce vrei să spui, Kate? Spui că mint sau ce? Ryan strigă la ea, tonul său ridicându-se din nou.

-Spun că ai obţinut ce ai vrut şi nu e necesar să te mai oboseşti să mă vrăjeşti, Kate replică neafectată de izbucnirea sa.

-Deci tot la faza cu escrocheria suntem, din câte văd, spuse Ryan cu amărăciune.

Kate discernu o anumită resemnare în vocea lui, dar decise că deja cedase când îi oferise banii, şi nu dorea să cedeze mai mult de atât.

Îşi oţeli inima contra durerii pe care o percepea în cuvintele lui şi se întoarse la problema în discuţie.

-Cum vrei să o facem? repetă ea, ca şi cum nu ar fi fost decât o discuţie de afaceri pentru ea.

-Bine, câştigi pe moment, Ryan spuse cu resemnare obosită. Câştigi pentru că am nevoie de ajutorul tău şi nu are sens să ne certăm acum. Dar nu vei câştiga mereu, Kate. Vei vedea că nu am încercat să te escrochez şi îţi va părea rău că ai gândit atât de urât despre mine, replică el trist.

-Bine. Până atunci, însă, cum vrei s-o facem? spuse ea din nou cu încăpăţânare.

Nu voia să-l lase să o confuzioneze din nou.

-Ai putea trimite banii prin Western Union. Îţi dau numele unui tip pe care îl ştiu aici ...

-Nu. Nu voi trimite banii unui tip de care nu am auzit niciodată, Ryan, şi în mod cert nu voi trimite atâţia bani prin Western Union, îl întrerupse ea decisiv.

-Dar nu pot folosi un cont bancar pentru transfer. Aceea nu e o opţiune, Kate. Nu e altă cale decât prin Western Union, îi explică el.

-Ba da, este. Dă-mi numele hotelului unde locuieşti şi voi trimite pe cineva să livreze banii la recepţie în patruzeci şi opt sau şaptezeci şi două de ore maximum, Kate replică.

Ryan nu spuse nimic timp câteva clipe. Kate putea să-i audă respiraţia şi staticul de pe linie, dar atât.

Kate aşteptă răbdătoare, totuşi. Mingea era în terenul lui şi acum aştepta ca el să se decidă. Oricum, ea nu se va răzgândi.

-Eşti sigură că asta vrei să faci? Ryan întrebă nesigur.

Asta-i ceva nou, mustăci ea. Niciodată nu l-a auzit să ezite, în nici o circumstanţă.

-Da, replică ea.

-Bine, spuse el cu oboseală în voce. Facem cum vrei tu.

'*De parcă ai fi avut de ales,*' gândi ea cu dispreț, dar își ținu gura închisă.

După câteva momente de tăcere, ea îl întrebă din nou:

-Deci la ce hotel să trimit mesagerul?

-La Majestic, răspunse el, pe aceeași voce de afaceri ca și a ei.

Ryan părea să fi înțeles că ea vroia să trateze totul ca pe o tranzacție, o înțelegere între două părți, fără a implica nici un sentiment.

-Bine, atunci. Te voi anunța când să te duci să-ți iei banii. S-ar putea să ia puțin mai mult de patruzeci și opt de ore dar nu mai mult de șaptezeci și două, dacă reușesc să aranjez totul la timp, specifică ea, dorind să se asigure de o rezervă de timp.

-Am supraviețuit până acum, cred că voi mai supraviețui încă trei zile, spuse el. Nici nu-ți poți imagina cât de mult apreciez, începu el să-și exprime gratitudinea, dar ea nu îl lăsă.

-Da, știu, îl întrerupse ea. Acum trebuie să plec pentru că trebuie să aranjez câteva lucruri. Îți voi trimite mesaj pe telefon să-ți spun când să mergi să iei banii.

-Îți mulțumesc, iubito. Nici măcar nu îți poți imagina...

-Bine, am înțeles deja, îl întrerupse ea din nou, pe o voce supărată. Trebuie să plec, la revedere.

-Dar..., Ryan începu să mai spună ceva, dar se opri când și-a dat seama că ea deja închisese și nu mai era nimeni pe linie să-l audă.

Se uită la telefon scrâșnind din dinți, iar apoi îl aruncă furios pe patul din apropiere.

-O va face? Adam îl întrebă cu ezitare, temându-se că Ryan va exploda.

Ryan se întoarse spre el cu mâinile pe şolduri. Îşi plecă capul şi închise ochii ca un om învins. Nu spuse nimic pentru câteva momente. Apoi, se uită din nou la Adam şi-i răspunse:

-Da, o va face.

Se întoarse, gândindu-se să iasă din casă, când Adam vorbi din nou:

-Crezi că ai stricat totul, nu-i aşa?

Ryan se opri cu mâna pe clanţă şi apoi dădu din cap. Replică pe un ton calm:

-Aşa se pare. Este convinsă că sunt un escroc.

-Dar atunci de ce-ţi dă banii? se mira Adam.

-La naiba dacă ştiu, Adam... Să mă ia naiba dacă ştiu... Crezi că vei fi în regulă dacă ies jumătate de oră? Ryan îl întrebă, mereu cu mâna pe clanţa de la uşă. Abia aştepta să părăsească încăperea.

-Nu-ţi fă griji, prietene. Voi fi în rgulă. Du-te, ai stat închis în camera asta aproape două zile continuu şi cred că mai ai un pic şi înnebuneşti, Adam îi răspunse şi râse, dar râsul său părea cam forţat.

-Sunt cam pe-acolo, Ryan replică şi părăsi încăperea mică.

Camera îl sufocase în ultimele ore şi avea nevoie de o gură de aer curat. Trebuia, de asemenea, să se gândească la Kate şi la ce a făcut-o să se răzgândească atât de brusc, pentru că nu o înţelegea. Sperase să o convingă, era adevărat, dar era sigur că îi va trebui mult mai mult timp să o facă.

CAPITOLUL 9

DOUĂ ZILE MAI DEVREME – 17 iulie

KATE SERVEA O CLIENTĂ, o femeie îmbrăcată într-o ținută extrem de teatrală, când clopoțelul de deasupra ușii sună. Privi spre ușă și o văzu pe Alice intrând în magazin, rotindu-și cureaua de la geantă pe deget.

Kate aruncă o privire spre ceas și văzu că era aproape zece. Îi zâmbi lui Alice și continuă să-i arate bijuteriile din chihlimbar femeii ce purta un caftan lejer. Se întrebă, și nu pentru prima oară, cine purta caftan în mijlocul verii.

Kate își dorea ca femeia să se decidă o dată. Dorea să meargă în spate și să discute cu Alice. Acum că se hotărâse, era nerăbdătoare să acționeze.

În sfârșit, clienta se decise să cumpere un set compus dintr-un colier, brățară și cercei. Ușurată, Kate puse totul pe cardul de credit al femeii și o conduse la ușă.

După ce femeia dispăru în mulțime, Kate întoarse semnul de pe ușă pentru a anunța clienții că se va întoarce în zece minute și se duse în spatele magazinului să discute cu Alice.

-Oh, bună, Kate. A plecat clienta? Alice se întoarse către Kate, în același timp pregătindu-și o ceașcă de cafea cu lapte și zahăr.

-Da, Alice, a plecat. Vreau doar să discut cu tine câteva minute înainte să începi lucrul, spuse Kate, invitând-o să ia loc în scaunul din fața biroului ei.

-Da, desigur. Este totul în regulă? Alice întrebă așezându-se cu grijă, iar apoi netezindu-și fusta peste picioare.

Kate zâmbi. Alice avea propriile ei idiosincrazii, dar tocmai de aceea o plăcea.

-Oh, da, Alice, nu-ți fă griji, totul este în regulă. Îți amintești că am vorbit despre faptul că ar trebui să-mi iau o vacanță? Kate începu ezitant.

-Da, desigur. Îmi amintesc foarte bine. Chiar cred că ți-ar face bine să părăsești Montrealul pentru ceva vreme. Vreau să spun pentru o vacanță de mai mult de trei sau patru zile. Te-ai gândit la asta? Alice o întrebă și își gustă cafeaua să vadă dacă a reușit s-o potrivească exact cum îi plăcea.

-Ei bine, da, replică, Kate.

Se hotărâse să nu-i spună lui Alice întreaga poveste. Îi displăcea să facă lucrurile pe ascuns, dar se gândi că era mai bine dacă Alice nu știa ce avea de gând să facă.

-Vezi tu... Se pare că am ocazia să plec pentru vreo trei săptămâni... Voi merge in Malaezia cu niște prieteni în vacanță, Kate spuse.

Nu putea să se uite direct la Alice. Nu știa să mintă credibil, iar chipul ei o trăda tot timpul.

-Asta-i nemaipomenit, Kate, Alice se bucură auzindu-i planul.

-Ei bine, este, dar, vezi tu, ar trebui să plec diseară în jur de ora unsprezece. Ştiu că este cam brusc şi nu îţi dau prea mult timp să te gândeşti la o schimbare în programul tău de lucru ...

-Nu-ţi fă probleme, Kate, desigur că trebuie să mergi, Alice îi îndepărtă îngrijorarea cu un gest al mâinii. Voi lucra un schimb modificat. Îl voi împărţi în două. Aşa o să pot deschide magazinul dimineaţa şi o să-l pot închide seara, iar Jeanne poate lucra orele dintre schimburile mele. Este în vacanţă şi chiar ieri îmi spunea că ar vrea mai multe ore acum, ţinând cont că e vară. Ştii cum e cu fetele foarte tinere şi vara, îi făcu ea cu ochiul. Aşa că e perfect, nu-i aşa? Va fi foarte încântată să poată lucra opt ore pe zi, îţi dai seama. Desigur vom fi împreună în magazin câteva ore pe zi, dar cred că totul va fi în regulă... Deci, poţi pleca când vrei tu. Cred că chiar ar trebui să pleci acum şi să te pregăteşti. Voi avea grijă de absolut tot aici, îţi promit, spuse Alice.

-Deci nu te deranjează, concluzionă Kate, uşor amuzată de entuziasmul lui Alice.

-Nu, evident că nu. M-am tot gândit la asta de ceva vreme. Ai nevoie de o vacanţă mai lungă. Şi chiar o meriţi. Ai tot muncit din greu de atâta timp şi nu ţi-ai făcut timp pentru tine deloc. Voi avea grijă de absolut tot în magazin, aşa că poţi să pleci liniştită, Alice spuse zâmbind şi sări de pe scaun, aproape gata să o dea pe Kate pe uşă afară.

Kate izbucni în râs şi spuse:

-Bine, bine, plec acum, nu te ambala. Nu e nevoie să mă arunci afară.

Apoi, pe un ton serios, începu să-i explice lui Alice ce se va întâmpla în continuare:

-Tu eşti şefa pentru următoarele trei săptămâni. Voi pregăti cecurile pentru salariile voastre, inclusiv cele opt ore pe zi pentru Jeanne. Tu vei primi o creştere de salariu şi o primă pentru că vei munci mai mult, da? Va trebui să primeşti comenzile şi să plăteşti pentru ele... Îţi voi lăsa cecurile şi pentru acelea, de asemenea. Desigur, va trebui să-i dai cecurile de salariu lui Jeanne. Toate cecurile vor fi în acest sertar aici, Kate îi arătă lui Alice sertarul din dreapta sus al biroului său.

-Nu aş spune nu la mai mulţi bani, Kate, doar mă ştii, Alice râse şi se ridică.

Îşi luă cafeaua cu ea şi se duse în magazin unde întoarse semnul de pe uşă pentru a invita clienţii înăuntru.

KATE SCRISE CECURILE pentru cele trei zile de salariu care urmau şi verifică stocul încă o dată să se asigure că făcuse toate comenzile necesare. De asemenea, verifică cecurile pentru furnizori. Alice trebuia doar să ia cecul şi să-l înmâneze furnizorului.

După ce a terminat de organizat totul, îşi rezervă un bilet dus-întors pentru Malaezia în seara aceea la unsprezece şi, pentru că avionul ateriza în jurul orei zece dimineaţa, rezervă o noapte în acelaşi hotel unde trebuia să lase banii.

Nu-şi imagina că Ryan va ghici cine era mesagerul, iar ea dorea să arunce cel puţin o privire asupra bărbatului. În fond, o bătuse la cap timp de câteva luni deja şi nu era încă pregătită să împingă acele luni în colţul amintirilor.

Dintr-un impuls, rezervă și plăti o pentru o casă de vacanță pe plajă. Dacă tot zbura spre Malaezia, și era un drum lung până acolo, într-adevăr, cel puțin se putea bucura de trei săptămâni la soare.

Kate cheltui aproape douăsprezece mii de dolari, iar când făcu totalul cheltuielilor, oftă. Se consolă cu ideea că de fapt compensa cei șase ani în care nu mersese nicăieri.

Verifică totul din nou ca să se asigure că totul era pus la punct și când se convinse că nu erau probleme, o chemă pe Alice în biroul înghesuit ca să treacă cu ea peste documente.

Jeanne își începuse deja schimbul și Kate știa că putea să se ocupe de clienți pentru o vreme. Între timp, Kate trebuia să se asigure că Alice știa tot ce era de știut în legătură cu conducerea magazinului pentru următoarele trei săptămâni.

CÂND SE CONVINSE CĂ Alice a înțeles tot și, în consecință, putea să se ocupe de afacere în timpul vacanței ei, Kate plecă și merse la bancă pentru a retrage zece mii de dolari din contul ei bancar.

Kate era mereu precaută și planifica totdeauna pentru evenimente imprevizibile, așa că verifică dacă își putea folosi cardurile de debit și credit în străinătate sau dacă trebuia să cumpere cecuri de călătorie.

După scurta sa oprire la bancă, unde totul s-a desfășurat fără nici un fel de probleme și unde avu plăcuta surpriză să afle că nu va avea probleme cu cardurile, s-a dus la *The Bay* să cumpere o geantă mică pentru cei nouă mii de dolari pentru Ryan.

Apoi, Kate se gândi la garderoba sa și oftă. Acum trebuia să cheltuie un pic mai mult. Avea nevoie de haine noi pentru experiența sa de vară, ceva diferit de ce purta zi de zi.

După ce s-a gândit mai bine, s-a decis să adauge la ținuta ei ceva care ar fi ajutat-o să-și ascundă fața și ar fi făcut-o de nerecunoscut. Dorea să-l vadă pe Ryan când venea să ia banii, dar nu voia ca el să-și dea seama de prezența ei.

Decisă, a completat ansamblul pe care și l-a cumpărat cu o pălărie șic. Borul larg și niște ochelari de soare imenși îi acopereau jumătate de față. Kate aproape că nu se recunoscu ea însăși când se privi în oglindă.

JUMĂTATEA PERFECTĂ CARTEA ÎNTÂI

CAPITOLUL 10

O ZI ȘI JUMĂTATE MAI devreme în jurul orei 11 noaptea–
17 iulie

NICI LA CINCI MINUTE după ora unsprezece seara, avionul decolă spre Turcia, prima parte a zborului său. Aflată la bordul avionului, Kate se întrebă a zecea oară la ce Dumnezeu se gândise când a decis să zboare în jurul globului, doar așa dintr-un simplu impuls. Era un zbor foarte lung, chiar dacă se oprea pentru câteva ore în Istanbul.

Kate îi trimisese deja un mesaj lui Ryan pentru a-i spune că putea găsi banii la recepția hotelului la ora patru după-masa ziua următoare.

Kate își rezervase destul timp să ajungă de la aeroport la hotel și să se odihnească câteva ore. De asemenea, rezervase timp în caz că apăreau întârzieri de-a lungul călătoriei.

Kate a citit replica entuziasmată a lui Ryan, dar nu i-a răspuns la telefon când a sunat. Refuza să aibă orice contact cu el pentru următoarele douăzeci și patru de ore.

Stewardeza veni cu cina pe o tavă imediat ce avionul atinse altitudinea de croazieră, iar Kate privi farfuria suspicioasă. Mâncarea nu părea prea apetisantă și, cum deja mâncase înainte să plece de acasă, lăsă tava deoparte și se culcă.

KATE SE TREZI CU O oră înainte de aterizare. Însoțitoarele de bord începuseră deja să servească micul dejun și, de data aceasta, acceptă tava și ceru și cafea. Își mâncă pateurile, cu gesturi leneșe, ascultând la discuțiile din jur.

Fusese foarte norocoasă pentru că locul de lângă ea rămăsese neocupat și nimeni nu a deranjat-o. Chiar a folosit ambele locuri pentru dormit și se simțea destul de revigorată.

Kate își bău cafeaua privind pe fereastră. Încerca să nu se gândească la a doua parte a călătoriei sale și mai ales la momentul când îl va vedea în sfârșit pe Ryan.

Avea două ore și cincisprezece minute de omorât în Istanbul iar apoi alte unsprezece ore până la Kuala Lumpur, deci avea suficient timp să pritocească ce urma să vină. Pe moment, preferă să-și lase mintea să hoinărească.

JUMĂTATEA PERFECTĂ CARTEA ÎNTÂI

KATE COBORÎ DIN AVION la Istanbul şi se duse la punctul de control al paşapoartelor, unde un ofiţer cumsecade o direcţionă spre Lounge-ul Clasei Întâi, care se găsea imediat după punctul de control, un etaj mai jos de etajul cu tot soiul de restaurante.

Intrând în lounge, se găsi într-o lume pe care nu şi-ar fi imaginat-o niciodată. Pentru o tânără femeie care şi-a petrecut viaţa între studii şi muncă şi care nu părăsise Montrealul în mai bine de zece ani, lounge-ul arăta ca o lume de pe altă planetă.

Kate petrecu o oră şi jumătate gustând delicatesele oferite şi se lăsă cuprinsă de atmosfera deosebită. Diferenţele culturale păreau copleşitoare uneori, dar ea absorbi noutăţile cu mult entuziasm, iar când veni timpul de îmbarcare, regretă că trebuia să părăsească lounge-ul.

Lui Kate îi era efectiv groază de zborul spre Malaezia. Zborul dura aproape unsprezece ore şi numai gândindu-se la el se simţea extenuată.

Kate se felicită că i-a cerut lui Ryan să vină să ia banii după-masă. Astfel ar fi avut şi ea posibilitatea să se odohnească puţin şi, mult mai important, ar fi avut timp să aranjeze totul cu recepţionistul hotelului.

Spera ca recepţionistul să fie deschis planului ei, pentru că altfel nu ar fi ştiut cum să-l recunoască pe Ryan când venea să ia banii. Desigur, dacă el era cel care venea după bani. Cercetările pe care le făcuse îi arătaseră că existau reţele uriaşe ce operau acolo. Persoana care venea după bani putea fi oricine.

Gândul că Ryan făcea parte dintr-o operație de acel soi o tulbura profund. Aproape se ura pe sine pentru că i-a permis să se strecoare în sufletul ei. Suspecta că era operațiunea bine orchestrată a unei rețea și ea fusese doar o simplă țintă.

Ei bine, până la urmă fiecare trebuia să facă niște greșeli mari de-a lungul vieții, iar ea nu făcuse nici una până atunci. Probabil că-i venise timpul.

SOARELE DIMINEȚII O trezi pe Kate. Pentru câteva clipe nu știu unde se afla și clipi de câteva ori până își reaminti unde era și de ce.

Privi în jur și văzu că marea parte a oamenilor încă dormea. În liniște, se duse la toaletă și se curăți cum putu mai bine. Când se întoarse, însoțitorii de bord începuseră deja să servească micul dejun și-i lăsaseră o tavă în fața locului său.

După ce începu să mănânce, o stewardeză veni și îi oferi cafea sau ceai. În ciuda orelor lungi de somn, Kate se simțea extenuată și avea nevoie de cafea să își înceapă ziua.

Călătoria începea să o afecteze. Se simțea obosită și mai avea încă două ore de zbor înainte de aterizare. Gândindu-se că trebuia să conducă mașina patruzeci și cinci de minute de la aeroport până la hotelul Majestic, oftă.

Când își văzuse reflecția în oglinda de la toaletă, Kate se îngrozise. Era palidă și avea cearcăne în jurul ochilor.

Își promise să nu mai călătorească niciodată aproape douăzeci și patru de ore fără întrerupere pentru că era nebunie curată.

Kate spera ca cele patru ore pe care le avea înainte ca Ryan să vină vor fi îndeajuns să o ajute să se simtă mai bine și, mult mai important, să arate mai bine, nu ca și cum ar fi fost pe patul morții.

Kate sorbi din cafea visătoare, privind norii de dedesubt și, după cum îi era obiceiul, jucă diferite scenarii în minte.

Avea un oarecare control asupra evoluției evenimentelor și asta o satisfăcea. Ea decisese cum urma să se desfășoare 'afacerea'. Refuza să numească altfel acel stadiu al relației ei cu Ryan. Era decisă să nu se lase atrasă în melodramă.

Kate era abătută și plină de amărăciune. Considera, totuși, că era perfect natural să simtă un soi de regret, chiar dacă niciodată nu sperase că ceva real ar fi ieșit din povestea cu Ryan.

Dar, cu toate acestea, se simțise apropiată de Ryan. Bărbatul era capabil să perceapă partea amuzantă a lucrurilor și ea fusese atrasă de inteligența lui acerbă și cunoștințele variate. Vorbiseră despre cărți și filme și chiar filozofie.

Ryan se dovedise un bărbat complicat care citise mult. Nu ar fi crezut că un escroc ar fi putut fi atât de versat în arta conversației.

Mai mult de atât, fusese atrasă de el, ca bărbat, și nici măcar nu-l întâlnise încă, iar acest lucru efectiv o făcea să amețească. Nu putea pricepe cum de a putut reacționa atât de puternic la un bărbat pe care nu l-a întâlnit.

Kate recunoscu că i-ar fi plăcut să fi avut o relație reală cu Ryan. I-au plăcut până și certurile legate de lucruri mărunte, dar și amuzamentul care venea la final.

Acum se temea că, de fapt, construise acea relație numai în imaginație și îi era groază gândindu-se că nu va găsi ceva asemănător în viața reală. Probabil, după câțiva ani, se va mulțumi cu mai puțin de atât și efectiv ura acel gând.

Vocea pilotului îi întrerupse gândurile, invitând pasagerii să-și pună centurile. Procedurile de aterizare începuseră, iar Kate era nerăbdătoare să vadă ce se va întâmpla în următoarele câteva ore. Gândul că va da ochii de Ryan o înspăimânta, dar o și entuziasma în același timp.

Cu o nouă hotărâre, coborî din avion și, după ce trecu de punctul de control al pașapoartelor, se duse la biroul pentru închirierea mașinilor să-și ia cheile pentru mașina pe care o rezervase din Montreal.

După ce a semnat hârtiile, și-a început călătoria de patruzeci și cinci de minute spre Majestic și, poate, spre Ryan.

Kate nici măcar nu se obosi să admire peisajele. Știa că va avea tot timpul din lume pentru a le vedea în următoarele trei săptămâni. Va avea timp atunci să se bucure de atmosfera și stilul de viață în Malaezia. Pe moment, era o femeie cu o misiune.

LA HOTEL, DUPĂ CE ȘI-a luat singura valiză de pe bancheta din spate, Kate i-a înmânat cheile unui valet. I-a zâmbit portarului și, intrând în hotel se duse direct la recepție, unde se afla un tânăr zâmbitor.

JUMĂTATEA PERFECTĂ CARTEA ÎNTÂI

CAPITOLUL 11

ÎNAPOI ÎN PREZENT – 19 iulie

BĂRBATUL NU RĂSPUNE nimic câteva clipe, iar tăcerea păru amenințătoare.

-Mai ești acolo? îl întrebă ea când tăcerea începu să o copleșească.

-Da, sunt. Sunt aici, Kate. Și când spun aici, înseamnă *aici*, veni replica lui înfierbântată.

Nici o secundă mai târziu, pași apăsați răsunară pe veranda casei. Surprinsă, Kate privi în direcția aceea și îl văzu.

Apăru în fața ochilor ei cu o grimasă în colțul gurii. Își închise telefonul privind-o fix. Expresia de pe chipul lui nu promitea nimic bun.

Picioarele lui Kate căzură de pe celălalt scaun cu zgomot, iar ea înghețà pe loc. Uită și să-și închidă telefonul. Cu reflexe amorțite, reuși să-l lase să cadă pe masă cu mișcări încete.

Ochii ei străluceau ca nişte lacuri imense verzi îngheţate. Bărbatul o domina cu înălţimea lui, iar atitudinea lui nu prevestea nimic bun. Părea gata să se arunce pe ea în orice clipă.

Kate deveni conştientă numai de un singur lucru: un bărbat uriaş şi furios se apleca deasupra ei. Orice gând coerent i-a dispărut, iar figura lui era singurul ei punct focal.

La vederea atitudinii sale ameninţătoare, i se strânse gâtlejul şi trebui să facă eforturi serioase doar pentru a respira.

'*Oh, Doamne, e imens!*' De la distanţă, în hotel, nu i se păruse atât de înalt sau atât de bine făcut. Acum, Kate îşi dădu seama că avea peste 1,90.

Probabil că în trecut jucase fotbal, dacă ar fi fost să ghicească după muşchii săi masivi, pe care cămaşa nu reuşea să-i ascundă.

Îşi strânsese pumnii atât de tare încât i se albiseră încheieturile şi era extrem de încordat. Muşchii vânjoşi de pe braţe i se agitau. Părea că încerca să-şi păstreze cumpătul, dar nu era sigur că va reuşi.

Ochii negri ai lui Ryan o fulgerau cu furie, iar gura îi era o linie subţire, ceea ce îi făcea chipul rigid şi neiertător. Cel puţin făcea efortul de a nu striga la ea sau de a o strangula, deşi părea înclinat s-o facă.

Ea continua să stătea jos şi se holba şocată la el, speriată oarecum de forţa brutală pe care o percepea în trupul lui. În următoarea clipă, el o prinse de braţe şi o trase în sus de parcă era o păpuşă de cârpă. O scutură atât de violent că-i clănţăniră dinţii.

-Fetiță proastă și tembelă, Ryan aproape mârâi cuvintele printre dinți, ca și cum nu ar fi fost capabil să-și descleșteze gura și să vorbească normal.

Simțindu-i mânia intensă și fierbinte, Kate fu convinsă că a ajuns la capătul liniei. Era mai mult ca sigur că, în nici o clipă, va zăcea moartă exact unde se afla. Era conștientă că nu era capabilă să se apere în fața forței lui brutale.

Ceea ce urmă, o șocă și mai mult. După câteva momente încordate, timp în care el a continuat să o zguduie atât de rău încât își putea simți oasele zornăind, brusc a tras-o în barțe și a lipit-o de el, strângând-o într-o îmbrățisare de urs. Gestul acela o confuzionă și mai mult.

Își îngropă fața în părul ei și-i inhală mirosul cu lăcomie. Încerca să respire și trebuia să facă eforturi considerabile să tragă aer în piept.

Când corpul ei îl atinse pe al lui, Kate îl simți tremurând și nimic nu mai făcu sens în mintea ei. Probabil căzuse prin gaura de iepure într-o lume paralelă.

Kate prindea când și când ceva din șoaptele lui ininteligibile. Îi șoptea ceva, fervent, dar fața îi era îngropată în părul ei și ea nu înțelegea nimic.

Mai mult decât atat, era atât de năucită de reacțiile lui, încât nu reușea să proceseze nimic. Se așteptase la cu totul altceva când bărbatul apăruse acolo atât de furios.

Absolut totul părea extrem de ireal. Pentru o clipă, se gândi că zborul lung din ultimele douăzeci și patru de ore i-a distrus conexiunile neuronale din creier și de aceea se confrunta cu lucruri atât de ciudate.

Kate nu-şi dăduse seama că Ryan o urmărise de la hotel şi de aceea prezenţa lui acolo îi înceţoşase mintea. Venirea lui nu făcea parte din planul ei şi se temea că pierduse controlul situaţiei.

Singurele cuvinte pe care le putea formula mintea ei erau interjecţii ca 'wow' şi 'oh, Doamne!' Nu putea construi o propoziţie coerentă.

Kate încercă să se adune, să formeze idei logice. Puterea de gândire îi dispăruse în momentul în care l-a văzut pe Ryan de-aproape. Era mult mai mult decât îşi imaginase.

Aparenţa sa fizică o uluia, iar Kate nu fusese niciodată tipul de femeie care să ofteze sau să leşine la vederea unor muşchi bine dezvoltaţi sau a unui piept lat. Preferase întotdeauna tipul de intelectual.

Acum, realitatea îi dovedea că se minţise pe sine. Trupul lui Ryan pur şi simplu îi golise mintea de orice gând raţional. Se simţea ruşinată că avea o astfel de reacţie tipic de puştoaică, mai ales că niciodată nu reacţionase astfel, nici măcar când era adolescentă.

Kate nu se aşteptase niciodată să vadă un om atât de fascinat cu ea. Nici el nu putea formula o frază comprehensibilă. Indiferent de cât de ciudată părea reacţia sa, când deveni conştientă că avea o asemenea putere asupra lui, Kate fu chiar măgulită.

Acum era convinsă că nu juca un rol doar pentru a o păcăli. Nu avea cum să fie un actor atât de bun.

-Ryan, reuşi ea să murmure.

Faţa ii era tot îngropată în pieptul lui, iar fiecare respiraţie aducea cu sine mirosul uşor sărat al pielii sale umede şi aceasta îi distrăgea toate simţurile.

Ryan nu răspunse. Părea să nu o fi auzit. Bărbatul continua să o țină strâns la piept cu mâna sa dreaptă, iar, în același timp, degetele sale aspre de la cealaltă mână îi trasau conturul feței. Atingerea să aspră lăsa o senzație fierbinte în urmă și o făcea să simtă furnicături ciudate în partea de jos a abdomenului.

Buzele lui îi atinseră urechea și atingerea aceea ușoară o făcu să se cutremure imperceptibil. Acum furnicăturile acelea stranii erau prezente peste tot pe corpul ei și înlăuntrul ei și aduseră la viață un miriad de senzații necunoscute, dar dureros de plăcute, care îi făceau sângele să cânte.

-Ryan, spuse ea mai tare de data aceasta.

Kate simțea nevoia să iasă din acea transă a simțurilor. De data aceasta, avu un oarecare succes și îl aduse și pe el înapoi la realitate.

-Ce-i? Ryan mormăi, supărat că a fost întrerupt.

Aceasta nu însemna că s-a oprit din a o atinge. Degetele sale continuau să-i mângâie obrazul, iar buzele lui, ușor depărtate și umede, le urmau îndeaproape.

Kate râse ușor remarcându-i supărarea și aceasta o surprinse. După câteva clipe își aminti ce dorea și spuse:

-Chiar cred că ar trebui să vorbim mai întâi Ryan, nu-i așa?

Vocea lui Kate era ezitantă. Nu era foarte convinsă că dorea ca tortura aceea dulce să se încheie.

Pentru prima dată în viață considera că vorbitul era supraestimat. Nu putea fi nimic rău în a-și lăsa trupul în voia acelor senzații electrizante.

-Despre ce să mai vorbim? Ryan întrebă dur, trăgându-se ușor la distanță și privind-o iritat în ochi. Ești aici, deși amândoi știm că nu ar trebui să fi, se încruntă el, dar apoi continuă. Eu sunt aici... și am nevoie de tine, iubito, pe bune, rău de tot, și chiar acum. Nu mai vreau amânări, nu mai vreau să aștept... Nu mai pot să aștept... M-am gândit prea mult la asta și...

-Abia ne-am întâlnit, Ryan, Kate îl întrerupse pe un ton sec.

Încerca să fie logică și să-l facă și pe el să vadă că ea avea dreptate în același timp, chiar dacă nu-i era ușor nici ei să fie rațională când pielea îi ardea efectiv.

-Dar ne știm bine unul pe celălalt, Kate. Haide, doar ne știm de destulă vreme, nu-i așa? Am vorbit și ne-am certat atâtea ore că... Nu, nu mai are sens să vorbim și să argumentăm. Asta nu ne va apropia mai mult decât până acum, Kate... Nu vezi că am dreptate, iubito? Te rog, gândește-te sau mai bine spus, nu mai gândi, aproape că o imploră el, iar apoi îi împinse o șuviță de păr la o parte, pentru a-i putea atinge curbura obrazului, pe care apoi i-l luă în căușul palmei.

Își aplecă capul, ochii săi privind mereu fix în ochii ei, pregătit să surprindă cea mai mică strălucire și reacție. Își frecă buzele de ale ei, abia atingând-o, fermecând-o, împingând-o să accepte inevitabilul și să cedeze.

Kate îl fixă cu privirea câteva clipe. Apoi, trebui să admită că nu era capabilă să-l refuze. Nu-i putea spune 'nu'.

Mai mult de atât, dacă dorea să fie complet cinstită cu sine, trebuia să recunoască că nu avea nici o intenție să-i refuze avansurile. Întregul ei corp vibra deja pe aceeași lungime de undă cu al lui, iar acum, tânjea după mult mai mult decât atingerile sale ușoare.

Dacă chiar voia să fie exactă, nu se știau cu adevărat. Dar chiar dacă s-ar fi întâlnit constant și ar fi avut toate acele conversații față în față, situația ar fi fost aceeași.

Kate tot nu știa cine era el. Nu avea nici cea mai mică idee dacă era un simplu șarlatan sau nu, dar nu voia să se mai gândească la toate cele, în special când el o ținea în brațe de parcă ar fi fost extrem de importantă pentru el.

Se găsea acolo cu el și asta era tot ce conta. Kate nu era o persoană căreia îi plăcea să riște totul, dar acela era unul din acele momente în viață când avea senzația că merita să sară în necunoscut cu ochii deschiși.

Uitându-se drept în ochii lui pentru a-i putea judeca reacțiile, Kate îi atinse pieptul timid. Încerca să-și testeze instinctele și să facă dragoste cu el. Nu avea prea multă experiență și niciodată nu luase ea inițiativa înainte, așa că trebuia să-și găsească ritmul.

După ce îi mângâie pieptul cu atingeri ușoare ca pana, mâinile îi alunecară leneșpe bust în jos, spre talie unde îl mângâie cu mâini tremurătoare, înainte de a-l încercui cu brațele.

Pupilele lui Ryan se dilatau din ce în ce mai mult și deveneau mai intense, ceea ce o făcu să creadă că-i plăceau atingerile ei la fel de mult pe cât îi plăcea ei să îl atingă. Se topi în el. Își alinie bustul cu al lui pentru a-l simți mai bine.

Buzele ei umede îi găsiră clavicula și lăsară o urmă de săruturi umede pe pielea sa firbinte, închisă la culoare, gustându-i aroma de mosc bărbătească. Cu vârful limbii trasă o cale unduitoare de la o parte a claviculei la cealaltă și savură gustul pe care pielea sa i-o lăsa pe limbă.

În același timp, degetele sale săpau în mușchii puternici ai spatelui lui, masându-i ușor la început, apoi alternă atingerile ușoare cu unele mai puternice și profunde. Mușchii lui se încordară și tremurară sub degetele ei jucăușe și un râset victorios țâșni de pe buzele ei.

Ryan fu surprins să-i audă râsul și-și arcui sprânceana stângă. Kate era de asemenea uimită când realiză cât de mult îi plăcea să-i simtă corpul fără restricții și cât de mult îi plăcea să-l facă să cânte de parcă era o vioară.

Ochii lui Ryan, pe jumătate închiși, erau în continuare fixați cu încăpățânare asupra ei. Suspansul și așteptările îi uscaseră buzele și-și linse buza superioară scurt. Inhală brusc când ea se întinse și cu vârful limbii îi linse adâncitura de la baza gâtului.

-Destul m-ai tachinat, iubito, mormăi el.

Vocea îi era tensionată și răgușită. O ridică în brațe smulgându-i un strigăt de surpriză de pe buze. Kate își aruncă brațele în jurul gâtului lui pentru ca să se suțină, temându-se că o va scăpa.

Privindu-i chipul lui Kate cu intensitate, Ryan o porni spre casă cu pași mari grăbiți, dornic să-i găsească dormitorul imediat pentru a începe a se ospăta cu ea.

Imaginea aceea o făcu să se înroșească, dar și să tremure, ceea ce-l făcu pe Ryan să-i arunce un rânjet de lup flămând, iar primitivismul său înnăscut îi luci mai puternic în ochi. Îi promitea că mult mai mult urma să vină. Pentru un moment, Kate se temu că intensitatea a ceea ce urma să se întâmple o va consuma complet.

Kate nu-şi imaginase niciodată că i-ar place să fie cărată astfel or că ar fi încântată că avea puterea să alimenteze astfel de masculinitate brută într-un bărbat. De regulă, ar fi fugit cât mai departe de un astfel de bărbat. Prudenţa nu făcea casă bună cu emoţiile pure.

Lui Kate îi plăcea profund aroganţa lui Ryan, precum şi demonstraţia de putere fizică pură.

Instinctiv, Ryan alese drumul corect spre dormitorul ei şi o cără în cameră după numai câţiva paşi uriaşi. Acolo, o lăsă să alunece de-a lungul corpului lui până ce tălpile îi atinseră podeaua.

Era pur şi simplu copleşit şi-i plăcea cum se simţea având-o lipită de el şi cum pielea lui ardea în direct contact cu trupul femeii. Nu-i dădu drumul. O ţinu aproape, iar ochii lui îi cercetau pe ai ei în profunzime. Dorea să se asigure că şi ea simţea la fel şi îşi dorea acelaşi lucru, că dorea acea legătură intimă dintre ei, la fel de mult cum o dorea el.

O dată ce se asigură că nu a înţeles greşit, se trase la distanţă de un braţ şi îşi lăsă ochii să-i cerceteze corpul liber, din vârful capului şi până la tălpi. Un rânjet apreciativ şi flămând îi apăru pe buze, asigurând-o că era satisfăcut de ce vedea.

Bărbatul întinse un braţ în spatele ei şi-i găsi fermoarul de la rochie. Dureros de încet, iar anticipaţia aproape o ucise, îl coborî iar ochii lui urmăriră progresul. Rochia se desfăcu şi-i eliberară sânii, iar acum el se putea delecta cu mai multe decât înainte, când trebuise să ghicească cam cum ar arăta.

Pielea rozalie îl chema şi nu se obosi să-şi nege dorinţa. Ryan trasă cu grijă conturul unui sân, cu unul dintre degete.

Ochii lui Kate stăteau aţintiţi pe el. El se concentra intens urmărind mişcarea acelui deget, ca şi cum textura pielii ei îl fascina.

Întregul ei corp îi captiva ochii. Atingerea sa aspră îi înfierbânta pielea lui Kate. Când ea tremură uşor, Ryan ridică brusc privirea şi observă că pupilele i se dilataseră, iar buzele i se desfăcuseră, invitându-l să le guste.

Ryan deja decisese sa nu-i refuze nimic. Cum nu intenţiona să-şi refuze nici lui nimic, se apleçă, îşi linse buzele cu nervozitate, iar apoi le atinse de ale ei. Îi prinse respiraţia uşoară cu gura, şi-i răspunse cu un mârâit profund.

Ryan îşi trecu buzele peste ale ei de câteva ori. Le gustă, încercând să le înveţe textura şi forma. Numai după aceea, limba îi alunecă în gura ei şi o gustă. O tachină fără milă, limba dansându-i peste a ei încet, împerechiându-se cu a ei într-un ritual sălbatic.

De-acum degetele îi cuprinseseră un sân, iar centrul palmei îi apăsa pe sfârc. Îl mângâie cu încheieturile degetelor, iar apoi îl strânse mai întâi blând între două degete, iar apoi mai tare. Când îi roti sfârcul între degete, Kate inspiră adânc, şi-şi petrecu braţele pe după gâtul lui, ca să se poată ţine în picioare.

Gestul ei îl făcu să se simtă îmbătat de putere. Se simţea aproape invincibil ştiind că avea nevoie de o ancoră pentru că îi tremurau picioarele. În acelaşi timp, îi inhală mirosul şi gustul ei îi explodă pe limbă, ceea ce îl aduse aproape de marginea prăpastiei.

Lui Ryan îi plăcea felul inconștient în care Kate îi răspundea. Își lăsa limba să se topească pe a lui și își potrivea mișcările la mișcările lui.

Degetele lui Kate i se prinseră în păr, fără să-i pese dacă-i provoca durerea sau nu. Nici lui Ryan nu-i păsa. El era preocupat să o facă să simtă cât mai multe senzații în același timp. Voia să o facă să-și piardă mințile și trupul în haosul lor.

Ryan brusc s-a tras înapoi și, cu mândrie, îi admiră buzele umflate.

Bărbatul îi rânji obraznic, de parcă ar fi avut planuri pentru mult mai mult. Apoi o trase înspre el din nou. Trupurile li se ciocniră, iar Ryan îi luă gura într-un sărut care-i amorți mintea complet.

Apoi îi mângâie buzele cu limba și își înfipse dinții în buza ei inferioară cu putere. Kate țipă și îl trase de păr.

El numai râse. Era același râs, ușor răgușit, care o făcea să tremure mereu.

Apoi își întoarse atenția la gura ei, unde începu să se ospăteze, încercând să devină una cu ea. Limba lui talentată se jucă cu a ei, mângâind și tachinând, trecând, din când în când, încet peste dinții și buzele ei.

Ryan se retrase numai când trupul său urlă că avea nevoie de oxigen, iar el exploda de prea multă dorință. Sângele îi vuia în urechi, acoperind chiar și sunetul valurilor ce venea pe fereastra pe care Kate o lăsase deschisă mai devreme.

-Îmi place la nebunie rochia ta, iubito, spuse el printre dinții strânși. Ți se potrivește... Dar, hai să ne descotorosim de ea, da? Trebuie să te ating peste tot, Ryan îi șopti cu fervoare.

Răbdarea lui era în zdrențe și atârna numai de un fir.

Kate era atât de amețită că nu înțelegea ce-i spunea. Îl privi confuză și privirea ei îl făcu să râdă din nou, foarte mulțumit de sine însuși.

-Rochia, iubito. Hai să o scoatem de pe tine, Ryan repetă mai tare.

Pentru a o face să se miște, se gândi să conducă prin exemplu. Își trase cămașa peste cap și o aruncă la întâmplare undeva în cameră.

Când îl văzu că-și scoate hainele, Kate înțelese în sfârșit ce dorea și își împinse bretelele rochiei de vară jos de pe umeri. Lăsă rochia să-i cadă la picioare, iar textura bumbacului alunecând peste trupul ei febril îi răcori pielea.

Femeia avea mare nevoie de acel moment de respiro pentru a ieși din lumea încețoșată în care Ryan o împinsese cu buzele și degetele lui.

Kate rămase în picioare în fața lui, îmbrăcată în chiloței și sutien. Când remarcă privirea flămândă din ochii lui și felul în care ochii îi treceau peste corp cu foarte mare atenție, se înroși violent. Ryan părea să memoreze absolut totul.

Bărbatul observă imediat roșeața care i se întinsese pe obraji și pe gât, și-i zâmbi strălucitor. Își scoase pantofii și îi spuse:

-Puține femei mai știu cum să roșească după pubertate. Îmi place să te văd roșind, Kate.

Ar fi vrut să-i replice ceva amuzant, dar, surprinzător, nu era nici urmă de gând în mintea ei, așa că dădu din umeri. Oricum niciodată nu fusese bună la conversații cu tente sexuale. Își dăduse seama că-i lipsea abilitatea de a cocheta din bagajul ei genetic înainte ca adolescența ei să se încheie și acceptase lipsa acelui talent fără să se plângă.

-Ţi-ar place să dau jos şi restul hainelor, nu-i aşa? Ryan întrebă pe un ton obraznic.

Deja îşi aruncase pantofii din picioare şi-si coborâse fermoarul la jeanşi. Ochii îi erau fixaţi pe Kate, când îşi scoase pantalonii şi chiloţii în acelaşi timp. Ochii mari ai lui Kate se holbau la el, iar reacţia ei provocă un alt surâs satisfăcut pe buzele lui Ryan. Toate răspunsurile ei îl flatau şi-l făceau mai încrezător în talentele sale.

După câteva secunde, Kate îşi scutură capul, iar apoi încercă să-şi desfacă sutienul, dar Ryan o opri.

-Nu, iubire, lasă-mă pe mine. Mi-ar place să te dezgolesc eu însumi. Eşti darul meu acum.

Cu reticenţă, braţele îi căzură în lături, iar el îşi petrecu mâinile în jurul ei, ochii lui păstrând contactul cu ai ei. Îi desfăcu sutienul şi îi trase bretelele jos, eliberându-i sânii. Aruncând sutienul pe podea cu nepăsare, Ryan îi cuprinse ambii sâni în palme şi îi masă uşor, mârâind posesiv din nou. Acel mârâit şi atingerile lui fură de ajuns să-i facă sângele să fiarbă din nou.

Când palmele lui o cuprinseseră, Kate s-a clătinat şi s-a prins de braţele lui pentru a-şi păstra echilibrul. Unghiile ei îi săpară în piele, dar nu-i păsa dacă îi provoca durere.

El îşi coborî capul şi îi ridică sânul stâng la gura sa. Limba îi linse sânul pe laterală, gustând pielea sărată, iar el îi respiră miazma. În acelaşi timp, îşi lăsă degetele să alunece pe sânul ei drept şi se bucură când o simţi tremurând sub atingerea lui. Când degetele îi atinseră sfârcul întărit, gura i se închise simultan pe celălalt. Limba i se învârti în jurul lui şi îl întări şi mai mult, iar apoi îl trase complet în gură şi-l supse.

Kate strigă. Prea multe senzații îi străbăteau corpul, iar cele mai multe erau extrem de intense. Tensiunea îi întindea fiecare fibră a corpului. Simțul ei de conservare îi dicta să se retragă, dar el își petrecu brațul pe după spatele ei și o ținu în loc.

Ryan nu-i lăsă deloc spațiu să se miște, și în tot acel timp, flamând, continuă să se ospăteze cu sânii ei. Îi linse sfârcul, modelându-l cu limba, iar apoi, brusc, i-l mușcă. Kate expiră tremurând. Ryan îi supse sfârcul până ce simți că tensiunea îi explodă în corp și ea se dizolvă într-un ocean de senzații. Ryan nu se opri până ce Kate nu începu să tremure puternic și să scâncească în brațele lui.

Își aruncă ochii spe chipul ei. Ochii îi erau închiși, iar buzele, care purtau marca propriilor ei dinți, erau deschise într-un strigăt mut. Văzând-o astfel, îi luă gura cu a lui și, urmând exemplul ei, îi mușcă buza de jos, făcând-o să strige din nou.

Kate se clătină spre el fără să vadă nimic în fața ochilor. Avea nevoie de susținere și-și odihni capul pe umărul lui în abandon total.

Ryan îi împinse capul în sus cu degetul său mare și, spre surpriza ei, îi mușcă din nou buza de jos cu malițiozitate. Gestul lui o făcu să se agațe de umerii lui cu degete tremurânde.

Simțindu-i tremurul, se opri și îi alină buza înroșită și torturată cu atingeri blânde și umede, înainte de a i-o suge în gura lui. Din nou mârâi când textura, gustul și mirosul ei îl copleșiră. Nu se opri ci continuă să-i sugă buza plină – tânjise să facă asta din momentul în care îi văzuse poza.

Nimic altceva nu mai exista pentru el. Ryan nu mai percepea murmurul mării sau mirosul de sare ce persista în aer. El o respira și simțea numai pe Kate și nimic altceva nu mai conta.

După o vreme care păru o mică eternitate, buzele lui îi părăsiră gura, mângâindu-i maxilarul, trasând forma obrazului ei, pentru a ajunge să-i sărute fiecare pleoapă.

Atingerile lui ușoare ca pana coborâră apoi pe partea cealaltă a feței lui Kate. Ryan îi linse marginea urechii, leneș, iar apoi își înfipse dinții în lobul urechii ei cu blândețe. Kate oftă surprinsă și degetele ei i se afundară în umeri, unghiile ei lăsând urme în pe pielea lui.

El continuă să presară mici săruturi pe gâtul ei ici colea, până ce ajunse la punctul unde gâtul i se topea în umăr și acolo supse puternic, alternând cu treceri furișe ale limbii și mușcături, savurând sunetele pasionale care zburau de pe buzele lui Kate.

Kate nu mai avea nici măcar un gând lucid, iar creierul ei știa un singur lucru. Avea nevoie de Ryan și avea nevoie de el chiar în acel moment. Avusese parte de destul preludiu și simțea că va muri dacă el nu începea să facă dragoste cu ea imediat. Kate simțea că arde efectiv. Ardea peste tot.

Ryan îi citi gândurile în ochi. Îi zâmbi și-și scutură capul. Dorea ca ea să înțeleagă că el era cel ce controla totul, iar ea trebuie să-i respecte ritmul.

Apoi, se aplecă iar degetele îi alunecară în chiloții ei. Îi trase jos de-a lungul picioarelor ei foarte încet, iar încheieturile degetelor îi mângâiară fiecare picior de sus până jos.

După ce i-a îndepărtat chiloții, Ryan îngenunche în fața ei și o trase spre el, pentru a-și îngropa gura în buricul ei, unde își lăsă limba să o tachineze în timp ce degetele sale se adânceau în șoldurile ei. Știa că o marca și că a doua zi va avea vânătăi.

Gândul că o marca îl făcu și mai teritorial și posesiv, ca și cum unele gene latente de neanderthal se treziseră la viață și îi controlau mintea. Nu putea gândi mai departe de senzația că ea îi aparținea la nivel visceral.

Continuă să-i mângâie corpul cu gura pe drumul său în jos. Pielea moale care i se întindea pe oasele de la șolduri, precum și mirosul ei, îl fascina.

Simțurile lui Ryan erau trezite complet la viață, iar trupul îi urla, gata să atingă punctul culminant. Avea nevoie să se scufunde în ea și să uite de absolut orice altceva.

Ryan se ridică în picioare și o sărută scurt, aproape neglijent. Apoi a ridicat-o în brațe și a pus-o pe pat. A urmat-o și i-a acoperit corpul cu trupul lui. Încercă să-i mai mângâie interiorul coapselor, dar mâinile îi tremurau prea violent.

Nu mai putea aștepta o singură clipă. Mult mai dur decât ar fi vrut, se afundă în ea, umplând-o și întinzând-o mai mult decât ar fi crezut ea posibil. Kate țipă din cauza șocului, iar el mârâi printre dinții încleștați.

-Te-am rănit, iubito? Ryan întrebă după o clipă, chiar dacă trebui să facă un efort enorm să poată vorbi.

Se simțea prea bine fiind înăuntrul lui Kate și nu ar fi putut să se oprească atunci pentru nimic în lume. Trebuia să facă dragoste cu ea.

-Nu, am fost doar surprinsă, Kate îi replică în şoaptă, iar palma ei dreaptă îi mângâie chipul, încurajându-l să continue.

Dar, cu toate că se găsea într-o ceaţă a plăcerii, Ryan observă lacrimile din ochii ei şi se crispă.

-Te-am rănit. Văd că plângi, spuse el cu supărare.

-Oh, nu, nu plâng, Ryan. Am fost doar surprinsă... chiar plăcut surprinsă, de fapt, se grăbi ea să spună, temându-se că o va părăsi excitată. Corpul îi cerea să atingă apogeul.

-Se simte bine, nu-i aşa? rânji el atunci.

Ryan se sprijinea pe coate. Îi luă capul în căuşul palmelor şi o sărută tandru.

-Da, se simte bine, Ryan, dar dacă nu începi să te mişti... Kate replică pe o voce ameninţătoare, iar apoi îşi împinse pelvisul spre el.

Ryan râse şi se arcui puternic în ea, făcând-o să ofteze din nou. Începu să facă dragoste pasionant cu ea, în acelaşi timp copleşindu-i buzele cu săruturi umede şi provocatoare.

Pieptul lui se freca de a-l ei de fiecare dată când se împingea în ea şi amândoi simţeau şocurile electrizante în terminaţiile nervose. El îi trase piciorul stâng în jurul taliei sale şi se împinse şi mai tare înăuntrul ei, în acelaşi timp mângâindu-i coapsa cu vârful degetelor. Îi plăcea să o simtă tremurând violent în braţele lui.

Excitaţia lui Ryan crescu în intensitate când degetele ei tremurânde îi mângâiară spatele. Ideea de a fi înauntrul ei şi de a fi înconjurat de ea ca o mănuşă foarte strâmtă, îl excita din ce în ce mai mult.

I-ar fi plăcut să o sărute din nou, dar îşi dădu seama că nu mai putea. Gura îi era încleştată pentru că se străduia să reziste mai mult timp.

Mirosul ei îi intoxica simţurile şi ştia că va termina curând. O atinse în punctul focal al feminităii ei, iar apoi se îngropă în ea şi mai puternic. Ryan îi mângâia trupul cu al lui la fiecare mişcare şi, în sfârşit, tensiunea din trupul ei se dezlănţui, transformându-se într-un val de plăcere puternic.

Kate gemu, iar apoi strigă. Ochii îi erau larg deschişi, fixaţi pe el, plini de uimire. Ceea ce simţea era mult mai mult decât se aşteptase.

Numai atunci, în sfârşit mulţumit că a satisfăcut-o, Ryan îşi dădu şi el drumul. Mârâi, îngropându-şi capul în gâtul ei şi apoi se prăbuşi deasupra ei.

Imediat, se rostogoli pe o parte şi o luă cu el, să nu o zdrobească sub greutatea lui. Atunci simţi umezeala de pe coapsă şi privi în jos alarmat. Şocat, descoperi că uitase ceva esenţial.

-Nu am folosit nimic. La naiba! Bineînţeles că nu am folosit. Nu aveam nimic cu mine, evident. Oh, la naiba! înjură el fără oprire dezgustat cu sine.

Kate se uită fix la el fără să înţeleagă ce se petrecea. Nu ştia ce i se întâmplase. Apoi, realiză adevărul şi îi spuse:

-Iau pilula, aşa că nici o problemă din direcţia aceea. Sunt sănătoasă...

-Şi eu la fel, iubito, nu te îngrijora din cauza asta. Eram îngrijorat din cauza unei sarcini. Nu am vorbit niciodată despre asta şi...

Kate nu-i răspunse. Dădu din umeri, iar apoi își puse capul înapoi pe umărul lui. Era prea extenuată ca să mai discute despre orice problemă. Avea nevoie numai de somn.

Ryan se uită la creștetul capului ei nehotărât. Ar fi vrut să clarifice lucrurile cu ea chiar atunci, dar renunță când văzu că nu era pregătită de conversație. Îi sărută părul, o adună în brațele lui, cât de strâns posibil, iar apoi îi spuse:

-Odihnește-te pentru câteva momente, scumpa mea. Dar mai târziu tot va trebui să discutăm.

Ea nu-i mai răspunse. Adormise deja. Călătoria lungă, anticipația de a-l spiona pe Ryan, precum și șocul de a-l avea în casa ei de vacanță, dar mai ales cel mai intens act sexual pe care l-a avut vreodată o extenuaseră complet.

Ryan o privi și efectiv rânji cu satisfacție masculină. După câteva secunde, însă, se încruntă. Erau prea multe lucruri ce necesitau clarificare și răspunsuri. Și cu toate acestea, trebuia să aștepte ca ea să se trezească, așa că o așeză mai bine în brațele lui și îi veghe somnul.

ROWENA DAWN

CAPITOLUL 12

CÂND SE TREZI, KATE se găsea singură în pat, acoperită până la umeri de un cearceaf mătăsos. Corpul i se simțea straniu și când se uită mai bine văzu urmele lăsate de barba și degetele exigente ale lui Ryan. Îi purta amprentele pe șolduri și o șocă să realizeze că-i permisese unui bărbat să-și lase marca pe ea.

Kate coborî din pat și se strâmbă când mușchii îi protestară puternic. Niciodată înainte nu a fost iubită cu atâta atenție și nimeni nu-i folosise corpul în acel fel. Întregul ei trup se plângea.

Se duse la baie și se privi în oglindă. Părul îi era ciufulit bine de tot, buzele îi erau umflate și învinețite. Toate îi amintiră de gura pricepută a lui Ryan și simți din nou furnicături peste tot.

Privi înapoi spre patul pe care-l împărțise cu Ryan și-și scutură capul. Nu-i venea să creadă. Sărise în pat cu un bărbat doar după câteva minute.

În duș, lăsă apa să-i aline toate durerile. Se tot gândea la Ryan și după-masa ireală pe care a petrecut-o cu el. Kate își imagină că bărbatul deja a plecat, iar tristețea îi umplu inima.

Fusese asigurată că va găsi alimentele de strictă necesitate în frigider şi se duse la bucătărie să mănânce ceva. Era tristă, era adevărat, dar, după ce făcuse dragoste într-o manieră atât de viguroasă, era flămândă.

Prezenţa lui Ryan în bucătărie o consternă. Făcea o omletă şi vorbea la telefon în acelaşi timp.

-Deci, Adam e la fel, nu mai rău, spuse el, iar apoi, ca şi cum ar fi simţit-o că intrase în bucătărie, privi spre ea.

Kate se opri chiar în prag. Nu avea încredere nici în el, nici în ea însăşi să intre în încăpere.

Ryan îi zâmbi, dar zâmbetul nu-i atinse ochii care străluceau cu detaşare rece. Îşi continuă conversaţia ca şi cum sosirea ei nu conta.

Lui Kate îi displăcu atitudinea lui şi, pentru o clipă, se gândi să meargă înapoi la culcare. Ezită, dar numai câteva secunde. Se răzgândi şi apoi avansă în bucătărie. În fond, se găseau în casa ei de vacanţă şi refuza să-l lase să-i controleze acţiunile şi să ia control asupra casei.

-Ei bine, Nick, voi vedea care e situaţia şi, în funcţie de ce descopăr, s-ar putea să trebuiască să ne mutăm din nou. Te sun eu după aceea, Ryan spuse iar apoi închise.

Puse telefonul înapoi în buzunar cu grijă, iar apoi se întoarse spre maşina de gătit şi întoarse omleta.

-Deci te-ai trezit până la urmă, observă el pe un ton rece, fără să se întoarcă spre ea.

-Da, m-am trezit, răspunse Kate blând.

Nu ştia cum să reacţioneze în faţa acelui nou Ryan. Se obişnuise cu temperamentalul Ryan, iar bărbatul pe care-l avea în faţa ochilor era complet diferit.

-Eram foarte obosită, evident, după zborul acela lung şi apoi aşteptarea la hotel, continuă ea, iar apoi se opri când îşi dădu seama că bătea câmpii.

-Ah, da, aşteptarea la hotel, într-adevăr, replică el maliţios. Ar cam trebui să discutăm şi despre asta acum, nu-i aşa?

Kate ridică din umeri cu indiferenţă, iar apoi se aşeză la masă. Ştia că va ridica subiectul mai devreme sau mai târziu când îl găsise în bucătărie. Nu-i pea surâdea, dar se temea că nu avea nimic de spus în acea privinţă.

-Văd că găteşti, spuse ea doar ca să întrerupă tăcerea. Ai făcut ceva şi pentru mine?

-Bineînţeles că da, Ryan replică. Am început să fac mâncarea când te-am auzit mişcând prin dormitor. Sper că-ţi place omleta spaniolă. Pentru orice altceva va trebui să facem un drum la magazin, glumi el.

-Mă gândeam să o fac mâine. Speram să găsesc destulă mâncare aici pentru seara aceasta, Kate replică, arătând spre frigider. Nu am avut timp să verific, ştii doar, se opri ea uşor jenată când îşi aminti ce îi schimbase intenţiile.

Ryan veni la masă, se aplecă deasupra ei şi o întrebă pe un ton serios:

-Rgreţi ce s-a întâmplat, Kate?

Kate se uită direct în ochii lui. Spre surpriza ei, chiar era îngrijorat. Nu se aşteptase la aşa ceva de la el şi încercă din nou să-i citească mintea, numai pentru a simţi că ceva îi împingea undele cercetătoare deoparte. Văzu când bărbatul se încruntă şi o privi întrebător, dar cu toate acestea nu spuse nimic.

Nu ştia cum de era posibil, dar aparent, o simţea când încerca să arunce o privire la gândurile lui. Nu i se mai întâmplase nimic similar în trecut şi era uimită.

La început, când îşi descoperise darul, fusese înspăimântată. Din fericire, bunica ei era încă în viaţă la vremea aceea şi i-a explicat că darul era moştenit de femeile în familie, una în fiecare generaţie. A sfătuit-o pe Kate să nu spună nimănui despre talentul său special, pentru că oamenii vor încerca să profite de pe urma ei sau o vor considera o anomalie a naturii dacă nu şi mai rău.

Kate a crescut şi a învăţat că oamenilor le venea greu să accepte pe cineva care era atât de diferit. Considerau că cei ca ea reprezentaru o ameninţare pentru ei. Aşa că şi-a păstrat abilităţile secrete, şi nici cea mai bună prietenă a ei, Ellie, nu ştia de ce era capabilă.

Brusc, Kate îşi dădu seama că Ryan nu mai spunea nimic şi îi aruncă o privire. El încă mai aştepta ca ea să-i răspundă, iar ochii lui întrebători o aduseră din nou înapoi în lumea reală.

-Nu, nu am regrete, Ryan. Nici acum şi nici în viitor, pot să ţi-o promit, Kate îi replică. Am vrut să o fac şi mi-a plăcut, după cum ştii foarte bine. Aşa că... ridică ea din umeri.

-Asta-i bine, iubito, pentru că mi-e teamă că nu mă pot opri acum. Te-am gustat şi acum sunt efectiv prins. Indiferent de motivul pentru care eşti aici şi de consecinţele sosirii tale, tot trebuie să te mai gust din nou, spuse el, îndepărtându-i o şuviţă de păr de pe faţă şi trecându-i-o după ureche.

-La ce te referi când spui 'consecinţele sosirii mele'? Kate întrebă încruntându-se.

-Bine, atunci avem discuţia chiar acum, spuse Ryan dând din cap.

Se ridică şi luă omleta de pe maşina de gătit, o împărţi pe două farfurii şi puse o farfurie şi o furculiţă în faţa ei. Se întoarse la contoar şă aducă roşiile şi castraveţii pe care îi tăiase mai devreme. Puse totul pe o farfurie pe care o aşeză în mijlocul mesei pentru ca să se servească amândoi. Cu un gest larg, o invită să mănânce.

Ryan începu să-şi mănânce omleta, mestecând în tăcere câteva clipe. Apoi o întrebă:

-Cine te-a trimis aici?

Kate se uită la el confuză:

-Ce vrei să spui?

-Nu te juca cu mine, iubito. Cine te-a trimis aici? Ryan repetă pe o voce oţelită, continuând să mănânce şi privind-o intens.

-Nu înţeleg, Kate spuse. Cine să mă trimită, Ryan? Dacă îmi amintesc corect, am venit să-ţi las banii după cum am discutat, explică ea cu o voce perplexă.

Începea să se enerveze din cauza atitudinii lui. Vocea îi era încordată şi un pic mai ridicată decât în mod normal.

-Trebuie că e mai mult de atât, Kate, bărbatul replică, scuturându-şi capul. Nimeni nu face o călătorie atât de lungă, cheltuind atâţia bani, doar că să livreze bani cash cuiva, Ryan argumentă, cu acelaşi calm şi aceeaşi voce rece.

Kate nu-l recunoştea pe acel Ryan. Se aşteptase la furie şi acuzaţii din partea lui, pentru că nu-i spusese că va veni să-l spioneze. Dar nu se aşteptase la acea evaluare rece şi la tonul său uscat. Ambele denotau că deja întorsese spatele la ce se petrecuse între ei mai devreme şi ei nu-i plăcea ideea.

-Ei bine, Kate spuse şi ridică din umeri, am vrut să te văd. Am considerat că am dreptul considerând cât timp am petrecut vorbind cu tine în ultimele luni şi câţi bani mi-ai cerut, argumentă ea. În plus, nu am fost într-o vacanţă de câţiva ani, aşa că am decis să combin lucrurile. Deci, care e problema? se aplecă şi aproape îi strigă în faţă.

-Problema e că nu ştiu dacă pot avea încredere în tine, Ryan replică fără nici un pic de emoţie.

-Asta-i tare de tot, strigă ea, pierzându-şi calmul.

Aruncă furculiţa pe masă şi, brusc, se ridică furioasă. Scaunul îi căzu la podea cu un zgomot răsunător.

-Asta chiar e fantasic din partea ta, Ryan! *Tu* nu poţi avea încredere în mine!

Kate îşi aruncă mâinile în sus şi se duse spre fereastră. Trase aer adânc în piept de câteva ori pentru a se calma.

Ryan nu părea îngrijorat defel. Continua să mănânce, deşi se uita la ea, de parcă era o engimă pe care trebuia să o rezolve şi nimic mai mult.

Kate se întoarse spre el, ochii ei fulgerându-l, iar el înţelese că era furioasă şi aşteptă să vadă ce va face.

-Ce-ar fi să vorbim despre cât de multă încredere am eu în tine? Ce zici? Ha? Ce spui, Ryan?

Kate strigă la el şi, cu paşi furioşi, se întoarse la masă. Era efectiv lividă.

-Te-ai insinuat în viaţa mea. Zi şi noapte, noapte şi zi, ai încercat să-mi apeşi toate butoanele. Apoi îmi ceri o grăamdă de bani aşa că, evident, nu-mi rămâne altceva de făcut să am încredere în tine. Adică cum? Dacă ţi-aş fi cerut eu bani, ai fi avut încredere în mine, Ryan? Ia gândeşte-te. Iar acum, mai ai şi tupeul să vii şi să-mi spui că *tu* nu poţi avea încredere în mine. Aceasta-i doar cireaşa de pe tort! Kate ţipă din nou la el şi lovi cu palma în masă.

Se întoarse la fereastră din nou, şi, din nou, încercă să-şi regleze respiraţia. Întotdeauna o ajutase dacă privea valurile mării sau un râu.

După câteva moment, simţindu-se destul de calmă, se întoarse spre el şi spuse:

-Ştii ce, Ryan? Vreau să dispari chiar acum şi vreau să stai cât mai departe de mine. Să nu mai îndrăzneşti să-mi vorbeşti sau să mă suni. Ai auzit? îşi termină tirada într-un urlet, uitând de decizia pe care o luase de a-şi păstra stăpânirea de sine.

Ryan dădu liniştit din cap că a priceput şi continuă să mănânce de parcă nu s-ar fi întâmplat absolut nimic.

-De ce naiba mai eşti aici? Ţi-am spus să pleci, Kate strigă la el din nou.

Atitudinea sa indiferentă o făcea să-şi piardă cumpătul şi mai mult. Îi venea să-l plesnească peste cap. Şi cu toate acestea bărbatului nu-i păsa defel că era atât de furioasă că era capabilă de orice. El doar continua să mănânce.

Furioasă să vadă indiferenţa lui în faţa furiei ei, se îndreptă spre el şi îl pocni în umăr cu pumnul, cât de tare putu.

Ryan rânji la ea, apoi îi prinse pumnul, i-l deschise şi-i sărută palma. Limba lui se învârti în jurul degetului ei mijlociu şi i-l trase în gură. Începu să i-l sugă şi aceasta o făcu să geamă. În tot acel timp, se uita drept în ochii ei.

-Ce... ce faci? Kate se bâlbâi şi încercă să-şi tragă mâna.

-Îți sărut mâna, Kate, atâta tot, Ryan replică și îi sărută palma din nou. Abia după aceea îi permise să se retragă.

-Nu ești sănătos la cap. E clar acum, ai probleme serioase, Kate trase concluzia iar apoi se îndepărtă de el, temându-se că mintea lui, pe care ea nu putea să o citească, era serios alterată.

Ryan râse fericit, își termină mâncarea și își duse farfuria la chiuvetă. Apoi, se întoarse spre ea și, foarte serios, îi spuse:

-Sunt în toate facultățile mele mentale, nu-ți fă griji, iubito. Doar că sunt într-o mare încurcătură și mi-a fost teamă că nu erai cine spuneai că ești. Asta-i tot, o asigură el, iar de data aceasta se vedea în ochii lui că era foarte serios.

Kate îl privi cu atenție, iar apoi întrebă:

-Cine ai crezut că sunt?

-Ei bine, când ai apărut la hotel, am crezut că nu am judecat corect și că m-ai atras într-o cursă, admise el.

-Dar... dar... ai făcut dragoste cu mine, strigă ea ca și cum nu putea crede ce auzea.

Kate nu credea că un bărbat care credea că o femeie l-a atras în cursă ar fi făcut dragoste cu acea femeie în mai puțin de o oră.

-Da, am făcut dragoste cu tine. Nu m-aș fi putut opri, Kate. M-am gândit la tine prea multă vreme... și când ai apărut aici, nu m-am putut abține, știi tu, Ryan răspunse cu amărăciune și râse de el înuși.

Kate îl privi câteva clipe, iar apoi se duse înapoi la masă. Își luă furculița și începu să mănânce, încercând să pretindă că totul era perfect normal. Mâncă în tăcere, tot timpul cu ochii pe el. Ryan de asemenea se uita fix la ea, parcă încercând să determine dacă era într-adevăr corect în evaluarea lui.

-Cred că mai bine îmi spui toată povestea, Ryan, Kate vorbi liniştit acum. Cred că e mai bine dacă ştiu ce se întâmplă.

Ryan nu-i replică deloc câteva momente. Se gândi la cuvintele ei mai întâi, apoi se întoarse şi el la masă. Se aşeză şi aprobă dând din cap.

-Da, cred că ar trebui să-ţi spun tot. Dacă nimeni nu te-a trimis aici şi ai venit doar ca să mă vezi, atunci chiar trebuie să mă asigur că nu ţi se întâmplă nimic. Asta înseamnă că trebuie să ştii cum stau lucrurile, iar din acest moment, trebuie să mă asculţi şi să faci exact ce-ţi spun, spuse el cu convingere.

-În visele tale, Ryan, Kate îi replică de sus. Nu iau ordine de la nimeni şi...

-Vei lua ordine de la mine, o întrerupse el pe un ton implacabil. Viaţa ta poate depinde de asta, Kate, şi ideea asta trebuie să-ţi intre în capul tău ăla tare, mă auzi?

-Şi mai multă dramă? îl luă ea în râs ca să-şi mascheze teama.

-Dramă spui tu, bărbatul ţipă la ea. Fată mică şi proastă! Asta nu e nici un fel de dramă. Asta e realitatea, Kate! Dacă trebuie să te leg fedeleş, o voi face, dar mă vei asculta, repetă el şi lovi tare cu pumnul în masă.

Ochii i se măriră când îi auzi tonul ameninţător. Mâna îi tremură şi puse furculiţa pe farfurie cu un clănţănit puternic.

-Nu înţeleg de ce ai vrea să mă sperii în felul ăsta, Kate replică abia şoptit.

În ciuda faptului că-şi pierduse părinţii devreme în viaţă, Kate niciodată nu fusese într-o situaţie periculoasă. Era o femeie prudentă şi mereu evitase oamenii periculoşi şi un anumit tip de prieteni. Nu iubea aventura doar de dragul aventurii.

-Îmi pare rău, iubito, dar e necesar. Nu aş face-o, dar eşti în pericol acum din cauza asocierii cu mine. Nu mi-am imaginat niciodată că vei fi în pericol, dar evident că nici nu mi-am imaginat că vei veni aici tu însuţi, la naiba. Aşa că, acum, vei face ce ţi se spune, m-ai auzit? răsună vocea lui Ryan când ajunse la ultima frază.

-Nu, nu e clar deloc, Kate răspunse beligerant de data aceasta, şi-şi împinse bărbia în aer. Fie îmi explici ce se întâmplă şi de ce, ori fac ce vreau şi la naiba cu egoul tău de mascul.

-Egoul meu de mascul!!!?? Ryan ţipă uimit, iar apoi o înfăşcă de braţ şi o scutură. Crezi că asta e problema, Kate? Egoul meu?

-Dacă mă bruschezi, nu mă vei face să cooperez, Ryan, îi replică ea la fel de furioasă.

Degetele lui îi săpau în carne şi nici nu prea era încântată de tonul lui.

Ryan se opri din zdruncinatul ei şi făcu un pas în spate. Îşi trecu degetele prin păr exasperat şi îi întoarse spatele, înercând să-şi regăsească calmul. Ştia că nu era momentul potrivit să-şi lase temperamentul să acapareze discuţia.

Nu era mândru de cum se comportase cu ea, în special pentru că ştia că a rănit-o. Cu toate acestea, trebuia să se asigure că Kate înţelegea gravitatea situaţiei.

JUMĂTATEA PERFECTĂ CARTEA ÎNTÂI

Din păcate, Ryan niciodată nu avusese prea mult tact și exact de asta avea nevoie acum, dacă vroia să o păstreze în siguranță. Știa că era extrem de încăpățânată și nu l-ar fi ascultat dacă începea s-o amenințe.

Se întoarse spre ea din nou și spuse:

-Ia loc, Kate. Îți voi spune absolut tot ce știu.

-Și-mi vei spune și cum am fost atrasă în jocul tău, pentru că sunt sigură că nu am fost decât un pion, replică ea cu resentiment.

Bărbatul se uită la ea și nu spuse nimic. După câteva momente, admise:

-Da, ai fost... Într-un fel... La început.

Kate nu știu ce să-i răspundă, dar ochii ei aruncară săgeți otrăvite în direcția sa și el putu citi în ei cât de tare a rănit-o. După câteva secunde, Kate luă și ea loc, în fața lui, iar apoi așteptă ca el să continue.

-Cred că trebuie să încep cu începutul ca să înțelegi motivele pentru tot ce am făcut, spuse Ryan, trecându-și degetele prin păr și ciufulindu-l.

Kate dădu din cap și, cu un gest al mâinii, îl invită să continue.

-Cam acum jumătate de an, unul dintre cei mai buni prieteni ai mei, Adam, a dispărut aici în Malaezia. În trecut, noi formam o echipă, o echipă de trei oameni... acceptam misiuni ce păreau imposibile sau misiuni cu care guvernul nu dorea să fie asociat... Ne chemau când aveau nevoie de o echipă de experți pentru a se ocupa de anumite... lucruri să spunem. Noi trei am fost împreună peste tot pe glob, în misiuni secrete, luptând să intrăm sau să ieșim din complexe sau tabere pe care nimeni nu le putea penetra.

Ochii lui Kate se lărgiră de uimire. Povestirea lui o fascina efectiv.

Un zâmbet fugar apăru pe buzele lui Ryan şi acesta spuse:

-Da, a fost o perioadă plină de adrenalină, iubito, o recunosc, dar în afară de faptul că ne-am dat seama de ce eram capabili şi că, evident, am făcut o grămadă de bani de-a lungul timpului, nu pot spune că a fost o perioadă fericită. În fiecare zi ne jucam vieţile la ruletă şi, undeva aproape de finalul timpului nostru ca echipă, totul a devenit cam confuz... Nu mai credeam în ceea ce făceam... Iar când aşa ceva li se întâmplă oamenilor ca noi, înseamnă că ne-am pierdut concentrarea şi puteam fi ucişi sau prinşi în orice clipă, Ryan spuse cu amărăciune, iar zâmbetul îi deveni trist.

Se opri din povestit pentru câteva momente şi privi pe fereastră. În depărtare, marea strălucea în apus, alintată de lumina roşiatică, amintindu-i de părul lui Kate, iar el se întoarse din nou spre ea. Kate aştepta tăcută, încurajându-l să continue.

El inspiră adânc şi continuă.

-Ei bine, toţi trei ne-am luat banii pe care îi făcusem şi ne-am dus fiecare pe drumul său. Ştiu că Nick a cumpărat o fermă şi creşte cai. Adam a investit ici colea şi şi-a pus bazele unui plan de pensionare generos, iar eu pur şi simplu am investit jumătate din bani, iar restul l-am lăsat în banci... Deja puteam vorbi de câteva milioane. Peste zece ani de operaţiuni speciale ne-a adus un capital serios...

Ryan se opri din nou şi privi în zare pentru a-şi aduna gândurile.

-În fine, aproximativ acum o jumătate de an, tipul care direcţiona misiunile noastre ne-a contactat pentru altă operaţiune. A venit mai întâi la mine... Eram liderul şi strategistul echipei... Oricum, l-am refuzat net... Nu mă înţelege greşit, Kate, îmi place Mark, sau mai bine spus îmi plăcea, dar mi-a ajuns... Mă gândeam să încep o afacere, să-mi găsesc o fată... Ryan spuse şi îi zâmbi. Ştii tu, să încep o familie... Am deja treizeci şi şapte de ani şi nu mai întineresc... Mi-ar plăcea să am copii cât mai pot încă juca fotbal şi alerga de colo colo...

Kate îl privi, verificându-l de sus până jos, iar apoi întrebă:

-Pe bune? Ai trezeci şi şapte de ani?

-De fapt, voi avea treizeci şi şapte luna viitoare pe 24, îi replică el cu un zâmbet mândru pe buze.

Faptul că ea îl considera mai tânăr, îl făcea să se simtă bine.

-Interesant, nu-i arăţi. Credeam că ai în jur de treizeci de ani dar nu peste, Kate spuse analizându-l din nou.

-Mă bucur să o aud, Kate, dar adevărul este că am treizeci şi şapte... Este un fapt de viaţă... Chiar trebuie să fac ceva cu viaţa mea... Am avut cam un an la dispoziţie după ultima misiune şi m-am uitat prin jur dar... Nu ştiu, femeile par să nu fie ce speram... Multe femei încercau să mă agaţe când lucram pentru Mark, iar eu speram să găsesc ceva diferit... Dar, aşa mi-a fost norocul... nici o şansă. Se pare că atrag un anumit gen de femei... Începusem să mă gândesc la matrimonialele pe Internet, deşi nu îmi făceam prea multe speranţe nici cu asta... Oricum, ar trebui să continui cu povestea care ne-a adus pe amândoi aici.

-Da, ar fi bine, Kate răspunse, dând din cap. Cred că am o idee despre ce s-a întâmplat, dar prefer să te aud pe tine spunând ce și cum, nu să ghicesc.

-După cum am spus, l-am refuzat pe Mark. I-am spus că am terminat cu tipul acela de operațiuni și că ar trebui să găsească pe altcineva. Mai apoi, am aflat că i-a contactat și pe ceilalți doi prieteni ai mei, Nick și Adam, iar Nick l-a refuzat și el... Adam a acceptat misiunea, totuși, în special pentru că i s-a spus că misiunea era clar numai pentru o persoană. Nu era ca și cum ar fi trebuit să intre undeva cu forța sau ceva similar. Trebuia doar să infiltreze un grup și să-i raporteze lui Mark. Mark i-a spus să nu spună nimic nimănui, nici măcar mie sau lui Nick... Strict secret, știi tu... Ticălosul nici măcar nu i-a spus lui Adam că noi doi deja îl refuzasem, Ryan practic mârâi și sări de pe scaun, furios din nou.

S-a îndreptat spre fereastră unde s-a oprit și, din nou, și-a trecut degetele prin păr.

Kate așteptă să se calmeze. Ochii ei îi urmăreau mișcările prin bucătărie. Înțelegea că se simțea neputincios și, clar, era genul de bărbat căruia îi plăcea să controleze orice situație.

Tăcerea se prelungi mai multe minute. Kate îl privi încleștându-și pumnii. Umerii îi erau încordați. Regreta că nu-i putea vedea chipul, în special ochii.

Într-un final, Ryan se întoarse spre ea.

-Pe scurt, Adam a plecat singur și s-a pomenit într-o situație foarte proastă. Cineva l-a trădat, deși nu suntem foarte siguri că de fapt nu a fost o capcană pentru noi toți. Când Adam a sunat cerându-ne ajutorul, iar noi am venit, ne așteptau. Am reușit să-l scoatem pe Adam, dar a fost rănit rău în timpul luptei... Nu am îndrăznit să contacăm pe nimeni... Am încercat să scot bani de pe unul din cardurile mele de credit şi, în câteva minute, oameni mişunau peste tot căutându-ne... Am încercat să dau de Mark, dar nu am reuşit să vorbesc cu el... După o analiză profundă a situaţiei, am decis împotriva folosirii banilor pe care-i aveam în bănci sau să contactăm pe careva ce avea legături strânse cu unul dintre noi... Cineva clar ne caută... Oricum, nici Nick şi nici eu nu mai avem familie şi evident nu puteam apela nici la fratele lui Adam.

Ryan se opri, ridică mâna să-i indice să rămânnă aşezată, iar apoi se duse în camera de zi să verifice barul. Evident, găsi o sticlă de scotch, o înhăţă şi se întoarse triumfător la Kate.

-Avem ceva de băut. Hai să găsim pahare, spuse el cu o vioiciune falsă.

După ce lăsă sticla pe masă, merse la dulapul de bucătărie să caute pahare.

Kate îşi dădu seama că juca un rol în acel moment. Ryan voia să-şi ascundă nesiguranţa şi furia, dar nu avea suficient talent actoricesc. Kate de asemenea înţelese că avea nevoie de o supapă pentru furia acumulată.

Ryan aduse paharele la masă şi turnă două porţii generoase de whiskey.

-Eu nu prea beau, Kate spuse cu blândeţe.

El numai ridică din umeri şi, punând un pahar în faţa ei, spuse:

-Eh, o dată n-o să mori.

-Nu am crezut că aş muri, murmură ea şi luă paharul în mână. Pentru ce bem?

Ryan se gândi o clipă, iar apoi replică:

-De ce nu pentru noi începuturi? Doar am avut un nou început azi, nu-i așa? spuse el, făcându-i cu ochiul.

-De ce nu? Kate murmură din nou și sorbi din paharul ei.

Ryan o privi bând, iar apoi luă o gură mare și o înghiți rapid.

-Ahhh... Chestia asta e tare, spuse el și luă sticla să-i verifice eticheta din nou. Bună marcă, spuse el, puse din nou sticla pe masă și luă o altă gură din paharul său, dar cu mai multă grijă.

Kate sorbi cu delicatețe de câteva ori, iar apoi, nemaiavând răbdare, întrebă:

-Poți continua cu povestea?

-Poveste? Da, ai putea spune poveste, cred. Nu pare real, Ryan o aprobă după ce se gândi la vorbele ei câteva secunde.

-Nu am vrut să spun că... Kate începu să se explice, dar el o întrerupse cu un gest.

-Nu am spus asta, iubito. Pur și simplu făceam haz de mine însumi... Știi, după peste zece ani de operațiuni secrete, cu o rată de reușită de optzeci și cinci la sută, m-am pomenit aici, într-un loc ce imită paradisul, dar care s-a dovedit a fi iadul pe pământ pentru noi... Aveam nevoie de ajutor pentru Adam, ajutor medical. Și ajutor medical bun, de tipul care nu vorbește, dar face treabă bună... Ei bine, acel tip de ajutor este scump. Evident, marea parte a banilor cu care am venit eu și Nick s-a dus într-o săptămână... Trebuia să găsim un loc să ne ascundem, iar după experiența cu avansul de pe cardul de credit, a trebuit să găsim alt loc... Desigur, nu am îndrăznit să mai scoatem bani de pe cardurile noastre după aceea. Din fericire, mai aveam un card care nu poate fi asociat cu mine... Aveam doar câteva mii pe el și știam că banii nu vor dura... Ryan explică cu gesturi largi și apoi se opri.

Mai băn un pic de whiskey să câștige curaj. Știa că partea dificilă abia urma.

-Apropo, acela e cardul pe care l-am folosit să-mi deschid cont pe acel site de matrimoniale, spuse el aruncându-i o privire furișă. Inițial, ne gândisem să închiriem un iaht cu banii de pe el, dar eram sigur că indivizii ăia stăteau cu ochii pe bărbații care închiriau iahturi și nu aveam cum să agățăm o femeie și să-i cerem s-o facă... Nu într-o perioadă scurtă de timp. Aveam nevoie de cineva de încredere, dar încrederea necesită timp să se dezvolte... spuse el ridicând din umeri

Kate ar fi vrut să-l atingă și să-l consoleze, dar Ryan părea foarte cufundat în gândurile sale, așa că nu făcu nici o mișcare. Așteptă ca el să continue.

După ce a mai sorbit puțin din băutura sa, Ryan a continuat:

-Oricum, știam că va trebui să găsim o soluție... Trebuia să găsim o soluție care să nu implice contactarea cuiva care putea fi asociat cu noi... Așa că, ca o glumă la început, evident pe seama mea, prietenii mei au spus că dacă tot mă gândeam să-mi găsesc o femeie pe Internet, de ce nu o fac... Și după ce aș fi găsit o femeie care să-mi placă, să-i cer ajutorul. Au spus că... aș omorî două păsări dintr-o lovitură... Aș obține banii să plecăm de aici, bani pe care evident îi vom returna ulterior, că doar nu suntem lipitori, și, în același timp, eu aș obține fata.

Ryan se ridică şi se duse să aprindă lumina. Kate fusese atât de atrasă în povestea lui că nici măcar nu realizase că se întunecase în încăpere. Lumina zilei începea să se disipeze.

Clipi de câteva ori şi Ryan izbucni în râs:

-Arăţi ca un pui de bufniţă când clipeşti aşa.

-Mulţumesc mult pentru comparaţie, Kate îi replică nu prea încântată să fie asemănată cu o bufniţă.

-Îmi plac bufniţele. Sunt drăgălaşe, Ryan dădu din umeri, explicându-i de ce a ales acele cuvinte. Şi tu eşti drăgălaşă.

-Deja ai câştigat fata, Ryan, aşa că nu e nevoie să mă mai vrăjeşti, spuse Kate pe un ton sec.

-Crezi că a fost vrăjeală, Kate? Chiar crezi că te-am minţit şi am încercat să te vrăjesc ca să faci ce vreau eu? Ryan îi replică pe un ton înfierbântat.

Kate nu-i răspunse şi el se supără.

-Ştii, dacă aş fi încercat numai să vrăjesc o femeie, nu mi-ar fi luat atâtea luni. Aş fi făcut-o mai curând, replică el într-o voce rea, arătând spre ea.

-Vrei să spui că sunt uşuratică? Întrebă ea pe un ton certăreţ.

-Nu, Kate, nu am spus asta. Chiar opusul. Am spus că dacă aş fi vrut numai să-mi fac loc în inima unei femei pentru a obţine banii, aş fi ales una uşoară. Nu mi-ar fi trebuit patru luni să-mi adun curajul şi să cer nenorociţii ăia de bani! Ryan urlă, deşi începuse tirada pe un ton foarte calm.

Se apropie de ea şi, privind-o drept în ochi, o întrebă:

-Ştii cât de dificile au fost lunile astea, Kate? La început, erau momente când nici nu ştiam dacă Adam va trăi sau nu. A trebuit să facem raţii ca să ne-ajungă mâncarea mai mult timp. Şi, în plus, mă înnebunea gândul că nu ştiam dacă pur şi simplu misiunea a fost descoperită sau totul era doar o cursă pentru noi toţi. Cu toate acestea, sunt convins că era o cursă. Adam spune că a avut impresia că a fost sub supraveghere aproape de la început. Acoperirea lui nu a durat nici douăsprezece ore... Ştii, Kate, dacă nu ai fi contat pentru mine, nu m-aş fi obosit defel. Aş fi găsit o altă femeie pe care aş fi putut-o convinge să-mi dea banii mai curând. Nu era doar pentru mine, era şi pentru ei, iar eu mereu am fost liderul lor şi am o datorie faţă de ei, înţelegi? Nu era ca şi cum aş fi intenţionat să nu-ţi dau banii înapoi.

Ea dădu din cap, dar nu răspunse.

-Am decis să aştept, să te cunosc mai bine şi să te las şi pe tine să mă cunoşti... Mă rog, cât de mult puteam să te las... M-ai atras din clipa în care ţi-am văzut poza pe care ai pus-o pe site... M-am gândit că o femeie care are curajul să pună o astfel de poză pe un site de matrimoniale trebuie că era deşteaptă. Am analizat-o cu atenţie, ştii... am văzut că era o poză de paşaport. Dar eram convins că arăţi trăznet. Dar doream mai mult de atât. Voiam o femeie deşteaptă. Mereu mi-am dorit o femeie cu care să pot vorbi nu numai o păpuşică care să arate bine la braţul meu. Femei de genul acela găsesc cu uşurinţă. Nu am avut niciodată probleme... Aşa că, am insistat, nu m-a interesat nimeni altcineva, şi chiar dacă prietenii mei mă tot împungeau fie să deschid discuţia despre bani, fie să găsesc pe altcineva, nu am renunţat.

-Asta e... interesant, aş spune, Kate replică ezitând.

Ryan îşi îngustă ochii, ceea ce o făcu să spună în grabă:

-Deci ce se întâmplă acum?

-Nimeni nu te-a urmărit aici, m-am asigurat. Dar, mi-e teamă să te las singură. Dacă cineva a făcut conexiunea între banii pe care i-ai adus și motivul sosirii tale aici, ești în pericol și trebuie să te țin sub supraveghere. Problema este că trebuie să stau și cu prietenii mei în același timp.

-Atunci ai o dilemă interesantă, aș spune, Kate replică.

-Nu, nu cred, Ryan spuse și își scutură capul. Nu pot să te duc acolo unde locuim. Nu e pentru tine, asta e clar. Avem numai o încăpere murdară. Dar îi pot aduce pe prietenii mei aici dacă ești de acord. Ne ascundem câteva zile să vedem dacă vine careva după tine, iar dacă nu, poți închiria un iaht mic fără echipaj... Nu știu... Să zicem că te comporți ca o femeie excentrică care știe câte ceva despre navigație... Putem pleca din Malaezia și să ajungem la Singapore în câteva zile. Sunt numai 197 mile nautice... Cunosc pe careva acolo... Nimeni nu știe despre el, sunt mai mult ca sigur... Știu că poate obține documente pentru prietenii mei și pentru mine să zburăm spre Montreal de exemplu. Deci, ce părere ai?

-Să spunem că sunt de acord cu tot ce ai spus, deși cred că aș putea închiria iahtul, iar voi trei ați putea naviga spre Singapore fără mine, Kate replică.

-Dacă asta vrei, bine atunci. E alegerea ta. Dar, înainte de a pleca, va trebui să mă asigur că te-ai îmbarcat într-un avion spre Montreal. Nu aș accepta să te las aici, indiferent ce spui. Chiar dacă ar trebui să te târăsc la aeroport de păr, aș face-o, Ryan îi spuse cu duritate.

-Da, sunt convinsă că-ți va și merge, replică Kate sec. Ai fi arestat înainte de a pune piciorul în aeroport, Ryan.

Observă că bărbatul dorea să intervină și să mai spună ceva și își ridică mâna să-l oprească.

-Vom vedea, bine? Pe moment, da, sunt de acord cu tine. Ar trebui să-ţi aduci prietenii aici. Sunt două dormitoare din câte înţeleg, plus sofaua din camera de zi. Aş putea dormi eu pe sofa, Kate început să aranjeze lucrurile, dar Ryan i-o tăie scurt.

-Nu cred că încăpem amândoi pe sofa, Kate, iar după ce s-a întâmplat în această după-masă, sper că nu-ţi imaginezi că te voi lăsa să dormi departe de mine, iubito? Ryan o întrebă, uitându-se fix la ea cu intensitate.

Kate se înroşi, dar nu-i răspunse. Ryan îi rânji cu satisfacţie, iar apoi continuă.

-Adam ar trebui să ia celălalt dormitor, iar Nick se va descurca foarte bine cu sofaua. A dormit în condiţii mai proaste de atât. Tu vei dormi în braţele mele, în dormitorul pe care l-am împărţit în după masa asta, da?

Ea aprobă dând din cap, dar nu spuse nici un cuvânt.

-Îmi place chestia asta la tine, Kate. Pentru o femeie de afaceri, pari să fii cam de modă veche, şi chiar îmi place. Să nu te schimbi, iubito, se aplecă el şi-i şopti la ureche.

Îşi trecu degetele peste obtazul ei, iar apoi îi împinse o şuviţă rebelă pe după ureche.

Apoi, îşi aplecă capul şi o sărută, blând la început, iar apoi din ce în ce mai intens. Îi deschise buzele şi îşi afundă dinţii în buza ei inferioară. Îi mângîie gura cu limba fără grabă şi făcu dragoste cu gura ei pentru câteva momente.

După ce se simţi satisfăcut, Ryan se retrase şi şopti din nou:

-Mi-ar place să te am în patul meu tot timpul, să fac ce vreau, când vreau.

-Ce? strigă ea, iar ochii ei mari îi reflectară şocul. Defineşte ce înseamă acel '*ce vreau*', Ryan.

Bărbatul numai râse şi o bătu pe obraz tandru:

-Nu te teme, Kate, nu sunt interesat în chestii perverse, spuse el repede, dar apoi se opri brusc, făcând-o să ridice sprâncenele cu uimire. Bine, nu foarte perverse, ar trebui să spun. Doar un pic...

Kate îl privi mută de uimire şi el înţelese că trebuia să fie mult mai clar pentru a-i linişti temerile:

-Niciodată nu o să fac absolut nimic dacă nu accepţi, iubito, îţi promit.

Kate tot nu spuse nimic, ci continuă să se holbeze la el. Ryan îi puse mâna pe cap şi o îndemnă să dea din cap spunând:

-Te aud, Ryan, şi nu sunt îngrijorată defel.

Atitudinea lui copilăroasă o asigură pe Kate că vorbea serios şi râse:

-Bine, bine, am înţeles.

Ryan o trase în braţe şi o ţinu strâns:

-Ce zici? Mergem înapoi în pat, iubito?

Kate îl privi, îi atinse buzele cu degetele mai întâi, iar apoi cu gura. Se trase înapoi şi-l întrebă:

-Dar nu ar trebui să te îngrijeşti de prietenii tăi mai întâi?

-Oh, la naiba, am şi uitat de ei. Nici măcar nu-mi pot ordona gândurile cu tine atât de aproape... Da, ai dreptate, trebuie să-i sun şi să le cer să se mute aici, Ryan spuse şi-şi scoase telefonul din buzunar pentru a-i suna.

JUMĂTATEA PERFECTĂ CARTEA ÎNTÂI

CAPITOLUL 13

-NE VOM OPRI AICI, SE întoarse Ryan spre Kate după ce opri maşina. Nick îl va aduce pe Adam aici, Kate. Asta înseamnă că va trebui să te las cu ei câteva minute ca să mă duc să iau restul lucrurilor. Când am închiriat camera, le-am spus că sunt pictor şi nu vreau să provoc suspiciuni lăsând lucrurile acolo. Nici un artist care se respectă nu face aşa ceva, îi explică Ryan.

-Dar nu vei provoca suspiciuni dacă pleci în miezul nopţii? Kate îl întrebă.

Ryan ridică din umeri şi explică:

-Am plătit cu bani cash şi în avans pentru o lună. Mai am încă două săptămâni plătite. Vor presupune că mi-am schimbat locaţia. Deja i-am spus tipului de la care am închiriat camera că nu ştiu cât timp voi sta, dar că vreau să am camera disponibilă o lună întreagă. Nu, Kate, nu-şi va face idei. Şi-a luat banii şi nu părea interesat în mai mult de atât... Desigur, el nu i-a văzut niciodată pe Adam şi Nick, iar eu am avut grijă să-mi parchez maşina cât mai departe de aici. Tipul ăsta de maşină ar atrage atenţia, clar, Ryan replică, iar când văzu că dorea să mai întrebe ceva, îşi ridică mâna să o oprească.

Kate observase că se uita în oglinda retrovizoare şi a văzut ceva, aşa că îşi înghiţi întrebarea.

-Stai aici, spuse Ryan şi coborî din maşină.

Kate se uită după el. Mergea spre doi bărbaţi ce veneau încet pe stradă. Când ajunse în dreptul lor, a schimbat câteva cuvinte cu ei, iar apoi îl sprijini pe bărbatul ce părea nesigur pe picioare. Cu ajutorul celuilalt bărbat, Ryan îşi aduse prietenul rănit la maşină.

-Kate, acesta este Adam şi acesta este Nick, îşi prezentă ei prietenii când ajunseră la maşină. Aceasta este Kate, le spuse bărbaţilor.

Kate le făcu cu mâna şi le zâmbi. Ambii erau înalţi, aproape la fel de înalţi ca şi Ryan, şi amândoi erau bine clădiţi.

Adam, cel care era rănit, era aproape la fel de brunet ca Ryan, dar Nick era şaten. Toţi trei aveau în comun lucirea metalică din ochi. Erau clar acelaşi tip de oameni.

Adam era rănit şi foarte palid, dar Nick a fost cel care i-a atras privirea. Bărbatul era la fel de mare ca un urs. O cicatrice lungă, care ar fi făcut pe oricine să dea înapoi într-o confruntare cu el, îi marca obrazul stâng.

-Deci tu eşti dulcea Kate, Adam spuse cu accent sudist, iar ochii îi sclipiră, în ciuda durerii care îi săpase linii adânci pe chip.

-Ai noroc că eşti rănit că altfel te-aş pune la pământ, Ryan mârâi la el. Treci în maşină şi nu-i mai fă ochi dulci fetei mele, ordonă el scurt.

Kate crezu că Ryan doar glumea, dar încruntarea de pe fața lui îi arătă că se înșela. Înțelese atunci că Ryan era un bărbat gelos, iar Kate se întrebă cât de înțelept era să aibă o relație cu el. Bărbații geloși erau periculoși, iar ea învățase să-i ocolească cum mult timp în urmă.

Ryan îl ajută pe Adam să urce în mașină, ignorându-i icnetele. Știa că Adam s-ar fi simțit prost dacă i-ar fi remarcat slăbiciunea.

-Nick va sta chiar aici lângă portiera șoferului până mă întorc, Ryan îi spuse lui Kate pe un ton autoritar care nu admitea comentarii. Vreau să fii protejată tot timpul și dacă se-ntâmplă ceva, Nick va porni mașina și te va lua de aici.

-Ryan..., Kate începu să spună dar Ryan o întrerupse nerăbdător.

-Știu, draga mea, dar crede-mă, așa e cel mai bine, înțelegi? Oricum, mă întorc curând și să sperăm că totul merge șnur.

Cu acele cuvinte, Ryan se-ntoarse și dispăru în întuneric, iar ea privi după el cu ochi speriați.

-Se va întoarce, Nick îi spuse pe un ton hotărât când îi observă îngrijorarea, sperând să o liniștească. Mereu vine înapoi, adăugă el.

-De unde știi? Kate îl întrebă.

Explicația lui detașată nu o liniștise defel.

Nick se mulțumi să ridice din umeri și apoi răspunse:

-Pentru că știu.

Kate nu-i mai replică, ci decise să profite de ocazie pentru a afla adevărul. Mai întâi se concentră pe Adam, hotărâtă să-i citească gândurile.

Nu a fost foarte dificil şi nici nu a simţit aceeaşi rezistenţă pe care o întâmpina cu Ryan. Fericită, se auto-felicită în gând şi se concentră să-i afle secretele.

Era gata să se auto-felicite din nou, dându-şi seama că Ryan îi spusese adevărul, când Adam îşi puse mâna la frunte şi începu să bombăne.

Kate se sperie. Adam îi simţise intruziunea şi asta nu era bine deloc. Bărbatul se uită la ea încruntat. Ea încercă să-i zâmbească cât mai plăcut, dar aparent fără succes.

-Ce naiba se întâmplă aici? Adam se răsti la ea, iar izbucnirea lui îi atrase atenţia lui Nick.

-Ce e, Adam? Ce s-a întâmplat? întrebă el.

-Ceva se-ntâmplă aici, frate, crede-mă. Ceva rău. Am simţit ceva, aşa ca nişte tentacule umbând prin mintea mea, iar acum am o durere de cap teribilă. Ea se holba la mine în acel moment, aşa că..., spuse Adam lăsându-l pe Nick să deducă restul.

Ca un făcut, ambii bărbaţi se întoarseră acuzatori spre ea, iar chipurile lor întunecate o făcură să se crispeze.

Kate nu şi-a imaginat niciodată că i se va întâmpla aşa ceva. Mai întâi, a fost incapabilă să-i citească gândurile lui Ryan, iar acum asta. Nu se aşteptase la nici un fel de probleme cu Adam.

-Îmi făcea ceva, Nick, Adam urlă. Nu ştiu ce, dar făcea ceva, spuse el îndreptând un deget acuzator spre Kate.

Nick se aplecă peste ea şi Kate se retrase spre uşa maşinii. Atitudinea lui o înspăimânta şi inima începu să-i bată din ce în ce mai repede.

-Ce se întâmplă aici? vocea lui Ryan îi penetră frica şi-i aduse un licăr de speranţă. Nick, de ce o ameninţi pe Kate? Ryan efectiv lătră, iar expresia lui nu promitea nimic bun amicilor săi.

-Îmi făcea ceva, Ryan, Adam repetă cu încăpăţânare. Sunt convins. Nu mi-am pierdut încă minţile. Am văzut-o holbându-se la mine, iar apoi am simţit că ceva îşi făcea loc în mintea mea. Acum am o durere de cap înfiorătoare, Adam explică, supărat şi confuz în acelaşi timp, iar apoi îşi frecă tâmplele să-şi ostoiască durerea.

Ryan se încruntă şi se întoarse spre Kate. Se uită la ea insistent şi aşteptă să spună ceva în apărarea sa. Cuvintele lui Adam nu prea făceau sens, dar Ryan ştia că Adam era un tip cu picioarele pe pământ căruia nu i se năzărea când una când alta.

-Nu am făcut nimic, Ryan, Kate spuse, dar îşi dădu seama că nimeni nu o credea. Vreau să spun că nu am încercat să-l rănesc sau altceva, continuă ea, iar posomăreala de pe chipurile lor se adânci. Lucrurile nu stăteau prea bine pentru ea.

-Atunci ce s-a întâmplat, Kate? Ryan insistă. De ce-l doare capul pe Adam şi de ce consideră că tu eşti cea responsabilă?

-Nu ştiu, Kate spuse gesticulând. Pe bune că nu ştiu, Ryan, repetă ea cu mai multă forţă când Ryan o fulgeră cu privirea.

Reflectă mai bine şi decise să-i spună adevărul.

-Bine, Ryan, o să-ţi spun ceva, dar o să consideri că sunt o ciudăţenie a naturii, în cel mai bun caz, spuse Kate simţindu-se mizerabil, iar apoi tăcând câteva secunde.

-Aştept, Kate. Vorbeşte acum, lătră el.

Tonul vocii lui o făcu să se strâmbe. Bărbatul era într-adevăr un lider înnăscut.

Kate îşi adună curajul şi spuse, încet, abia audibil:

-Pot citi mintea oamenilor. Nu am putut-o citi pe a ta, ceea ce a fost chiar o surpiză, dar i-o pot citi pe a lui Adam. Dar crede-mă, înainte, nimeni nu m-a simţit când le-am probat mintea şi nimeni, dar nimeni nu a avut dureri de cap după aceea, îţi spun.

Cei trei bărbaţi o priviră în tăcere. Confesiunea ei îi năucise. Nu puteau spune absolut nimic, iar Kate se simţi respinsă.

Apoi, Nick mormăi:

-Mă rog, totul e posibil, băieţi. Vă amintiţi de tipul ăla de lucra pentru CIA? Cel de-a trebuit să-l eliberăm din tabăra aia din America de Sud? Ăla cu ochelarii ăia urâţi?

Adam aprobă dând din cap, iar apoi spuse:

-Mda, totul e posibil.

Ryan rămase scheptic încă câteva secunde. Apoi îşi aminti că nu demult a simţit şi el că ceva îi tatona mintea şi se încruntă.

-Şi spui că nu mi-ai putut citi gândurile? o întrebă el pe Kate.

Kate îşi scutură capul. Admise că a încercat de câteva ori, când vorbeau la telefon şi când s-au întâlnit faţă în faţă, dar că nu a reuşit deloc.

-Vrei să spui că poţi citi mintea cuiva prin telefon? Adam o privi cu îndoială.

Adam nu se îndoia că existau oameni cu abilități speciale, dar crezuse întotdeauna că exista o limită la ce puteau face. Nu i se părea posibil ca cineva să poată citi mintea cuiva prin telefon.

-În mod normal, da, replică ea și ridică din umeri pentru că era ceva normal pentru ea. De exemplu, unul din tipii de pe site-ul de matrimoniale era ucigaș în serie, iar eu am reușit să-i citesc mintea și l-am predat poliției. Anonim, desigur, că nu am nevoie de toată tevatura, explică ea.

-Asta e interesant, spuse Nick gânditor. Știți ce? le spuse el lui Ryan și Adam. Când ajungem la Singapore, ar trebui să-l sunăm pe Mark. Ea poate asculta apelul să vadă ce informații poate aduna, ce spuneți?

De obicei, chipul lui Ryan părea întunecat, dar acum i se lumină. El dădu din cap absent, iar ochii lui continuau să o fixeze pe Kate cu intensitate.

-Deci nu-mi poți citi gândurile, repetă el.

-Oh, Doamne, ai o obsesie, omule, remarcă Adam dezgustat. Vorbim de lucruri serioase aici, Ryan. Mai poți să te gândești și la altceva în afară de relația ta de amor? întrebă el sarcastic.

-Chestia asta e a naibii de importantă pentru mine, Adam, așa că nu te băga, Ryan îl repezi și se întoarse din nou spre ea. Kate!

-Nu, Ryan, nu-ți pot citi gândurile, replică ea exasperată într-un final. Imaginează-ți că nu aș fi reacționat cum am reacționat când mi-ai zis de bani dacă ți-aș fi putut citi mintea, continuă ea cu ironie mușcătoare.

Ryan o contemplă încă câteva secunde, apoi dădu din cap satisfăcut de răspuns. Raţionamentul lui Kate era bun, iar el era mulţumit că nu-i ştia gândurile.

Mai rămânea doar o întrebare totuşi. Nu înţelegea de ce nu putea să-i citească lui mintea, dar putea să i-o citească pe a lui Adam, aşa că o întrebă.

Kate dădu din umeri şi replică:

-Nu ştiu de ce, Ryan. E prima dată când mi se întâmplă aşa ceva. Astfel de abilităţi nu vin cu manual de utilizare, doar ştii, termină ea pe o voce sardonică pentru a ascunde adevărul.

Credea că aflase adevărul deja. Nu era capabilă să-i citească mintea din cauza conexiunii sale emoţionale cu el. Dar, cu toate acestea, nu era pregătită să-şi dezvăluie sentimentele încă.

-Bine, atunci, acceptă el, ştiind că nu putea primi un răspuns dacă nu exista nici unul. Urcă în maşină, Nick, şi hai, să mergem, Ryan spuse şi se duse spre spatele maşinii unde aruncă tot ce avea în braţe în portbagaj.

Apoi se întoarse, ezită un moment, cu mâna pe cheia de acceleraţie, iar apoi se întoarse spre Kate şi o întrebă din nou:

-Chiar nu-mi poţi citi gândurile?

-Nu, ţi-am spus că nu pot, strigă ea exasperată.

Îşi aruncă mâinile în aer şi-şi dădu ochii peste cap. Începea să-şi piardă răbdarea cu el şi nu înţelegea de ce insista să pună mereu aceeaşi întrebare.

-Asta-i bine, iubito, chiar foarte bine, spuse Ryan cu un zâmbet larg pe buze, iar apoi se aplecă şi-i sărută buzele.

Comportamentul lui îl făcu pe Adam să râdă şi pe Nick să se posomărească, dar lui Ryan puţin îi păsa de ce credeau sau făceau ei. Porni maşina şi conduse înapoi spre casa lui Kate de pe plajă.

-MĂI SĂ FIE, SPUSE ADAM când văzu casa şi, în special, terasa din spatele casei. Asta-i chiar grozav! Avem piscină şi marea e aproape. Uite aici, plaja e privată, observă el cu entuziasm.

Se întoarse spre Kate, îi făcu cu ochiul şi spuse:

-Ştii să trăieşti cu stil, Kate.

Kate îşi scutură capul, dar îi surâse. Mai apoi, nu se mai putu abţine şi izbucni în râs:

-Nu chiar, Adam. Dar vezi tu, nu mi-am luat vacanţă o vreme îndelungată aşa că ce m-am gândit: de ce nu? Dacă tot m-am decis să merg în Malaezia, de ce să nu am parte de o vacanţă memorabilă? De aceea e casa aşa cum e, îi explică ea.

-Bravo ţie, aprobă Adam şi bătu palma cu ea.

Frecându-şi mâinile, Adam adăugă:

-Şi bravo şi nouă. Sper că nu aveţi nimic contra să rămân aici afară o vreme. Am fost închis în camera aia mică mirositoare săptămâni în şir şi chiar că m-aş bucura de un pic de aer curat.

-Nici o problemă, Adam, replică Ryan. Stai cât vrei. Eu trebuie să merg şi să cumpăr ceva mâncare de undeva pentru că ce aveam noi nu ne ajunge, iar toate rezervele lui Kate au fost deja epuizate, le explică el prietenilor săi şi-şi luă cheile de la maşină să plece.

Nick se uită la Kate perplex. Îşi scutură capul, iar apoi se întoarse după Rayan şi-l întrebă:

-Pe bune? Cât de mult a putut Kate mânca?

Ryan izbucni în râs văzând indignarea de pe chipul lui Kate, iar apoi îi replică lui Nick:

-Nu a avut prea multe de la început, Nick, iar eu am ajutat, desigur.

-Ah, atunci se explică, Adam concluzionă cu un rânjet, iar apoi se întinse pe un şezlong, îşi încurcişă braţele pe piept şi respiră profund.

-Doamne, cât mi-a lipsit aerul curat. Chiar e paradisul aici, fraţilor.

Închise ochii şi se aşeză mai bine, intenţionând să asculte murmurul valurilor şi să respire mirosul sărat al mării. În câteva clipe, Adam adormi.

Kate, Nick şi Ryan se uitară la el, iar apoi Ryan o luă pe Kate de mână şi o trase în casă. Nick îi urmă, dar începu să se simtă ca a cincea roată la căruţă când Ryan îşi trecu buzele peste mâna lui Kate.

-Există ceva de băut pe-aici? întrebă Nick, privind în jur pentru a-şi masca nesiguranţa şi jena.

Kate sări în sus când îi auzi vocea. Uitase de prezenţa lui Nick, iar Ryan zâmbi satisfăcut. Ştia că el era cauza lipsei ei de atenţie.

-Este whiskey, Nick. Îţi va arăta Kate unde, nu-i aşa, Kate? se întoarse el spre ea şi îi făcu cu ochiul. E marcă bună, dar tare, aşa că ai grijă. Oricum, o să cumpăr şi nişte bere dacă găsesc, Ryan spuse.

-Poate găseşti şi nişte sucuri? Kate îi ceru. Nu-mi place whiskey-ul sau berea, explică ea.

-Voi vedea ce găsesc, Ryan replică pe drumul său spre uşă, iar apoi plecă, lăsându-i singuri.

Kate rămase în picioare, privind după el gânditoare. Nick îi întrerupse gândurile:

-Deci unde e whiskey-ul ăla, Kate? Cred că şi Adam ar putea bea un pahar, spuse el.

Apoi se gândi mai bine şi adaugă:

-Dacă se trezeşte, evident.

Kate se întoarse spre bucătărie şi aruncă peste umăr:

-Urmează-mă, uriaşule. Vă voi pregăti băuturile la amândoi.

Nick se încruntă în spatele ei. Nu o înţelegea, dar nu avusese prea mult de a face cu acel tip de femeie.

Mereu evitase femeile cumsecade. Considerase că nu se făcea să treacă prin furcile caudine când oricum nu intenţiona să se însoare şi să aibă o familie. Se mulţumea cu un pic de distracţie când şi când. Nu era ca şi cum cariera îi promitea o durată de viaţă îndelungată.

Îşi scutură capul de gânduri şi o urmă pe Kate în bucătărie. Ea scoase două pahare din bufet.

-Sticla e acolo, îi arătă Kate. Aici sunt paharele, Nick. Presupun că mai bine îţi torni singur că ştii cât vrei să bei, cred. Oricum, ştii mai bine decât mine.

Nick luă paharele de la ea şi turnă un pahar pentru Adam şi unul mai plin pentru el. Era cât pe ce să părăsească bucătăria când se întoarse şi-i spuse peste umăr:

-Mulţumesc, Kate. Şi nu-ndrăzni să-mi citeşti mintea, se uită el la ea fix.

Kate se înroși violent auzindu-i cuvintele. Chiar încerca să-i citească gândurile, iar vorbele lui o făcură să simtă vinovată.

Nick o mai privi câteva secunde cu privirea îngustată, iar apoi ieși.

Kate decise să nu li se alăture celor doi bărbați afară, ci merse în dormitor, făcu un duș și se băgă în pat.

DEJA ADORMISE CÂND brațele puternice ale lui Ryan o încercuiră. Capul îi căzu pe pieptul lui. Se simțea bine și protejată. Mulțumită, oftă și adormi la loc.

JUMĂTATEA PERFECTĂ CARTEA ÎNTÂI

CAPITOLUL 14

-FRAȚILOR, AU TRECUT deja mai bine de trei zile, le spuse Adam încruntat. Uite, mă simt mult mai bine. Nimeni nu a venit după noi până acum, așa că eu zic că stăm bine. Cred că a venit timpul să plecăm, continuă el. Vreau să plec din țara asta uitată de Dumnezeu, și cât mai repede posibil. Mi-a ajuns.

Se săturase să zacă tot timpul fără nimic de făcut. Avea nevoie de o schimbare, dar, mai ales, avea nevoie să pună piciorul pe cealaltă parte a oceanului. Vroia să meargă acasă.

Nick îi aruncă o privire lui Ryan să vadă ce credea despre izbucnirea bruscă a lui Adam, pentru că el unul era îngrijorat. El înțelegea că după ce a dat ochii cu moartea și după ce a petrecut următoarele săptămâni la pat, Adam se schimbase oarecum. Totul avusese un impact major asupra lui.

Spre neplăcerea lui Nick, Ryan nu dădea semne că și-ar fi dat seama că ceva se întâmpla cu Adam. El părea preocupat să o privească pe Kate înnotând în piscină. Un costum bleu de baie abia o acoperea, iar ochii lui Ryan nu se puteau desprinde de pe trupul ei.

Când Nick remarcă din nou interesul major al lui Ryan, își dădu ochii peste cap supărat și mârâi:

-Haide, frate! Mai revino-ţi! Ai avut-o deja patru zile la rând. Nici măcar tu nu poţi fi atât de îndrăgostit, remarcă el dispreţuitor.

-Despre ce naiba vorbeşti? Ryan se întoarse spre Nick furios, cu ochii îngustaţi ca două lame. Nick, Kate nu e aici pe post de divertisment, lătră el la prietenul lui.

Nick fădu un pas în spate şi ridică mâinile să-i arate lui Ryan că nu avusese intenţia să o jignească pe Kate.

-Nu pricepi? Ryan continuă. Ea e femeia potrivită pentru mine şi trebuie să-mi respecţi dorinţa, clar? îşi sublinie el afirmaţia, împungându-l pe Nick în piept cu un deget.

-Cât de tare cad cei puternici, Adam remarcă sotto voce şi-şi scutură capul.

Cu toate acestea, cuvintele lui ajunseră la urechile lui Ryan şi acesta se întoarse iritat spre el :

-Nu-mi pasă ce credeţi voi doi, căpoşilor, despre mine, Adam. Este treaba mea, nu a voastră, concluzionă el, iar apoi privi spre Kate din nou. Abia aştept să văd ce o să faceţi voi doi când veţi da peste femeia care înseamnă totul pentru voi. Chiar mă întreb ce o să faceţi atunci...

-Chestia asta nu e de mine, Adam îl întrerupse şi îşi scutură capul ca să fie mai sigur că a fost destul de clar. Poţi să uiţi de chestia asta, Ryan. Nu-mi voi pierde niciodată capul după o muiere. Punct. Nu merită stresul.

Nick dădu din cap fiind de acord cu Adam.

-Ea nu e o muiere, idiotule. Asta nici unul dintre voi nu pricepe. Aveţi căpăţâna prea tare, de-aia, replică Ryan.

Se ridică şi îşi flexă pumnii. Adam se încruntă observând atitudinea agresivă a lui Ryan.

-Hei, hei, hei, băieți, Nick încercă să-i calmeze pe amândoi. Nu s-a întâmplat nimic rău, Ryan. Vorbeam și noi ca proștii, să ne aflăm în treabă, remarcă el.

Nick se îndreptă spre Ryan și-i puse o mână pe umăr prietenește.

-Hai, Ryan, nu uita că Adam nu este încă sută la sută și nu ar fi cinstit...

-Lasă-l să vină, se răsti Adam și se ridică, deși mișcările lui nu erau atât de fluide ca ale prietenilor săi și gâfâia de frustrare.

-Pot să-i țin piept, specifică el și copie postura lui Ryan.

-Nu, pe bune? Ryan replică și-l împinse pe Adam, acesta căzând înapoi pe locul lui ca o marionetă. Deci poți să-mi ții piept, ha? spuse el disprețuitor. Vezi, pot să te bat și cu o mână legată la spate. Nu ai nici o șansă, omule, revino la realitate, îi spuse el lui Adam.

-Hei, hei, hei, nu e momentul să vă luați la bătaie. Potoliți-vă! Nick interveni, poziționându-se între ei.

-Ce se întâmplă? Kate întrebă alarmată, iar toți trei se întoarseră spre ea cu priviri vinovate.

Erau șocați să o vadă acolo. Fuseseră atât de prinși în gâlceava lor încât nu o auziseră ieșind din piscină și apropiându-se de ei.

Kate așteptă un răspuns din partea lor, dar nimeni nu se oferi să explice. Adam și Nick priveau oriunde numai spre ea nu, și nu numai din cauza remușcării. Nu doreau să agraveze și mai mult posesivitatea lui Ryan.

Prietenul lor era îndrăgostit până peste urechi şi, chiar dacă şi ei remarcaseră că Kate arăta bine, avea o personalitate plăcută şi era haioasă, nu împărtăşeau atracţia lui şi nu-i puteau înţelege purtarea din ultimele zile.

-Ryan, te-am întrebat ce se întâmplă, repetă ea cu încăpăţânare, privindu-l fix.

Kate simţea virbaţiile şi se temea că bărbaţii se certaseră. Ar fi încercat să citească gândurile lui Adam şi Nick, dar nu dorea să se expună încă o dată.

-Nimic, Kate, nu-ţi fă griji, Ryan replică într-un final şi dădu din mână, alungând discuţia ca neimportantă. Ne prosteam numai... Nu avem nimic mai bun de făcut şi suntem cam neliniştiţi, atâta tot, îi explică el.

Adam privi la ea mai întâi şi apoi la Ryan, iar după aceea îşi scutură capul. Renunţă să mai înţeleagă ce se petrecea între ei doi.

-Las-o baltă, omule, Nick îl avertiză şoptit şi îi atinse umărul. Hai, să vorbim despre plecare, Ryan. Cred că e timpul, dacă nu cumva timpul acela a şi trecut, observă el.

-Oh, asta vă supără, Kate ghici şi chipul i se lumină.

Era încântată că nu aveau alt motiv de animozitate între ei şi nimeni nu încercă să o corecteze.

-Şi eu mă gândeam la plecare, Kate spuse. Sunt cam agitată şi abia aştept să văd a doua parte a planului în mişcare, mărturisi ea şi se uită de la un bărbat la celălalt.

-Ei bine, am făcut nişte cercetări zilele acestea şi am găsit o companie care închiriază iahturi bune la preţuri rezonabile, Ryan începu să explice şi le făcu celorlalţi semn să ia loc. La aproximativ şapte sau opt mii maxim, putem închiria un monohull de vreo patruzeci de picioare, cu trei cabine, două băi și tot echipamentul necesar. Mai important, cred eu, e că e destul de solid să ne ducă la Singapore, Ryan continuă. Desigur, prețul e numai pentru iaht. Va trebui să plătim separat pentru mâncare și combustibil, și înțeleg că ei pot furniza și asta... Ne va costa un pic mai mult, cam nouă sute pentru combustibil, cel puțin, spuse el gânditor. Nu cred că ar fi o idee bună să le spunem că ne oprim în Singapore, așa că va trebui să cumpărăm mai mult combustibil și mai multă mâncare... Mâncarea va fi cam cinci sute, specifică el.

Apoi privi de la unul la altul. Dorea să vadă ce părere aveau de costuri. Adam și Nick nu mișcară nici un mușchi. Prezentau amândoi chipuri imobile ca de obicei când planificau o misiune.

Ryan nu se așteptase la nici un fel de opoziție serioasă din partea lor, și, într-adevăr, când i-a privit întrebător, ei au aprobat dând ușor din cap.

După ce a obținut răspunsul lor, Ryan s-a întors spre Kate să vadă ce părere avea și ea. Ea pur și simplu dădu din umeri. Nu era ca și cum avea vreo idee despre ce vorbea.

Obținând răspunsurile pe care le aștepta, Ryan continuă:

-Deci, trebuie să considerăm un cost total de nouă mii patru sute, maxim, concluzionă el, așteptând apoi din nou să le vadă reacțiile.

-E bine, cred că merge, spuse Kate gânditoare. Pot pune costul pe cardul meu de credit, nici o problemă. Am de făcut un singur lucru, totuși, spuse ea. Trebuie să anunț banca dinainte ca să nu respingă plata. O dată ce banca e avertizată de suma pe care o voi plăti, nu vor fi nici un fel de probleme, Kate îi asigură.

-Îți vei primi banii înapoi, Kate, nu te teme, Nick îi spuse morocănos. Noi nu luăm banii oamenilor și fugim cu ei, o asigură el.

Nu părea deloc comfortabil că trebuia să-i folosească banii, iar chipul i se întunecă mai mult.

-Nici măcar nu m-am gândit la asta. Chiar deloc, Kate îi alungă îngrijorarea cu un gest al mâinii. Spuneam doar că va trebui să anunț banca pentru a nu avea probleme cu plata, atât, nimic mai mult.

-Am înțeles, Nick replică încăpățânat. Am vrut să fiu sigur că înțelegi că-ți vrei primi banii înapoi imediat ce vom ajunge dincolo de ocean.

-Oh, m-am săturat de discuția asta cu banii, sincer. De ce trebuie banii să fie mereu subiectul de discuție? Kate se răsti. Nu am putea vorbi despre ceva mai important? De exemplu cum planificăm chestia asta? Sunt sigură că rezervare bărcii pe Internet nu e tot ce trebuie făcut, sublinie ea.

Nick se uită urât la ea, dar abandonă subiectul și se întoarse spre Ryan, așteptând să vadă ce altceva avea de spus. El era cel care se ocupa de strategie în grupul lor și mereu se bazaseră pe ideile lui.

-În primul rând, Kate trebuie să învețe câteva lucruri despre iahting, spuse Ryan aruncându-i o privire. Trebuie, Kate. Vei merge să semnezi hârtiile pentru închirierea iahtului și va trebui și să-l verifici. Noi trei trebuie să facem tot posibilul să nu fim văzuți, spuse Ryan.

Adam și Nick aprobară dând din cap. Știau că nu trebuie să fie vizibili. Planul putea reuși numai dacă nimeni nu afla unde se găseau.

Kate aprobă de asemenea, deşi nu era prea sigură că putea învăţa tot ce era de ştiut despre iahting într-un timp atât de scurt, chiar dacă numai teoretic. Apoi aşteptară ca Ryan să continue.

-Kate, cred că ar trebui să le spui că vrei să-i faci o surpriză prietenului tău şi să-i oferi o croazieră de ziua lui, se adresă el lui Kate direct şi-i luă mâna. Desigur, le vei spune că ai cunoştinţele şi practica de bază în manevrarea iahtului, dar nu uita să adaugi că de fapt prietenul tău se va ocupa de navigarea efectivă... Cred că asta ar ajuta. Nu vor fi prea suspicioşi dacă de exemplu nu poţi să răspunzi la unele din întrebări sau dacă îşi dau seama că eşti novice. Nici unul dintre noi nu poate cere mai mult de la tine, Kate, spuse el şi privi spre prietenii săi care îl aprobară.

Kate dădu din cap că a înţeles, iar apoi se uită şi la cellalţi doi bărbaţi. Ei ridicară degetele mari să-i arate că aveau încredere că va fi capabilă să-şi joace rolul.

Ryan continuă:

-Cum avem nevoie de trei cabine, ar fi o idee bună să le spui, aşa ca fapt divers, că ai invitat încă două cupluri să vă însoţească pentru şapte zile de distracţie... Nu ştiu, ridică el din umeri. Doar dă şi tu din gură, aşa cum fac femeile în mod normal. Încearcă să-i faci să creadă că nu ai nici măcar o grijă pe lumea asta şi că te gândeşti numai la a petrece câteva zile cu prietenii tăi... Crezi că poţi? o întrebă el.

-Da, de ce nu? De obicei învăţ repede aşa că nu cred că mă voi da de gol aşa uşor. Nici nu vor ghici măcar că nu am nici o experienţă la iahting sau cum îi spune. Am fost pe o barcă în trecut, dar nu am manevrat eu vasul, evident...

Kate mai pritoci cuvintele lui Ryan câteva momente, iar apoi spuse, mușcându-și buza de jos:

-Chestia cu datul din gură nu e o problemă. Voi imita felul de a vorbi al lui Ellie. Fata aia nu e capabilă să păstreze un secret nici dacă i-ar depinde viața de el. Toată lumea știe ce se petrece în viața ei și ce gândește, explică ea.

-Ellie? Adam o întrebă.

-Ah, prietena mea cea mai bună, răspunse Kate amintindu-și că nu o cunoșteau pe Ellie.

-Oameni buni, trebuie să ne concentrăm aici, Ryan ordonă, bătând cu palma în masă. Puteți bârfi mai târziu.

Kate și Adam se încruntară auzindu-l, dar lui nu-i păsă.

-Bun. Atunci, hai, înăuntru, Kate, să faci rezervarea online. Cel puțin scăpăm de o grijă, iar apoi mai vedem noi, da? spuse el și privi la fiecare să vadă dacă erau de acord.

Toți îl aprobară, așa că, satisfăcut, continuă:

-Am făcut calculele și dacă navigăm la cinci noduri, nu mai mult, chiar dacă ne oprim complet de două ori ca să ne odihnim, nu ar trebui să ne ia mai mult de trei zile să spunem, ca să fiu generos cu timpul... Și, Kate, din nou, nu e o barcă, e un iaht. Să nu le spui tipilor de la biroul de închiriere așa ceva.

Kate dădu din cap că a înțeles, deși nu-i prea făcea plăcere să fie corectată. Barcă, iaht, același lucru, pentru ea. După aceea, intră în casă.

Ryan nu o urmă imediat, ci rămase așezat pentru a se putea delecta admirându-i fundul pentru câteva momente.

-Hei, trebuie să-ți revii la normal, băiete. Deja este mai mult decât jenant. Am priceput deja. Ești nebun după ea. Dar hai să mergem! O să ai destul timp pentru ea mai încolo,

Nick bombăni. Nu e ca și cum nu ai văzut un fund de femeie până acum sau că acum ar fi ultima oară când l-ai vedea, sublinie el.

Ryan se încruntă la el dar nu-i răspunse. Nu dorea să pună lemne pe foc și să înceapă o nouă discuție. Mai mult decât atât, se simțea lovit în egoul sau masculin și se întrebă dacă chiar apărea așa de lovit cu leuca.

O urmă pe Kate în casă. Când ajunse în dormitor, ea era deja în duș, iar apa curgea. După câteva secunde de reflectare, își scoase hainele nerăbdător și deschise ușa de la stalul de duș.

-Ai ceva împotrivă dacă vin și eu înăuntru? întrebă el politicos.

Oricum intenționa să intre în duș cu ea, dar s-a gândit că ar trebui să întrebe cel puțin.

Kate își șterse apa de pe față, se uită la el și zâmbi.

-De ce nu? Chiar m-aș bucura, îi replică ea și Ryan îi rânji.

Intră în stalul de duș cu ea și închise ușa după el. O smuci spre el cu putere. Kate deja învățase că așa îi plăcea lui, dar nici ei nu-i displăcea.

Ryan o sărută zdravăn, ospătându-se cu gura ei de parcă ar fi flămânzit o vreme îndelungată. Își petrecu mâinile pe toată lungimea spatelui ei, incitând focuri ce-i explodau sub piele.

-BINE, CRED CĂ AM ÎNVĂȚAT tot ce era de învățat. Pot răspunde la orice întrebări mi-ar pune și pot verifica barca cu atenție, Kate afirmă după ce închise computerul după-masă târziu.

-Nu barcă, iaht, iubito, doar ți-am mai spus. Bărbații sunt foarte sensibili la chestii din astea. Știi tu, băieții și jucăriile lor, Ryan spuse luându-și ochii de pe laptopul său și rânjind la ea.

-Eh, nu contează, ridică Kate din umeri. Știu chestiile de bază așa că totul e perfect. Am făcut rezervarea, plata a fost făcută fără probleme, așa că pot să merg să iau barca... pardon, iahtul, se corectă ea, poimâine dimineața devreme. Iar apoi, în sfârșit putem părăsi Malaezia și să ne-ndreptăm spre pajiști mai înverzite, concluzionă ea.

Adam mârâi cu satisfacție. În sfârșit, necazurile se vor încheia. Se duse și-și luă o bere din frigider să celebreze.

Ryan observă că Adam se mișca mai ușor decât înainte și fu recunoscător că prietenul lui era în recuperare pentru că situația fusese pe muchie de cuțit la un moment dat.

Când Ryan l-a văzut pe Adam lovit nu de un glonte, ci de trei, nu a crezut că Adam va supraviețui, chiar dacă i-ar fi adus cel mai bun ajutor medical pe care-l putea cumpăra.

De fapt, nici Nick și nici Ryan nu crezuseră că Adam va trăi cu toate rănile acelea, mai ales că au trebuit să locuiască în condiții mizere în ultimele săptămâni. Amândoi erau convinși că Adam va muri din cauza unei infecții chiar dacă rănile nu l-ar fi ucis.

Din fericire, Adam era un ticălos puternic și încăpățânat. Probabil că acele două trăsături de bază l-au ajutat să rămână în viață.

-Cred că trebuie să te odihnești, Adam, măcar până ce ajungem pe iaht. Trebuie să-ți recapeți puterea și curând. Numai Dumnezeu știe cu ce o să ne confruntăm, Ryan urlă după Adam.

Capul lui Adam se ivi de după ușă:

-M-am odihnit destul, mama. Am nevoie de mișcare. Pur și simplu mă topesc nefăcând nimic toată ziua, spuse el bătându-și palma de piept.

-Vei avea destul timp să faci absolut tot ce vrei după ce ce te-ai însănătoșit complet, interveni Kate și Adam se încruntă la ea.

Kate nu se supără defel, ba chiar îi zâmbi dulce. Știa deja că bărbatul lătra, dar nu mușca, cel puțin nu pe ea.

-Kate, fără supărare, acum. Ne-ai ajutat enorm și ești și foarte dulce... Nu e cazul să te încrunți la mine, Ryan, că doar știi că niciodată nu vânez pe teritoriul altui mascul, îl privi el pe Ryan și-i reproșă cu o voce oțelită.

Adam învățase deja cum reacționa Ryan când era vorba de Kate. Știa că Ryan nu s-ar fi abținut să nu spună ceva, iar Adam dorea să înnăbușe orice gâlceavă înainte de a începe.

-Oricum, Kate, scumpa mea, se întoarse el spre ea, știu de ce am nevoie și asta mai bine decât tine.

Ryan se uită furios la el când auzi cum i se adresă lui Kate, dar nu mai comentă. Remarcile prietenilor săi, cum că era complet vrăjit de Kate, încă îl iritau.

Cu toate acestea, Kate simți ceva și se întoarse spre el interogativ. Într-o clipă, expresia lui Ryan se schimbă și nu mai putu citi nimic pe chipul lui.

Ryan nu dorea să mai işte alte discuţii şi îşi propuse să discute subiectul cu Adam direct când erau singuri. Dorea să pună problema la punct o dată pentru totdeauna.

Ştia că Adam nu avea intenţii necurate, dar lui Ryan tot nu-i plăcea să audă un alt bărbat vorbind cu Kate în acel fel. Ea îi aparţinea lui şi nu era dispus să accepte absolut nimic altceva.

JUMĂTATEA PERFECTĂ CARTEA ÎNTÂI

CAPITOLUL 15

KATE DEJA VERIFICASE iahtul şi semnase hârtiile, iar acum aştepta pe punte, bând coca-cola şi admirând portul. Pur şi simplu, îşi ieşea din minţi de plictiseală.

Se întrebă când or să apară bărbaţii. Nu-i plăcea să fie singură, iar acesta era un lucru nou, pentru că, în trecut, se bucurase să se regăsească doar cu gândurile ei când şi când. Lucrând direct cu clienţii tot timpul, uneori solitudinea părea o binecuvântare.

Ştia că bărbaţii trebuiau să se asigure că nimeni nu-i aştepta, dar ea era deja acolo de peste trei ore şi se cam săturase.

Deja îşi verificase emailurile şi răspunsese la unele dintre ele. Apoi îşi verificase contul de Facebook şi încercase să se amuze cu câteva video-uri amuzante, dar nimic nu mergea. Era încordată şi îngrijorată din cauza lui Ryan. Trecerea greoaie a timpului era de nesuportat.

Soarele era aproape deasupra capului ei şi ea îi mulţumi în gând celui care se gândise să instaleze copertina pe punte. Cel puţin nu va face insolaţie cât aştepta acolo în soare.

Mişcarea bruscă a punţii sub picioarele ei o făcu să-şi ridice ochii. În sfârşit, Ryan venise la bord cărându-şi geanta de pânză.

Bărbatul îi zâmbi când ochii li se întâlniră. Se apropie de ea şi îi atinse obrazul cu tandreţe. Apoi se aplecă deasupra ei şi o sărută de parcă nu ar fi văzut-o de zile în şir, nu numai de câteva ore.

După ce a gustat-o suficient de mult ca să fie cât de cât satisfăcut, Ryan i-a şoptit:

-Totul e în regulă, iubito. Adam mă va urma cam în cinci minute, iar Nick va veni ultimul la bord. Apoi, vom pleca de aici şi putem să ne planificăm viitorul. Ce spui?

Kate aprobă dând din cap, iar apoi se gândi să-i plătească cu aceeaşi monedă. Îl sărută şi apoi îi mângâie buzele cu degetele.

-Poate ţi-ar place să mi te alături pe punte după ce-ţi duci geanta jos. Am ales cea mai mare cabină pentru noi. Oh, şi aproape am uitat. Vei găsi bere în răcitorul acela de acolo, Kate îi spuse, zâmbindu-i larg când văzu lumina din ochii lui.

Dacă băieţii nu ar fi trebuit să vină la bord curând şi nu ar fi planificat să navigheze în mai puţin de o oră, Ryan ar fi dus flirtarea lor puţin mai departe.

Întotdeauna îi răspundea cu pasiune şi asta o satisfăcea pe Kate. Nu ar fi fost prea amuzant dacă numai ea l-ar fi dorit.

După ce se bucurase de Ryan, bărbatul cu conversaţie interesantă, precum şi de Ryan cel cu un temperament fierbinte care-l făcea să explodeze la cea mai mică provocare, acum se bucura de el şi ca iubit.

Îşi dorea să fie cu Ryan în viitor pentru că ştia că puteau clădi ceva împreună pe baza a ceea ce împărtăşeau deja.

Abia aştepta să lase acea poveste sordidă în urma lor şi să înceapă o nouă viaţă, doar ei doi.

Încă mai specula asupra viitorului lor când pași greoi se auziră pe punte din nou. Kate se uită în direcția zgomotului și-l zări pe Adam care îi zâmbi.

Părul îi era foarte ciufulit. Fusese stresat și-și tot trecuse degetele prin păr. I se zăreau liniile săpate de încordare la colțurile gurii. Kate îi zâmbi și îi făcu cu mâna, primindu-l cu entuziasm.

-Dacă vrei, poți merge sub punte să-ți lași lucrurile, arătă ea spre rucsacul pe care îl căra Adam. Apoi poți veni înapoi să bei o bere, continuă ea, zâmbindu-i cu căldură.

-În regulă, boss, replică el, salutând-o cu ironie prietenească.

Zâmbetul ei se lărgi. Primirea ei deja alungase o parte din încordarea lui Adam. Bărbatul o salută din nou și se duse sub punte să-și lase lucrurile.

Vocea entuziastă a lui Ryan vorbind cu Adam ajunse la urechile lui Kate. Îi auzi împungându-se cu camaraderie, așa cum făceau bărbații în astfel de situații, și zâmbi amuzată. Niciodată nu înțelesese acele ritualuri masculine, dar le lua ca atare.

Adam și Ryan tot vorbeau și râdeau sub punte, când Nick urcă la bord. Trupul lui uriaș, asemănător unui urs, o făcea să tresară mereu, în ciuda faptului că remarcase că era cel mai calm și cumsecade dintre cei trei.

Ryan avea un temperament fierbinte și trăgaciul scurt, iar Adam era foarte rapid când era de dat o replică tăioasă.

Nick veni la ea, o bătu cu degetele pe obraz și spuse:

-Bună, plăcintuţă. Ştii, cred că ar trebui să rămâi sub copertină. Faţa ta deja arată roşie ca un homar fiert. Cel puţin soarele ţi-a colorat părul perfect. Acum ai şi şuviţe roşiatice şi multe alte nuanţe...

-Ce naiba crezi că faci? Vocea lui Ryan bubui din spatele lui.

Nick se întoarse, neafectat de vocea lui, şi îl fixă pe Ryan cu privirea:

-Ştii foarte bine că nu fac nimic, omule. Doar conversaţie, aşa că mai răcoreşte-te un pic.

Înainte ca Ryan să-i poată răspunde, Nick îşi luă rucsacul şi coborî sub punte, trecând pe lângă Adam care privea de la el spre Ryan şi înapoi.

-Ştii foarte bine că nu a însemnat nimic chestia aia, Adam încercă să potolească furia lividă de pe chipul lui Ryan. Ştii că Nick nu este genul ăla de om, sublinie el, deşi presupuse că Ryan ar fi trebuit deja să ştie asta.

-Ştiu, se răsti Ryan. De-asta mi-am pierdut firea. Dacă ai fi fost tu...

-Mda, Adam râse vesel, eu sunt ăla mereu în călduri...

-Ryan, Kate începu cu ezitare. Care e problema? Nu înţeleg ce s-a întâmplat.

Kate nu-şi dădea seama ce a provocat supărarea lui Ryan. Ştia doar că avusese o discuţie plăcută cu Nick şi lui Ryan nu-i plăcuse, iar reacţia lui o făcea să se simtă incomfortabil.

-Ţi-a plăcut să flirtezi cu el, nu-i aşa? Ryan o acuză, iar ochii lui aruncau flăcări.

-Ce? reuşi ea să îngaime, iar ochii i se lărgiră din cauza uluirii.

-El a flirtat cu tine, iar tu ai flirtat cu el, Ryan o acuză.

-Ţi-ai pierdut minţile? Kate îl întrebă pe un ton ce nu lăsa nici o îndoială care îi era părerea. Nick nu a flirtat cu mine. De ce ar face-o? A remarcat numai că soarele mi-a ars pielea. Asta nu înseamnă că a flirtat, Ryan. E doar conversaţie obişnuită, îi explică ea de parcă Ryan ar fi avut doar jumătate de creier.

-La naiba! Femeia nici măcar nu-şi dă seama când un bărbat încearcă să o vrăjească, Ryan îţi scutură capul cu disperare şi-i întoarse spatele furios, punându-şi mâinile pe şolduri şi lăsându-şi capul în jos.

-Nu a făcut-o, Ryan, replică ea înfierbântată. Iar dacă asta crezi tu despre mine, atunci...

-Nu începe cu chestii din astea, Kate, o avertiză el întorcându-se şi îndreptând un deget spre ea. Nici măcar să nu te gândeşti.

-Eşti gelos, înţelese ea brusc. Eşti gelos şi din cauza asta faci o scenă, avansă spre el furioasă ca o pisică.

-Şi dacă sunt? mormăi el pe un ton supărat, care o făcu să se oprească, surprinsă.

-Nu ştiu, îşi aruncă ea mâinile în aer, renunţând să mai discute. La naiba, spuse ea şi întorcându-i spatele, făcu câţiva paşi pe punte.

Nu-i plăcea deloc că Ryan era gelos. Găsea orice tip de posesivitate dezagreabilă şi considera că era periculoasă pe termen lung.

Se întoarse spre el şi copiindu-i postura, cu mâinile pe şolduri şi capul sus, spuse:

-Ei bine, Ryan, de fapt știu ce vreau să spun. Nu-mi place posesivitatea ta. Deloc. Nu sunt un obiect. Am dreptul la libertatea de a vorbi cu cine vreau fără a mă teme că vei ataca pe careva dacă așa îți vine, își stipulă ea clar termenii.

-Kate, nu e așa și știi asta, Ryan încercă să o îmbuneze. Da, consider că îmi aparții...

-Aparțin! strigă ea. Aparțin, spui tu!

Bărbații se crispau de fiecare dată când ridica vocea. Nu o auziseră strigând până atunci, dar părea să aibă plămâni buni.

Adam îi șopti lui Ryan:

-Sunt oameni în jur, frate. Potolește-o sau planul nostru s-a terminat înainte de a-l pune în aplicare.

Ryan dădu din cap spre el aproape imperceptibil, apoi se duse spre Kate, ținând mâinile sus conciliatoriu:

-Iubito, m-ai înțeles greșit. Ascultă numai, se grăbi el să spună când o văzu scuturându-și capul. Da, am spus că-mi aparții, dar asta înseamnă că și eu îți aparțin ție. Ne aparținem unul altuia, asta am spus. Nu trebuie să-ți pierzi cumpătul pentru că nu am știut să mă exprim mai bine. Sunt bărbat, Kate. Nu știu să dau din gură într-o manieră elevată. Și, uneori, vorbesc fără să gândesc, doar știi, îi explică el scuzându-se, iar apoi îi mângâie umărul să o liniștească.

Kate își îngustă ochii cu suspiciune. Simțea că avea un motiv ulterior, dar, deja se liniștise, așa că-i răspunse:

-În regulă, Ryan. Să spunem că te cred. Nu e ca și cum ți-aș putea citi afurisita de minte, încheie ea iritată și cu pași apăsați coborî sub punte să petreacă câteva clipe singură.

Pe punte, Ryan rânji cu satisfacție. Faptul că ea nu-i putea citi gândurile îl mulțumea.

Ceilalţi doi bărbaţi expirară uşuraţi. Cearta se terminase, iar acum puteau să părăsească portul.

-Hai, să bem o bere mai întâi, propuse Nick, iar apoi să plecăm de aici. Abia aştept să ajung la Singapore şi să mă îmbarc pe un avion spre State.

-Canada. Ryan îl corectă.

-Ce naiba? sări Adam care se aplecase deasupra răcitorului să ia o bere.

Ryan îi opri tirada cu un gest.

-Ascultă! Canada e cea mai bună alegere din două motive. În primul rând, trebuie să mă asigur că Kate s-a întors la Montreal unde e în siguranţă. În al doilea rând, cred că Canada e un loc mai bun pentru a aranja o întâlnire cu Mark, fraţilor. Teritoriu neutru, le explică Ryan uitându-se de la unul la altul.

Adam începu să-şi scuture capul pentru a-i arăta că nu era de acord, dar apoi se gândi mai bine şi se opri. După încă o clipă, veni la Ryan şi-l lovi puternic peste umăr:

-Eşti un geniu, omule! Un afurisit de geniu!

Ryan se încruntă la el, gândindu-se să-i dea o replică acidă, dar se răzgândi. Nu-i păsa ce spunea Adam atâta timp cât coopera. Se întoarse spre Nick cu o privire interogativă.

-Evident, sunt de acord, Nick dădu din cap, replicând în vocea sa gravă, ca de obicei. E un plan bun. Oricum, trebuie să avem grijă ca fata să fie în siguranţă. Asta în primul rând. A riscat enorm venind aici orbeşte, doar ştii. Şi nu, Ryan, spuse el ridicând o mână, nu spun asta pentru că mi s-a pus pata pe ea, omule, Nick scutură din cap. Este prietena ta şi asta-i de ajuns pentru mine.

Ryan aprobă dând din cap. Știa cum stătea treaba cu Nick. Apoi îi ceru lui Adam să-i dea o bere din răcitor.

JUMĂTATEA PERFECTĂ CARTEA ÎNTÂI

CAPITOLUL 16

-BUN, ÎN MAXIM O ORĂ vom ancora în Singapore, Nick
îi spuse lui Ryan, privind orizontul şi deschizând o sticlă de
bere în acelaşi timp. E bine că ajungem acolo seara. E mai
puţin probabil să fim remarcaţi. Ce părere ai? îl întrebă.

-Da, cred că e o sincronizare bună, consimţi Ryan. Adam
e mult mai bine acum şi am văzut că a început să exerseze ieri
după-masă. Mi-e doar teamă că ar exagera şi i s-ar redeschide
una dintre răni, totuşi, Ryan spuse gânditor şi apoi muşcă
dintr-un mango zemos.

-Nu mi-aş face griji pentru el, Ryan, Nick scutură din
cap. Adam e bine. E conştient de ce poate face şi ce nu. Era
foarte grijuliu. L-am urmărit.

-Dacă spui tu, Ryan replică, dar nu păru convins.

-Este Kate bine? Nick îl întrebă. Nu am văzut-o deloc de
azi dimineaţă devreme. Au trecut deja câteva ore. Nu părea
să aibă rău de mare, dar...

-Este bine, doar un pic obosită, Ryan îi îndepărtă
îngrijorarea cu un gest, iar apoi termină de mâncat fructul
şi aruncă sâmburele în mare sub ochii dezaprobatori ai lui
Nick.

Nick era foarte preocupat de conservarea mediului și nu lua în derâdere nimic când venea vorba de aruncarea gunoaielor în mare, chiar dacă era vorba de ceva biodegradabil. Cu toate acestea, își ținu gura. Știa că ar fi riscat o tiradă lungă de la Ryan care nu-i împărtășea punctul de vedere strict.

-Obosită? Nick preferă să întrebe. Cum așa? Nu am lăsat-o să facă nimic pe punte de-a lungul întregii călătorii, omule. A petrecut timpul citind sub copertină și a înnotat cam o oră ieri după-masă când nea-m oprit...

-Ei, există oboseală și există și un alt tip de oboseală, Ryan mustăci, nedorind să intre în prea multe detalii.

Nu dorea să discute anumite chestii nici cu prietenii săi cei mai buni.

-Ah, acel tip de obosit, Nick concluzionă, când pricepu adevărul. Pari un pic cam insațiabil, în opinia mea. V-am auzit cu toată izolarea sonoră de pe iaht, își scutură el capul.

-Și ce-ți pasă ție? Ryan se întoarse spre el cu ochii îngustați.

-Nu-mi pasă, de ce mi-ar păsa? Spuneam numai. Nu te știam așa. Ești genul care le iubește repede și pleacă imediat. Nu-mi amintesc să te fi întors la aceeași femeie a doua oară, Nick observă, privindu-l pe Ryan cu ochi impenetrabili.

-Ei bine, nu erau Kate, nu-i așa? Ryan se răsti la el.

-Oh, frate, nu începe cu mine. Mă întrebam numai ce s-a schimbat, atâta tot, Nick îi replică pe un ton conciliatoriu.

-Ce nu pricepi? Că doar nu e fizică cuantică, nu-i așa? Ea este femeia pentru mine, Ryan aproape scuipă cuvintele, exasperat că trebuia să explice totul.

Crezuse că Nick era cel mai inteligent dintre cei doi prieteni ai săi, dar acum se întrebă dacă nu cumva ar trebui să-și reconsidere evaluarea.

-Așa se pare, murmură Nick și se duse să ajusteze o pânză numai pentru a se îndepărta de el.

Ryan bombăni furios, dar numai pentru urechile lui. Reprezenta o țintă prea ușoară pentru prietenii săi. Își pierdea cumpătul constant, ori de câte ori Kate devenea topica de conversație cu ei.

Probabil că începeau acele discuții din cauza reputației sale din trecut privind femeile. Nu puteau înțelege schimbările petrecute în gândirea lui.

Ryan de asemenea știa că percepea totul ca reproș sau avea sentimentul că ajunsese bătaia lor de joc. Știa că nu trebuia să fie atât de beligerant. Se temea că atitudinea lui și gelozia o vor îndepărta pe Kate și acela era ultimul lucru pe care-l dorea.

-De ce bombăni, iubire? Vocea lui Kate veni din spatele lui.

Ea îi înconjură umerii cu brațele și îl sărută pe obraz.

Se întoarse spre ea și o privi serios, pritocind ce ar trebui să-i spună, iar apoi decise să-i spună p parte din adevăr.

-Bombăneam pentru că mă fac de râs tot timpul și mi-e teamă că mă vei părăsi, mărturisi el involuntar.

Îi veni să-și dea palme. Dorea să fie onest cu ea, dar onestitatea avea și ea limite.

-Înțeleg, spuse Kate și apoi se sprijini de el și-l îmbrățișă strâns. Nu te voi părăsi, Ryan. Știu că, în principiu, doar gura e de tine, replică ea veselă.

-Ce? strigă el consternat.

Ea se uită la el şi râse:

-Ca acum. Ţipi şi bodogăneşti, şi te încrunţi... dar până la urmă, nu faci mai mult de atât, aşa că nu văd de ce te-aş părăsi. Nu e ca şi cum sunt în pericol când sunt cu tine, nu-i aşa? întrebă ea.

-Corect, Ryan aprobă şi, întorcându-se, o îmbrăţişă, ţinând-o strâns la piept.

-Au! Doare, Ryan. Vreau să am coastele intacte când mă duc să-mi iau o cola din răcitor, iubire, Kate glumi, iar replica ei frivolă îl făcu pe Ryan să se relaxeze şi să râdă, de asemenea.

În sfârşit, îi dădu drumul şi spuse:

-În mai puţin de o oră vom fi în Singapore, Kate. Va trebui să-i suni pe tipii cu iahtul ca să-l returnezi şi trebuie să ne-mbarcăm pe un avion spre Montreal.

-Nu e zbor direct spre Montreal, Ryan, spuse ea înţepată.

-Ştiu asta, deşteapto, replică el cu alicritate. Vroiam să spun că luăm un avion care ne va ajuta să ajungem la legătura spre Montreal mai târziu, îi explică el printre dinţii strânşi.

-Ştiu, Ryan, dar îmi place să te fac să explodezi. Eşti atât de drăgălaş când fumegi, Kate spuse râzând.

-Ţi-am spus că tensiunea mea nu a fost aceeaşi din ziua în care te-am cunoscut, nu-i aşa?

-Da, mi-ai spus, Kate aprobă dând din cap. De nenumărate ori. Dar ce însemnătate are oleacă de tensiune crescută, când ne distrăm atât de bine împreună, hmm? mustăci ea cu un zâmbet timid.

-Corect, răspunse el pe un ton uscat. Doar e teniunea mea, nu a ta. Se pare că tu reacţionezi mai bine decât mine... la absolut tot.

Ea dădu din umeri şi-i zâmbi răutăcios de data aceasta. Apoi se întoarse pe călcâie şi-i aruncă peste umăr:

-Se mai întâmplă, dragule, ce pot să spun?

El o plezni peste fund şi ea sări de-un cot în sus.

-Hei, ce faci? se încruntă ea la el.

-Doar mă prostesc şi eu un pic, Kate. Nu te agita!

Femeia îşi frecă locul unde a plesnit-o şi spuse:

-Data viitoare când te mai prosteşti, foloseşte mai puţină forţă, Ryan, sau s-ar putea să ţi-o plătesc.

-Cum? Ryan întrebă ridicând o sprânceană.

-Ei bine, te pot plesni şi eu, replică ea pe un ton sec.

-Kate, Kate, Kate, vocea lui Adam veni din spatele ei. Nu ştiam că ai o parte perversă, fată, râse el din toată inima.

Kate îi aruncă o privire şi se înroşi atât de tare încât şi vârfurile urechilor o se înroşiră. Încercă să salveze situaţia şi spuse:

-Doar ne prosteam un pic, Adam.

-Hei, fată. Nu e nici o ruşine să condimentezi jocul un pic. Nu te-a învăţat Ryan asta? Adam întrebă şi-i făcu cu ochiul.

Văzând cât de mortificată era, Ryan interveni:

-Las-o baltă, Adam. Nu o mai face să se simtă prost.

Kate îşi scutură capul şi se întoarse să se ducă sub punte, dar Ryan o luă de mână şi o întoarse spre el:

-Kate, Adam glumeşte doar. Şi chiar dacă nu ar glumi, ce facem noi doi este treaba noastră şi nu ai de ce să te simţi jenată de nimic, mă auzi? îi ceru el foarte serios.

Ea dădu din cap că a înţeles, dar tot coborî în cabină. Nu credea că putea să se uite în ochii lui Adam pe moment.

-A trebuit să o faci să plece? Ryan se burzului la Adam.

-Nu asta a fost intenţia mea, Adam scutură din cap. Nu am ştiut că e atât de sensibilă. Voi fi mai atent de acum înainte, Ryan. Pare puţin cam de modă veche, dacă mă întrebi pe mine.

-Da, ştiu că este, şi ăsta e farmecul ei, idiotule, Ryan îi replică pe un ton aspru.

-Care mai e problema acum? Nick întrebă din spatele lui Ryan, iar vocea lui avea o urmă de exasperare. Cu voi doi, mereu este ceva. De parcă ar fi o dramă continuă, la naiba, observă el pe un ton care denota că nu-i plăcea defel.

Se săturase de gâlcevile lor mărunte. Îi era dor de timpurile când aşa ceva nu se întâmpla.

Ryan îl împinse şi se duse după Kate, lăsându-i pe punte să facă ce voiau.

JUMĂTATEA PERFECTĂ CARTEA ÎNTÂI

CAPITOLUL 17

-NE APROPIEM DE SINGAPORE, Ryan. Vino pe punte că avem nevoie de încă o pereche de mâini aici, vocea lui Nick tună de pe punte şi o făcu pe Kate să se strâmbe.

-Trebuie să tune tot timpul aşa? Nu poate vorbi pe un ton normal? îl întrebă ea pe Ryan.

Ryan doar dădu din umeri şi apoi se duse pe punte să-şi ajute amicii cu manevrele necesare intrării în port şi ancorare. După un sfert de oră, strigă jos la ea:

-Suntem aici, Kate. Sună-i pe tipii ăia să returnăm iahtul şi hai să ne mişcăm! Acum!

Vocea ei îi replică la fel de tare:

-Cine te-a făcut general, Ryan? Ar fi prea dificil pentru tine să-ţi exprimi cererile altfel? Te-ar ucide? îşi termină ea tirada cu un urlet să fie sigură că a auzit-o.

-Doamne, ce plămâni are, Adam exclamă, uimit de volumul replicii ei. Oricum, trebuie să mergem şi noi să ne luăm lucrurile de sub punte, aşa că hai să ne mişcăm, generale, îi spuse el lui Ryan şi îl salută în bătaie de joc.

Ryan se încruntă la el dar apoi izbucni în râs:

-E clar diferită, nu-i aşa?

-Asta e sigur, Nick mormăi şi coborî sub punte să-şi ia rucsacul. Chiar trebuie să ne mişcăm, fraţilor. Nu ştim dacă au aflat că am venit aici sau...

-Ştiu, spuse Ryan repede pentru a-l opri pe Nick să-şi înceapă predica.

Îi urmă spre cabine pentru a o ajuta pe Kate cu lucrurile lor.

-AM SUNAT LA COMPANIE şi un tip va fi aici în cinci minute. Se pare că au un birou aici în port, aşa că totul va fi rezolvat curând.

-Asta-i bine, Kate. Cu cât părăsim acest oraş mai repede, cu atât vom fi mai în siguranţă, doar ştii, Ryan îi replică şi începu să îndese lucruri în geanta lui de pânză.

Kate îl privi şocată câteva clipe iar apoi îl întrebă pe un ton arogant:

-Nu crezi că ar trebui să împachetezi cămăşile alea? Înainte de a le îndesa acolo de parcă nu ar mai exista ziua de mâine?

-Nu, nu cred, îi replică el. Oricum, voi călători timp de douăzeci şi patru de ore, şi voi arăta neîngrijit. Aşa că nu văd rostul să mă stresez să împachetez cu grijă.

Kate ridică din umeri şi-i răspunse:

-Cum vrei. Cel puţin am reuşit să împachetez astea înainte să apari. Pune-le deasupra ca să ai ceva de îmbrăcat. Ceva curat şi doar puţin şifonat.

-Îmi place când te comporţi ca o soţioară, Ryan spuse aruncându-i o privire şi zâmbind.

-Soţioară, Ryan? Pe bune? se răsti ea şi-şi puse mâinile pe şolduri.

-Hai, iubito, nu am spus-o ca o insultă, Ryan încercă să explice. Din contră. Era doar felul meu de-a spune că mi-ar place să fie adevărat.

Kate îngheţă, iar rochia pe care abia o împachetase căzu pe podea neobservată. Nu putea spune nimic, ci doar se holba la el.

Ryan se crispă şi murmură:

-Nici o picătură de romantism, ştiu. La naiba, sunt un idiot, se pocni el peste cap.

Revenindu-şi din şoc, Kate îngenunche lângă el, îi luă mâna şi spuse cu blândeţe:

-Nu trebuie să încerci să fi romantic, Ryan. Prefer să fi tu însuţi, iar ceea ce ai spus a fost... Ei bine, a fost foarte dulce. Doar că nu m-am aşteptat la asta, atâta tot.

-Deci dacă aş fi fost mai deştept şi aş fi spus-o cum trebuia, ai fi spus *da*?

Kate îl privi intens, căutând să citească pe chipul lui adevărul din spatele cuvintelor sale. Acela era un alt moment când regreta că nu-i putea citi gândurile.

Cu toate acestea, ceea ce văzu pe faţa lui o satisfăcu, aşa că dădu din cap aprobator:

-Când vei dori într-adevăr să pui întrebarea, da, voi spune, *da*. Şi nu trebuie să creezi o scenă deosebită sau ceva de genul ăsta, Ryan. Trebuie să fi doar tu însuţi.

-Asta înseamnă că pot să te întreb oricând? Chiar şi acum? întrebă el cu vocea plină de speranţă.

Ea dădu din cap, dar păstră tăcerea, privindu-l cu intensitate.

Ryan îi luă mâna, îi sărută fiecare deget, apoi se uită în ochii ei şi întrebă:

-Mă vei lua de bărbat cât se poate de repede, Kate? Îți vei petrece viața cu mine, îmi vei distruge tensiunea şi mă vei aduce cu picioarele pe pământ ori de câte ori o iau pe arătură?

Ochii ei sclipiră cu lacrimi şi ea dădu din cap. Nu ştia dacă putea vorbi.

-Şi vei avea copii cu mine? Îmbătrânesc, iubito, şi aş vrea să am copii cât mai sunt capabil să mă bucur de anii lor fragezi şi nu am nevoie de un baston sau scaun cu rotile să alerg după ei.

Kate râse, dădu din cap din nou, se aplecă şi, cu tandreţe, îşi frecă buzele de ale lui, uşor. Apoi rămase aşa, păstrând conexiunea între gurile lor, pentru a-l simţi aproape.

Amândoi erau atât de pierduţi unul în altul, încât nici unul nu-i remarcă pe Adam şi Nick în pragul uşii.

Şocul li se citea pe chip şi amândoi îşi scuturară capul să şi-l limpezească. Adam îi trase un cot lui Nick pentru a-i semnala să-l urmeze pe punte şi să-i lase singuri.

CAPITOLUL 18

-EH, PÂNĂ AICI TOTUL a mers bine, Adam remarcă imediat ce au reuşit să cumpere biletele cu banii pe care Kate îi adusese în Malaezia pentru ei.

Ceilalţi aprobară, uşuraţi, dând din cap. A doua parte a planului era un succes.

Ryan obţinuse paşapoarte de la un contact pe care îl avea în Singapore, iar acum puteau călători fără probleme.

-Când ar trebui să-l sunăm pe Mark? Adam îl întrebă pe Ryan.

Ryan era expertul lor în aranjarea întâlnirilor. Ryan se uită în jur şi localiză câteva scaune izolate într-un colţ al lounge-ului. Le făcu semn să îl urmeze şi toţi se aşezară pe scaune în jurul lui.

-Cred că o putem face chiar acum, ce părere aveţi?

Kate dădu din cap, iar bărbaţii se uitară la ea mai întâi iar apoi la Ryan şi aprobară.

-Folosim speakerul, da, ca să poată Kate să-l audă, Nick spuse. Aşa poate ne spune ce şi cum. Asta dacă reuşim să vorbim cu el, desigur, pentru că nu am reuşit să-l contactăm din Malaezia, vă aduceţi aminte.

Ryan aprobă şi formă numărul direct al lui Mark.

După ce telefonul a sunat de trei ori, Mark răspunse:

-Vorbeşte-mi!

-Mark, aici e Ryan.

-Unde naiba ai fost, ticălosule? Te-am căutat peste tot, de luni de zile. Şi unde sunt ăia doi prieteni ai tăi, Adam şi Nick?

Vocea lui Mark bubuia din telefon, iar Ryan ajustă volumul rapid pentru că deja câţiva oameni întorseseră capul şi se uitau la ei.

-Suntem aici şi nu e nevoie să urli că te auzim bine. Dar dacă vei continua să mugeşti, oamenii din jur te vor auzi şi ei, Ryan spuse calm.

-Bine, bine, am priceput. M-am liniştit acum. Aţi dispărut complet de luni de zile. Am aşteptat un telefon, ceva, nimic. Ce naiba să fi crezut? Mi s-a spus că acoperirea lui Adam a fost distrusă, le explică Mark de ce era atât de stresat.

-Da, a fost, dar nu a fost cine ştie ce acoperire de la început. Îl aşteptau deja, omule, şi abia a reuşit să scape cu pielea intactă. Când Nick şi cu mine am venit să-l scoatem din ţară, ne-au vânat, iar Adam a fost împuşcat.

-Nu-mi spune că Adam a murit! Ryan, nu vreau să te aud spunând aşa ceva, Mark imploră.

Cei trei bărbaţi se uitară unul la altul şocaţi. Nu le venea să creadă că Mark ar deveni sentimental cu ei. Niciodată nu-l auziseră vorbind astfel. Aparent, chiar simţea ceva pentru ei.

-Nu e mort, dar a fost destul de aproape să dea colţul. Cineva ne vrea morţi, Mark. L-au lăsat în pace şi nu au încercat să-l omoare până ce nu ne-au avut pe toţi acolo, Ryan explică.

-Asta-i ce am crezut şi eu, Mark îi aprobă evaluarea. Ceva a fost ciudat cu operaţiunea aia, de la început. Bărbatul care a făcut planurile a dispărut şi nimeni nu-l poate găsi, nici viu, nici mort. Încă cercetăm totul. În fine, unde ne putem întâlni? Mark întrebă.

-Ei bine, mă gândeam că ar fi o idee bună să aranjăm o întâlnire pe teren neutru, Ryan replică. Cum ar fi... nu ştiu... Canada, propuse el, ca şi cum s-ar fi gândit la locaţie chiar atunci. Ştiu că am putea prinde un zbor spre Montreal sau Toronto curând. Lasa-mă să verific, aşteaptă o clipă.

Puse telefonul pe mut, iar apoi le spuse celorlalţi:

-Mai bine nu ne arătăm toate cărţile. Nu-i spunem că oricum voiam să mergem spre Montreal. Hai, să-l facem să creadă că alegem acum, da?

Amicii lui aprobară dând din cap, dar Kate interveni:

-Mark spune adevărul, Ryan. Nu a fost implicat în această afacere şi chiar este stresat de întreaga situaţie şi de tot ce vi s-a întâmplat aici, spuse ea, gesticulând. Când i-ai spus de Adam, chiar l-a durut. Îi pasă de voi trei, repetă ea, privind de la unul la altul.

-Asta-i nemaipomenit, iubito. Sunt încântat că nu e el inamicul. Dar cineva s-ar putea să-i monitorizeze apelurile şi de aceea nu l-am putut suna din Malaezia. Deci dacă cineva ascultă acest apel acum, nu vrem să le arătăm că suntem de fapt interesaţi să ajungem în Montreal şi nu în Toronto. Îi facem să creadă că am ales Montreal pentru că era mai convenabil. Da? Nu vrem să-i conducem la tine, Kate. Tu nu ai nici o vină în treaba asta, Ryan îi spuse foarte serios.

Kate se încruntă, dar înainte de a putea spune ceva, Adam interveni:

-Nu e rea ideea deloc.

Se uită la prietenii săi, iar ei aprobară trecând peste opinia lui Kate. Atitudinea lor o înnebunea, dar nu era suficient timp să le spună părerea ei.

Ryan scoase telefonul de pe mut și spuse:

- Mark, Nick zice că prima conexiune pe care o avem este pentru Montreal. Te vom întâlni acolo în exact cincizeci și șase de ore de acum încolo. Te sunăm cinsprezece minute înainte de întâlnire să-ți spunem unde. Nu prea cunosc orașele din nord, așa că va trebui să văd la fața locului.

-Bine, Ryan. Să vă întoarceți cu bine. Cu toții, m-ați auzit?

-Clar și răspicat, boss, clar și răspicat, replică el.

Ryan închise telefonul, îl puse în buzunar și le spuse:

-A venit vremea să riscăm. Să vedem ce noroc avem. Cât mai e până la îmbarcare? o întrebă el pe Kate.

-Îmbarcarea ar trebui să înceapă curând. Avem un drum lung până la Istanbul, iar acolo avem o oprire. Cred că vreo două ore și jumătate sau pe-acolo, explică ea.

-Bun, aprobă Adam. Hai, să găsim ceva de mâncare. Urăsc mâncarea din avion, spuse el cu amărăciune.

-Vei iubi la nebunie lounge-ul din Istanbul, îi spuse Kate. Mâncarea e fantastică. Am mâncat atât de mult la venirea în Malaezia, că abia mai puteam să mă mișc, le spuse ea, iar ei rânjiră.

-Bun! Ăla-i pentru mine, zise Adam, iar apoi îi conduse spre Burger King.

Tânjea după un burger suculent cu cartofi prăjiți. Nu avusese așa ceva de multă vreme și abia aștepta să se delecteze.

CAPITOLUL 19

-CRED CĂ AR TREBUI SĂ închiriem o maşină, spuse Nick, uitându-se după agenţiile de închiriere.

-Nu e necesar, îl contrazise Kate. Mi-am parcat maşina aici în parcarea pe termen lung. Cred că intraţi toţi în ea. Nu e o maşină de fată, ci un SUV mare şi afurisit, continuă ea pe un ton jucăuş, iar bărbaţii izbucniră în râs.

-Am fi supravieţuit chiar şi cu o maşină diferită, Kate, nu-ţi fă griji, îi spuse Ryan, iar apoi îi sărută palma, ceva ce părea să-i placă foarte mult.

Kate îi zâmbi strălucitor şi-i conduse în parcarea unde îşi lăsase maşina înainte de a lua avionul spre Istanbul.

-Ta-da, ăsta e, spuse ea arătându-le un solid Ford Escape, foarte mândră de el.

-Da, merge, spuse Nick. Nu-i rău pentru o fată, o împunse el cu cotul şi râse.

Kate râse şi ea şi deschise uşile şi portbagajul. Ei îşi aruncară lucrurile în portbagaj, iar ea se duse spre portiera şoferului, dar Ryan o opri.

-Poţi să mă numeşti cum vrei tu, iubito. Poţi chiar să spui că sunt un afurisit de şovinist dacă vrei, dar eu conduc. Întotdeauna.

Femeia se încruntă la el, dar apoi se gândi, de ce nu. Era prea obosită să se obosească cu condusul maşinii. Avea GPS aşa că Ryan îi putea găsi casa cu uşurinţă. Aşa că, îi dădu cheile şi se duse pe partea cealaltă.

Atitudinea ei îl uimi pe Ryan. Se aşteptase la o opoziţie vocală din partea ei şi pregătise o întreagă tiradă. Acum se simţea pur şi simplu înşelat.

-Voi doi, în spate, Kate le spuse lui Adam şi Nick cu autoritate. I-am dat lui cheile de la maşină, dar refuz să călătoresc în spate, puse ea piciorul în prag.

Cei doi bărbaţi îi zâmbiră, iar apoi intrară în maşină fără comentarii.

Kate îşi introduse adresa în GPS, iar apoi se întoarse spre cei doi din spate:

-O să staţi cu toţii la mine acasă. Am suficient spaţiu şi vom lua mâncare, Adam, nu-ţi fă griji. Sunt locuri unde găsim mâncare şi la ora asta. Este chiar devreme, spuse ea uitându-se la ceas. Am ajus aici la 5:40 şi ne-a luat doar patruzeci de minute să ieşim din aeroport. Ne mai trebuie cam douăzeci sau treizeci de minute să ajungem la mine acasă, deci va fi în jur de şapte seara. Putem lua mâncare de la Metro, concluzionă ea.

-E o idee bună, iubito, Ryan o aprobă, dar suntem cam obosiţi să ne apucăm de gătit. Ne trebuie ceva gata făcut, să mâcăm şi să mergem direct la culcare. Trebuie să fim în formă mâine dimineaţă.

-Găsim mâncare gata făcută la Metro. Au pui, cârnaţi, salate, pizza, prăjituri, tot ce vrei, îi răspunse Kate exuberant. Poate că ar trebui să ne oprim acolo înainte de a merge acasă, propuse ea. Îţi arăt unde când ne apropiem, da?

Ryan dădu din cap, dar nu părea să mai dea prea multă atenție la ce spunea ea. Părea preocupat cu ceva și tot verifica oglinda retrovizoare.

-E ceva în neregulă? Adam îl întrebă.

Știa cum se comporta Ryan în anumite situații așa că atitudinea lui îi spunea că ceva se întâmpla.

-Cred că avem companie, băieți, spuse Ryan.

Tonul său era calm. Verifică oglinda din nou. Fusese antrenat să-și păstreze mintea clară în situații periculoase.

-De fapt, sunt chiar sigur. Cum naiba ne-au găsit? se minună el, iar vocea sa îi reflectă nu numai uimirea, dar și furia.

-Probabil apelul făcut lui Mark, Nick replică. Dacă au mijloacele pentru recunoaștere facială, nu le-a fost prea greu să dea de noi. Ții minte, Ryan, de-aia i-ai trimis pozele alea lui Kate. Ca să nu-ți poată trasa conexiunea cu ea, îi aminti Nick.

Ochii lui Kate se lărgiră.

-Mereu m-am întrebat de ce ai trimis pozele acelea. Nu puteam vedea nimic. Putea foarte bine să fie un extraterestru în pozele acelea din câte puteam vedea. Am crezut că nu doreai să știu cum arăți.

-Ei bine, a trebuit, draga mea. Acum, toată lumea, aveți grijă. Voi încerca să-i pierd, da? Sunt deja prea aproape și nu vreau să risc nimic, spuse el și apăsă pedala la podea, făcând mașina să sară înainte.

Kate prinse mânerul de deasupra ușii și se ținu de el cu toată puterea. Abia mai putea respira, iar frica o copleșise. Nu fusese niciodată într-o astfel de situație, iar viteza mărită a mașinii o făcea să tremure.

Cu toată viteza crescută, Ryan conducea foarte bine. Chiar și în aglomerația de seară, controla mașina cu ușurință, în timp ce depășea mașină după mașină, trecând de pe o bandă pe alta, făcând să erupă un cor de claxoane în urma lui.

Era el bun, dar mașina care-i urmărea, se apropia din ce în ce mai mult. Ryan știa că trebuia să găsească o cale să iasă de pe autostradă și să găsească strădute înguste unde ar fi putut să-i piardă.

Brusc, văzu o ieșire de pe autostradă. Cu gândul să folosească acea ieșire, o tăie în fața altei mașini, ceea ce evident îl făcu pe șofer să claxoneze furios.

Atunci a auzit parbrizul din spate explodând, urmat de înjurăturile vicioase ale prietenilor săi așezați pe locurile din spate. Luă curba spre ieșire și, în ciuda limitei de viteză, continuă să conducă cât putea de repede pentru a-și păstra avantajul.

-Este toată lumea bine? a întrebat el, când a considerat că erau cât de cât în siguranță.

Întoarse capul pentru câteva secunde. Adam și Nick scuturau bucăți de sticlă de pe haine. Cu toate acestea, chiar dacă aveau câteva tăieturi superficiale, păreau în regulă, iar Ryan respiră ușurat.

Apoi geamătul lui Kate îi ajunse la urechi și îi înghetă sângele în vene. Explozia fusese în spatele mașinii și de aceea nu-i trecuse prin minte să o cerceteze pe ea.

-Iubito, ești în regulă? Draga mea? Haide, vorbește-mi, spuse el întorcându-se spre ea și luându-i mâna.

-Uită-te naibii la șosea, zbieră Adam când mașina o luă la dreapta, gata să iasă de pe drum. Am eu grijă de ea.

-Pe naiba ai tu..., începu Ryan să țipe la el, dar vocea speriată a lui Kate îl întrerupse.

-Fii atent la drum, Ryan. Cred că sunt bine. Glontele numai mi-a zgâriat pielea, dar doare, la naiba, de aceea nu am reușit să mă abțin să nu gem. Înțelegi? clarifică ea situația.

-Ești sigură că ești bine, Kate? Ryan întrebă, iar vocea îi tremura.

-Voi fi bine dacă-ți ții ochii pe drum, Ryan, strigă ea când, din cauza neatenției lui, mașina se îndreptă spre banda opusă.

Din fericire, nu veneau mașini spre ei în acel moment. Ryan învârti volanul și reveni pe banda corectă. Verifică oglinda retrovizoare și văzu că cealaltă mașină nu reușise să prindă ieșirea de pe autostradă ca să-i urmărească, ceea ce era o binecuvântare.

Cu toate acestea, nu era sigur dacă apucaseră sau nu să-i ia numărul de înmatriculare al lui Kate și asta nu era bine. Aparent, aveau mijloacele să afle cine era și să vină după ea.

-Kate, nu cred că e o idee bună să mergem la tine acasă astăzi, draga mea, Ryan spuse calm ca să nu o alarmeze de la început.

-De ce nu? se plânse ea. Vreau acasă, Ryan. Vreau să dorm în patul meu în noaptea asta, spuse ea cu încăpățânare, iar tantrumul ei îl făcu pe Adam să-și dea ochii peste cap.

Nick numai o privea de parcă ar fi fost un exponat straniu într-un muzeu. Păruse o femeie destul de rezonabilă înainte de acel incident.

-Iubita mea, dacă ţi-au luat numărul de înmatriculare, atunci ştiu unde să te găsească, şi implicit vor ştii unde să ne găsească şi pe noi, Ryan îi explică răbdător, de parcă ar fi vorbit cu un copil.

Considera că avea dureri din cauza rănii şi că trebuia să fie blând cu ea. Pe Ryan îl înnebunea ideea că nu ştia cât de rău era rănită.

Dorea să oprească maşina chiar acolo şi să o examineze, dar, în acelaşi timp, dorea şi să pună cât mai multă distanţă între ei şi urmăritori. De asemenea, încerca să se decidă unde să meargă pentru a nu mai fi urmăriţi în continuare.

Kate îl privi câteva secunde de parcă nu ar fi înţeles ce vorbea. Când în sfârşit pricepu, faţa i se lumină şi spuse:

-Nu, nu au cum. Am cumpărat maşina numai cu o săptămână înainte de a pleca spre Malaezia. Am luat-o de la un tip care s-a întors înapoi în ţara natală. Nu am avut timp să schimb înregistrarea. Am doar chitanţa. Nimeni nu poate da de mine folosind numărul de pe placă, şi nimeni nu poate fi rănit. Tipul ăla şi-a luat toată familia cu el, explică ea. Înţeleg că au decis că se vor descurca mai bine la ei acasă cu ce au făcut aici, decât dacă ar fi continuat să trăiască în Montreal.

-Eşti sigură, Kate? Pentru că tipii ăştia nu ştiu ce e mila şi chiar nu vreau să te pun în primejdie, Ryan încercă să raţioneze cu ea.

-Sunt absolut pozitivă, Ryan. Chiar i-am dus la aeroport când au plecat. Maşina fusese ultimul lucru pe care l-au vândut.

-Vorbeam de plăcuţa de înregistrare, Kate, se încruntă Ryan la ea.

-Deci îți pasă numai de noi, nu și de ei, replică ea supărată.

-Nu am spus asta. Te-am întrebat numai dacă ești sigură că nimeni nu poate urmări mașina la casa ta, își pierdu el calmul și mugi la ea.

-Ryan, e rănită, spuse Nick calm. Nu cred că urlatul e cea mai bună tactică în acest moment.

Kate continua să-l privească pe Ryan furioasă. El doar își scutură capul și verifică oglinda din nou.

-Bun, i-am pierdut. Deci mergem la tine acasă, atunci, îi spuse el.

Ea dădu din cap aprobându-l, dar apoi adăugă:

-Evident, trebuie să cumpărăm mâncare mai întâi...

Nu mai apucă să termine pentru că Ryan o săgetă cu o privire șocată și o întrebă:

-Ți-ai pierdut mințile?

-Acum ce mai e? întrebă ea consternată.

Mereu era ceva cu Ryan și nu putea ține pasul cu schimbările lui de dispoziție.

-Ești rănită, femeie. Trebuie să văd cât de rău ești rănită, iar tu vorbești despre mers la cumpărături. Tipic femelă, termină el exasperat.

-Ce? Nu vorbesc despre mers să cumpăr pantofi, Ryan. Vorbesc despre cumpărat mâncare. Este o strictă necesitate în orice casă, îi aminti ea.

-Nici nu se pune problema, se răsti el. Mergem acasă, vedem ce-i cu rana ta, iar apoi decidem.

-Cine a murit și te-a făcut pe tine șef? întrebă ea furioasă.

Adam tuși discret, o bătu pe umăr blând, iar apoi îi spuse:

-El este şeful, Kate. Întotdeauna. Dacă spune că mergem acasă la tine mai întâi, atunci asta facem. Ori, dacă pot sugera altceva, spuse el privindu-l pe Ryan sugestiv, fie Nick sau eu sau amândoi, cred, putem merge la acel Metro şi să luăm mâncare şi apoi venim acasă la Kate după aceea. Dacă ne spui unde să mergem, Kate, putem s-o facem. Între timp, tu poţi să o examinezi, Ryan.

Tăcerea domni în maşină câteva clipe. Incapabilă să mai suporte tensiunea, Kate se întoarse spre Ryan şi întrebă dulceag:

-Ei, boss, ce părere ai?

Ryan îşi îngustă ochii şi se uită la ea fix, iar apoi replică:

-Bine, Adam. Kate vă va da indicaţii cum să ajungeţi la acel magazin.

-Nu ar fi mai bine dacă îi ducem la magazin, îi lăsăm acolo şi eu le spun cum să ajungă la mine acasă de acolo? Kate întrebă pe tonul acela mult prea zaharisit, care deja îl călca pe nervi pe Ryan. Deşi, adăugă ea, întorcându-se spre spre Adam, e ceva de mers pe jos de la magazin până acasă la mine. Probabil vă va lua cam cincisprezece minute dacă nu mai bine.

Nick îşi flutură mâna să arate că distanţa nu era importantă pentru ei, iar ea îi zâmbi în ciuda durerii pe care o simţea în braţul stâng. Se simţea de parcă cineva îi tot înfigea un cuţit în braţ şi trebuia să facă eforturi serioase să nu geamă sau să plângă.

Considera că era mai bine ca Ryan să rămână calm, cel puţin până ce ajungeau la ea acasă. Bărbatul părea uşor irascibil, iar ea îşi dorea să ajungă acasă într-o singură bucată.

Îi lăsară pe cei doi bărbați la magazin, după ce Kate le dădu cartea ei de debit și codul personal explicându-le apoi cum să ajungă la ea acasă de acolo.

Apoi, Ryan conduse direct la ea acasă, parcă mașina în garaj pentru a nu fi vizibilă, iar apoi se întoarse spre ea:

-Acum, hai să mergem să vedem cât de rău ești rănită. Aproape m-a ucis faptul că a trebuit să aștept atât de mult până să pot vedea, mărturisi el.

Kate îi zâmbi, iar de data aceasta, zâmbetul ei era genuin.

Kate coborî din mașină, iar apoi intră în casă printr-o ușă laterală, urmată îndeaproape de Ryan care căra toate bagajele. Îl conduse în bucătărie unde își aruncă geanta pe masă și luă loc cu mișcări țeapăne.

–Poți să fi cât de dur vrei, spuse ea, întinzându-și brațul spre el.

Ryan văzu sânge coagulat peste tot și asta îl sperie. Nu știa locația exactă a rănii, așa că luă un prosop de bucătărie și-l udă, iar apoi se întorsase să-i curețe brațul.

-Vrei să folosești șervetul meu alb de ceai, din bumbac, să cureți sângele de pe mine? aproape urlă ea la el. Ești dus cu pluta, Ryan? Știi că nu pot scoate petele de sânge de pe el? Sângele nu iese nici cu înnălbitor, sublinie ea.

-Kate, lucrurile nu sunt decât lucruri. Ăsta nu e decât un prosop. Brațul tău e mult mai important, cred, încercă Ryan să o placheze, vorbind pe cât de calm putea, în acele circumstanțe.

Nu-i merse. Femeia se încruntă la el și se ridică:

-Putem să curățim brațul direct la chiuvetă. Dăm drumul la apă să curgă peste el. Nu e necesar să folosim șervetul meu de ceai, repetă ea și se duse la chiuvetă hotărâtă.

-E un şervet, pentru numele lui Dumnezeu. Îţi cumpăr altul, Kate, spuse el venind după ea.

Nu putea să pună laolaltă femeia care cu generozitate folosise atât de mulţi bani să-i ajute cu femeia care plângea după un amărât de şervet.

-Nu va fi la fel, Ryan, şi ştii asta. Mai important, eu ştiu asta. De ce ar fi o problemă dacă mi-aş curăţa braţul direct sub jetul de apă? întrebă ea cu încăpăţânare.

-E posibil să te doară mai tare, spuse el, deşi nu era prea sigur de ce spunea, dar trebuia să spună ceva în apărarea sa.

-Ha, exclamă ea. Doare acum destul de rău. Nu poate fi mai rău.

Apoi dădu drumul la apă, îi verifică temperatura şi îşi puse braţul sub jet. Brusc strigă când apa intră în contact cu rana.

-Ştiam că nu vei asculta, Kate. Eşti prea încăpăţânată pentru a ştii ce e bine pentru tine, iubito. Haide, lasă-mă pe mine să te curăţ cu grijă, să putem vedea ce e acolo, Ryan îi mângâie obrazul zâmbind, încercând să o convingă să facă ce vroia el.

Ea îl privi cu ochi rebeli pentru câteva clipe, apoi spuse:
-Bine, atunci fă-o tu.

Ryan îi luă braţul blând şi începu să i-l spele, curăţind sângele temeinic pentru a ajunge la rana propriu-zisă. După ce a îndepărtat tot sângele, văzu că glontele nu a făcut decât să-i zgârie pielea. Nu era rău, dar nici bine nu era, iar inima i se strânse. Ştia că o durea rău.

-Vei fi bine, Kate. Curând, o să vezi. Avem nevoie de antibiotic să punem pe rana asta. Am ceva în geantă, spuse el și se duse să scoată antibioticul pulbere pe care-l folosise pe Adam.

Îi pudră rana, iar apoi, îi verifică brațul din nou și gânditor spuse:

-Cred că mai bine o acoperim cu un bandaj, să fim siguri că rămâne curată, da?

Kate își dădu ochii peste cap, dar îi răspunse:

-Dar am nevoie de un duș, Ryan, și încă rău de tot, după atâtea ore petrecute în avioane și aeroporturi...

-Nu te teme, iubito, Ryan o consolă. Te ajut eu cu dușul și nu se va uda bandajul, o să am grijă, o să vezi. Totul va fi bine.

Kate zâmbi obraznic la el, știind ce însemna pentru el un duș făcut împreună, dar Ryan râse și-i spuse:

-Nu în seara asta, iubito. Ești rănită și nu ți-aș face așa ceva.

-Vorbești de parcă ar fi o corvoadă, Kate replică nu foarte satisfăcută de răspunsul lui.

-Nu, draga mea, dar ești și rănită și obosită. Aș fi un ticălos nermernic dacă aș face dragoste cu tine în seara asta. Nu fac nici un fel de promisiuni pentru mâine, dar în seara asta, mă voi mulțumi să te țin în brațe cât dormi. Hai, să scoatem hainele de pe tine ca să faci duș înainte să vină băieții înapoi, Ryan spuse, începând să-i ridice bluza fără mâneci. Apoi, o lăsă să-l conducă în baie.

ROWENA DAWN

CAPITOLUL 20

DUPĂ O NOAPTE FĂRĂ evenimente și un mic dejun satisfăcător, cel puțin în opinia lui Adam, căruia îi plăcea să mănânce bine, aparent, Ryan l-a contactat pe Mark și i-a spus despre aventura pe care au avut-o în noaptea precedentă.

-Acum am o idee clară cine e persoana care ne interesează, Mark îi spuse lui Ryan. A doua cea mai bună echipă a mea se ocupă deja de problemă. Știi că voi sunteți cea mai bună echipă pe care o am, Ryan... Oricum, ar trebui să se termine cu toate problemele astăzi.

-Asta-i nemaipomenit, Mark, Ryan îi replică. Și apropo, tipii ăia sunt cea mai bună echipă pe care o ai. Noi am ieșit complet din peisaj, ți-amintești? sublinie el.

Adam și Nick aprobară dând din cap, iar Kate îi oferi un zâmbet strălucitor, fericită că nu vor mai fi în pericol.

-Ești sigur, Ryan? Este din cauza acestui fiasco? Mark întrebă, nedorind să-i lase pe cei mai buni oameni ai săi să se pensioneze.

-Știi foarte bine că deja ne hotărâsem să nu mai luăm nici un fel de misiuni, Mark. Înainte de a se întâmpla toate astea. Eu vreu să mă însor, iar Adam...

-Vrei să te însori, îl întrerupse Mark şocat, iar apoi începu să râdă. Cum naiba vrei să te însori dacă nici măcar nu ai o femeie cu care să te însori? Faci mişto de mine, frate.

-De fapt, am o femeie pe care să o iau de nevastă, Ryan îi replică şi îi zâmbi lui Kate care îl ţinea de mână. Ne vom căsători până la sfârşitul săptămânii dacă am un cuvânt de spus în această situaţie, spuse el privind-o pe Kate pentru a-i vedea reacţia.

Ea îi zâmbi larg şi îşi dădu consimţământul cu o rapidă mişcare a capului. Nu era ca şi cum nu se gândise şi ea la asta, în special după ce el o ceruse de soţie.

Dorea să se mărite cu el pentru că ştia că viaţa lor împreună nu va fi niciodată plictisitoare. Cum ar fi putut fi, cu discuţiile lor continue, cu conversaţiile lor interesante şi cu felul în care făceau dragoste...

Nu, Ryan era cea mai bună alegere pentru ea. Avea puterea şi inteligenţa care i-ar fi plăcut la un bărbat şi putea să o surprindă tot timpul deoarece ea nu-i putea citi gândurile.

Îşi dăduse seama că asta era ce îşi dorea, chiar dacă nu fusese conştientă de dorinţa ei. Dorea un bărbat ca el, cineva pe care nu-l putea citi ca pe o carte deschisă.

Kate ştia că va avea dubii uneori şi chiar dureri de inimă ocazionale dacă nu frecvente, dar oricum părea mai bine decât alternativa. Ar fi fost plictisită până la lacrimi înainte de finalul lunii cu un bărbat pe care-l putea citi fără probleme.

-Se pare că am un cuvânt de spus în problema asta, Mark, aşa că voi fi un bărbat însurat până la finalul săptămânii, frate, Ryan anunţă cu mai mult entuziasm decât manifestase vreodată.

-Iar eu nu sunt invitat, înțeleg, spuse Mark pe un ton sec.

Ryan schimbă o privire cu Kate și când ea acceptă, îi spuse lui Mark:

-De fapt, dacă mai ești în Montreal până la finele săptămânii, ne-ar place să te avem aici.

-În regulă, așa mai merge, replică Mark bucuros. Acum lasă-mă să termin cu tipii ăia, iar apoi ne întâlnim. Sună-mă după vreo două ore, Ryan. Ar trebui ca totul să fie aranjat până atunci, Mark spuse cu o voce implacabilă, iar apoi deconectă apelul.

Ryan o privi interogativ pe Kate.

-Spune adevărul, Ryan. Are un fir și este confident că îi va avea pe acei oameni în pușcărie în mai puțin de două ore.

Nick se uită de la ea spre Ryan și din nou înapoi la ea, iar apoi spuse:

-Am fi putut-o folosi în trecut. Imaginează-ți câte chestii am fi putut evita dacă o aveam cu noi să ne ofere astfel de informații.

Adam și Ryan râseră, iar apoi, Ryan se aplecă și o sărută pe Kate.

-Curând totul se va termina, dragostea mea, iar noi doi ne vom vedea de viața noastră, da?

Ea aprobă fericită și-l îmbrățișă, fără să se simtă stânjenită că avea spectatori.

ROWENA DAWN

EPILOG

KATE S-A MĂRITAT CU Ryan sâmbătă dimineața, pe 3
august, în propria ei grădină, cu câțiva prieteni alături de ei.
Le invitase numai pe Ellie, Alice și Jeanne, iar Ryan îi avea pe
cei trei prieteni ai săi, Adam, Nick și Mark alături de el.

Mark își respectase promisiunea și-i prinsese pe oamenii
care-i urmăriseră. Cu câțiva ani în urmă, una dintre celelalte
echipe ale sale a decis să lucreze pe cont propriu și una dintre
primele lor operațiuni de acoperire fusese distrusă de către
Ryan și oamenii lui. De aceea, juraseră să se răzbune pe ei.

Creaseră cea mai recentă misiune cu ajutorul altui agent
care se hotărâse să li se alăture. Speraseră că Ryan va accepta
misiunea și atunci îl vor putea elimina.

Ziua nunții ei a fost la fel frumoasă și însorită ca și
dispoziția lui Kate. Prietenele ei se așteptaseră să fie nervoasă
și un adevărat coșmar, pentru că atunci când Kate era
nervoasă nu mai putea să-și controleze temperamentul. În
mod surprinzător, Kate era calmă și mulțumită de absolut
tot.

Nu visase la ziua nunții ei din totdeauna și nu făcuse
planuri. Nu era în firea ei. Acum însă simțea că totul era
perfect și era fericită că găsise bărbatul potrivit pentru ea,
alături de care să-și poată petrece tot restul vieții.

Ryan nu era cel mai comod bărbat din lume şi Kate era convinsă că vor avea destule certuri şi neînţelegeri, de-a lungul anilor. Cu toate acestea, era convinsă că el era exact ce avea ea nevoie.

În completă opoziţie cu dispoziţia ei însorită, Ryan era varză, ceea ce era de asemenea neaşteptat.

Bărbatul care intrase într-o duzină de situaţii de luptă cu mintea clară şi mâna fermă, era acum speriat şi panica i se vedea în ochii încordaţi.

Îi era teamă că lui Kate nu-i va place inelul pe care i l-a cumpărat. Alesese ceva simplu pentru că simţise că i s-ar potrivi, dar acum avea dubii că a ales corect.

Îi era de asemenea teamă că se va răzgândi şi în ultimul moment va spune *nu*. Asta îl speria atât de rău că abia a respirat până ce a auzit-o spunând 'Da'.

Abia atunci i-a dispărut încordarea şi a devenit omul pe care-l ştia toată lumea, confident şi calm sub presiune.

Adam şi Nick îl priveau şi nu-şi recunoşteau camaradul cu care merseseră în luptă timp de mai mult de un deceniu. Nick îşi tot scutura capul, iar Adam chiar i-a şoptit lui Nick:

-Dacă ajung vreodată aşa, îţi dau frâu liber să mă împuşti, frate. Nu mă voi îndrăgosti niciodată, îţi jur. Dragostea pare să-l facă pe cel mai inteligent bărbat prost ca noaptea.

Nick râse şi-i spuse:

-O să-ţi amintesc de asta, Adam, stai numai să vezi de nu.

Adam îi îndepărtă amuzamentul cu o fluturare a mâinii şi ochii i se îndreptară spre bufetul pe care Kate îl organizase pentru musafiri. Mâncase numai cu câteva ore înainte, dar era flamând din nou şi avea nevoie de combustibil.

OCHI ÎN ÎNTUNERIC

PROLOG

NU MULTĂ LUME SE ADUNASE în jurul coşciugului şi nu din cauză că ploua de mai bine de doisprezece ore. Nici la slujba de la biserică nu veniseră prea mulţi oameni.

Cam aşa se întâmplă atunci când înmormântarea are loc în mijlocul săptămânii, îşi scutură Diane capul cu durere.

Oamenii aveau slujbe şi familii de care trebuiau să se îngrijească. Nu putea să-i învinovăţească pentru absenţa lor.

Cuvintele pastorului îi treceau pe lângă urechi. Nu fusese ea niciodată o persoană foarte religioasă şi, de altfel, nici acum nu găsea nici un fel de comfort în ritualul de înmormântare.

Când cu câteva clipe în urmă ochii Dianei trecuseră peste chipurile celor câţiva oameni care se găseau în biserică, inima i s-a strâns. Ghinionul îi răpise mătuşii sale şansa de a avea alături de ea în acea ultimă zi pe oamenii pe care îi cunoscuse ani de zile.

Răposata Martha Elgin fusese bine cunoscută şi respectată în ţinut.

Niciodată nu mi-am imaginat că o iubeau atât de mulţi oameni, reflectă Diane şi îşi şterse lacrimile.

Valurile constante de oameni, care tot veniseră să își prezinte condoleanțele și pentru a își arăta respectul pentru mătușa sa în timpul ultimelor trei nopți ale priveghiului au impresionat-o pe Diane MacLean, unica nepoată a Marthei.

Diane își dădu seama că și-a încheiat preotul slujba abia când oamenii au început să se miște și să formeze un șir în fața ei pentru a-și prezenta din nou condoleanțele și regretele pe un ton șoptit.

Unii i-au strâns mâna cu afecțiune, în timp ce alții chiar au îmbrățișat-o, deși o cunoșteau de numai câteva zile. După aceea, toți au părăsit cimitirul, adunați sub umbrele mari.

Urmau să vină la casa mătușii sale mai târziu, unde Diane, împreună cu ajutorul unei companii de catering, pregătise un parastas în amintirea mătușii sale, care era programat pentru ora trei după-amiază.

Cu toate acestea, curând, Diane rămase singură lângă coșciug, cu ochii umezi de lacrimi, în timp cei doi bărbați masivi și tineri așteptau cu nerăbdare sub coroana unui stejar mare. Voiau să termine mai repede cu înmormântarea aceea și să caute adăpost undeva înăuntru, departe de ploaie. Ochii lor stăteau ațintiți fix pe ea, încercând să o determine să plece o dată.

Diane și-a șoptit cuvintele de adio către mătușa sa și a atins capacul sicriului cu o mână tremurândă. Își iubise mătușa și regreta că nu venise să o viziteze de mai bine de trei ani deja. Acum, cuvintele ei ajungeau la urechi surde.

Dădu din cap spre gropari și o porni pe cărarea pietroasă ce ducea spre ieșirea cimitirului și spre parcare. Nici măcar nu-i observă pe cei trei bărbați ascunși în umbra unui pâlc de copaci din spatele ei.

Cel mai înalt se aplecă şi şopti câteva cuvinte. Cu o mişcare din cap, unul dintre ceilalţi doi o porni printre copaci către aceeaşi parcare.

Bărbatul ajunse acolo înaintea Dianei. Aşezat comfortabil în maşină, ochii lui o urmăriră venind pe cărare cu paşi înceţi.

Femeia arăta obosită şi se părea că nu îi păsa de ploaie, deşi umbrela ei nu o proteja prea bine de picăturile dese. Avea o privire îndepărtată care stătea mărturie gândurilor sale împrăştiate.

Diane nu l-a observat pe bărbatul din maşină, ci şi-a pus umbrela în portbagajul SUV-ului său şi s-a grăbit spre portiera şoferului.

Şi-a pornit maşina şi a părăsit parcarea, fără să bage de seamă că o altă maşină o urmărea îndeaproape. Conducea sub limita de viteză deşi era aşteptată în oraş, unde avocatul mătuşii sale o invitase la citirea testamentului.

I-am spus deja că s-ar putea să fiu în întârziere. Care-i graba, până la urmă? Testamentul tot nu se va schimba, va rămâne la fel.

CAPITOLUL 1

AERUL ÎI PĂTRUNDEA năvalnic în plămâni și îi aducea în nări mirosul ploii de mai devreme care încă mai lâncezea în atmosferă. Mirosul frunzelor umede, care fuseseră împrăștiate de vânt pe solul pădurii, îl învigora.

O privea pe femeie îndeaproape din umbra copacilor unde își găsise un loc bun să se ascundă.

Este doar o necesitate, se minți el pe sine însuși. Știa că de fapt îi plăcea ceea ce vedea. Imaginația sa deja cutreiera cărări pe care știa că ar fi fost mai bine să le ocolească

Stătea nemișcat, temându-se să nu facă vreun zgomot călcând pe unul din vreascurile care erau împrăștiate pe pământul din jurul copacilor, astfel dezvăluindu-și poziția.

Avea destul timp la dispoziție să își facă prezența cunoscută mai târziu și nu dorea să o sperie pe femeie înainte să vină momentul potrivit pentru acest lucru. Își făcuse un plan, iar el niciodată nu devia de la un plan bine gândit.

Ochii săi cutreierară peste trupul femeii. Aceasta își arcui gâtul, amintindu-i de un cerb aflat la adăpat în zorii zilei, amușinând aerul pentru a simți dacă se afla vreun vânător prin preajmă.

Bărbatul surâse. *Mda, dulceață, simți că sunt aici, dar nu ești sigură. Încă.*

Oboseala îi săpase femeii linii vizibile în colţul ochilor şi în jurul gurii. El o privea de câteva ore bune şi o văzuse muncind din greu, încercând să pună la punct casa fermei.

Vântul îl tachină cu un iz vag de mere verzi şi lămâie, stârnindu-i amintiri de mult uitate. Aceasta nu îi surâse defel şi imediat îndepărtă amintirile cu furie.

Brusc, femeia se cutremură şi îşi frecă braţele. Aerul nopţii se răcorea din ce în ce mai mult.

Părul său bogat arămiu îi era prins într-o coadă dezordonată. Şuviţe de păr îi încadrau chipul şi îi dădeau un aer de vulnerabilitate.

Deodată, bărbatul decise că a privit-o suficient. '*Acum este momentul*,' îşi spuse el pe sub barbă şi ieşi din ascunzătoarea sa.

-Hei, tu, de-acolo!

Femeia aproape că sări în sus de un metru când vocea lui dură biciui prin aer. Glasul venise dinspre partea stângă a curţii unde o mulţime de tufişuri şi copaci înalţi întunecau noaptea şi mai mult.

Ea îşi aruncă privirea într-acolo cu ochii rotunjiţi de uimire şi zări o umbră înaltă mişcându-se în întuneric. Spaima îi licări în suflet şi îi tăie răsuflarea.

Bărbatul micşoră distanţa dintre ei, iar un rânjet îi încolţi în colţul gurii. Ceva similar satisfacţiei îi alerga prin vene.

Ochii ei se lărgiră şi mai mult când figura lui înaltă şi bine clădită păru să înghită tot spaţiul. Frica din ochii ei stârni o emoţie necunoscută adânc în sufletul lui, iar el încercă să o identifice, dar fără succes.

Se gândi că nu era compasiune, cu siguranţă, deşi nu-şi putea explica de ce. Nu era ca şi cum şi-ar fi putut aminti cam cum s-ar fi simţit compasiunea.

Timp de câteva momente tensionate, s-au privit fix unul pe celălalt cu intensitate. Nici unul dintre ei nu se mişcă.

Frica străluci în ochii ei verzi din nou. Un bărbat imens păşea prin curtea ei ca şi cum ar fi fost pe propriul lui domeniu de vânătoare.

Ochii lui negri oţeliţi îi reflectau îndrăzneala înnăscută, dar într-o oarecare măsură şi amuzamentul, precum şi o fracţiune de dorinţă sălbatică, o dorinţă pe care ea nu reuşea să o identifice. Acea dorinţă o îngrijora. Nu-i păsa de faptul că individul se amuza pe seama sa.

Se evaluară unul pe celălalt ca doi spadasini.

De ce naiba nu mi-am ascultat eu instinctele? reflectă ea.

Se crezuse singură acolo, la căsuţa fermei, şi cu toate acestea, de-a lungul întregii seri, avusese senzaţia că cineva o privea. Acea senzaţie îi electrizase firele fine de păr de la ceafă, iar ea, pur şi simplu, o ignorase prosteşte.

Ferma se găsea departe de drumurile bătute în mod obişnuit, ceea ce ei îi convenea de minune. Nu simţea nevoia de-a fi înconjurată de legiuni de oameni şi nici nu-i lipseau zgomotele marelui oraş.

De la moartea mătuşii sale, cu câteva luni mai înainte, se tot gândise să se mute de la oraş şi să-şi facă o viaţă pentru sine acolo, în mijlocul sălbăticiei. În sfârşit, cu o săptămână în urmă a făcut şi pasul acela. Acum, însă, se îndoia de înţelepciunea deciziei sale.

-Am un pistol chiar aici, strigă ea la el, iar vocea îi tremură. Şi ştiu să-l folosesc, continuă ea pe o voce ascuţită.

Frica o sufoca şi abia reuşea să pronunţe cuvintele.

Râsul lui brutal îi răsună în urechi şi sângele îi îngheţă în vene. *Nu mă crede*, se gândi ea, şocată, şi regretă că nu se dusese la clasele de auto-apărare la care se tot gândise pe vremea când locuia în oraş. Dar gândul acela avu o viaţă scurtă.

Hmm, asta e. Este prea târziu acum să plâng după laptele vărsat. Este momentul să îmi asum consecinţele.

-Mda, sunt convins că ştii, strigă el, iar apoi râse şi mai tare. Dulceaţă, spuse el pe un ton tărăgănat, ce lăsa impresia că mierea îi curgea de pe buze şi care trăda un accent sudist specific. Sunt sigur că m-ai putea împuşca dacă ai vrea, dar mă îndoiesc că vrei, continuă el, iar apoi îşi arcui o sprânceană, ca şi cum ar fi provocat-o să încerce. Am nevoie de ajutor pentru numai o noapte sau două, cel mult, minţi el cu tupeu, fără ca măcar să clipească.

Vocea lui dulceagă şi falsă îi alungă teama femeii. Furia luase locul fricii, iar cuvinte mânioase i se urcară pe buze când îi auzi sarcasmul muşcător.

-Oraşul este în direcţia aceea, replică ea, arătând spre stânga lui. Acolo vei găsi tot ajutorul de care ai nevoie, domnule, mai adăugă ea, pronunţând cuvintele pe un ton arţăgos. Aici nu se găseşte nimic pentru tine, clarifică ea, încheiându-şi tirada cu un gest care nu mai lăsa loc la tocmeală.

-Nu am chef să mă mai duc până în oraş acum, ridică el din umeri. Sunt obosit pentru că am umblat destul de multe ceasuri. Mi s-a stricat maşina la câteva mile mai jos pe şosea, iar acum am nevoie de un loc unde să stau. Şi cred că-mi place locul ăsta, spuse el pe un ton plat, care îi provocă femeii frisoane pe şira spinării.

După ce îşi declară intenţiile, se apropie şi mai mult de scară şi se opri sub arcul de lumină ce venea de pe verandă.

-Cum de îndrăzneşti? împinse ea cuvintele cu dificultate printre buzele strânse. Mâinile i se strânseră în pumni, iar unghiile îi muşcau din palme.

Bărbatul din faţa ei era un bărbat destul de înalt, prea înalt pentru gustul ei. Dacă ar fi fost mai scund, poate ar mai fi avut o şansă să se apere împotriva lui. De asemenea, era şi mult mai solid decât ea. Statura şi construcţia lui îi aminteau de un luptător. *Nu-i a bună cu tipul ăsta, Diane*, reflectă ea.

-Hai, fii o bună creştină, îi spuse el pe un ton dulce. Nu-i aşa că nu vei lăsa un biet om aici, afară în pădure, pe timpul nopţii, să se protejeze singur, înfrigurat şi flămând? o întrebă el cu un zâmbet fermecător şi îşi deschise braţele larg. În ciuda tonului său, ochii lui sclipeau cu ironie.

-Aş face-o cu siguranţă, replică ea cu hotărâre şi îşi puse mâinile pe şolduri.

Dorea să-l facă să înţeleagă că vorbele lui nu o vor impresiona. În fond, nu era redusă mental.

Timpurile când oamenii îşi deschideau casele în faţa străinilor se duseseră de mult. Şi oricum, ea era o fată de la oraş şi nu-i stătea în fire să reacţioneze astfel.

El păşi şi mai aproape şi ajunse la scările de la verandă, arătând astfel că nu era descurajat de refuzul ei. Se sprijini cu o mână de balustradă, iar ochii săi zâmbitori o evaluară ca să vadă cât de hotărâtă era.

Ochii lui pledau inocență, dar cu toate acestea, Dianei nu-i fu greu să distingă duritatea care mocnea în spatele zâmbetului lui. Era clar că bărbatul acela era departe de-a fi ceea ce dorea el să o facă să creadă.

Bărbatul era construit ca unul dintre vânătorii ce umblau călare și despre care citise cu mult timp în urmă. Înalt de peste 1,80 m, ochii lui se găseau la acelaș nivel cu ai ei, chiar dacă el se afla la piciorul scării. Avea umerii destul de lați și puternici și nu i-ar fi fost prea greu să o ia în cârcă și să fugă cu ea dacă asta i-ar fi fost intenția.

Oh Doamne, oh Doamne, bombăni ea în gând. Trebuia să facă ceva pentru ca să scape de el.

Să-mi ia naiba dorința de a admira noaptea. Dacă m-aș fi aflat în casă, cel puțin aș fi avut o ușă între mine și ursul ăsta de om... Deși mi-e teamă că o ușă încuiată nu ar fi făcut nici o diferență dacă s-ar fi hotărât să intre în casă, recunoscu ea, ochii săi analizând pragmatic bărbăția dură a omului din fața ei.

-Hai, domnișorică, nu fii afurisită, încercă el să o convingă, continuând să afișeze acel zâmbet care o călca pe nervi. Am nevoie numai de un pat pentru o noapte. Și îți promit că nu va fi al tău, adăugă el.

Ea observă atunci că zâmbetul nu i se reflecta niciodată în ochi. Ochii bărbatului păreau două săgeți negre ațintite asupra ei, supraveghiându-i fiecare mișcare. Stele de gheață îi străluceau în pupilele întunecate, înghețând-o până la oase.

Sarcasmul bărbatului era vizibil pe chipul lui și îi provoca senzația că tentacule i se târau pe piele. Atitudinea lui nonșalantă o speria și mai mult pentru că nu îi înțelegea jocul.

-Ești nebun sau ce naiba? îi replică ea cu furie mocnită în voce.

-Cred că a doua variantă, îi răspunse el cu blândețe de data aceasta.

-Cum îți imaginezi că te-aș lăsa să dormi în casa mea? îl întrebă ea cu mânie.

Vorbește de parcă ar vrea să mă scuipe și să se șteargă pe mâini de mine, reflectă el amuzat. *Mi-e teamă că nu este chiar așa ușor să scapi de mine, draga mea. Jocul se încheie numai atunci când spun eu că se încheie. Acum fii fată bună și cedează. Nu te voi deranja... prea mult.*

-Bine, atunci hambarul, ce părere ai de asta? îi oferi el un compromis.

Nu e ca și cum nu mi-aș permite să fac un compromis cu tine pe moment. Mâine, vei juca pe altă muzică, draga mea.

-Îți poți încuia ușile în noaptea aceasta, iar mâine mai vorbim noi. Ce părere ai? Mie unuia mi se pare un târg bun, ridică el din nou din umeri și își plesni de coapsă pălăria de cowboy pe care o ținea în mână.

Femeii nu-i plăcură cuvintele bărbatului defel și se nici nu voia să se gândească la ce fel de târg se referea. *Mda, de parcă o ușă încuiată te-ar opri să-mi intri în casă.*

Dar cu toate acestea, știa că se găsea în dezavantaj total. Dacă dorea să încheie acea discuție ridicolă, și o dorea, evident, atunci trebuia să-i accepte oferta și să spere că va rămâne în hambar.

-Du-te la hambar și așteaptă-mă, îi ceru ea brusc. Îți voi aduce și niște pături ca să nu simți frigul nopții. Îți convine așa?

El îi zâmbi din nou, iar de data aceasta, îi arătă două rânduri de dinți mari, perfecți și albi. Zâmbetul lui îi aminti de un lup aflat în fața pradei sale și femeia se cutremură.

Apoi, el se aplecă batjocoritor în fața ei și se întoarse să se îndrepte spre hambarul construit pe una dintre laturile curții mari.

Femeia nu se mișcă până ce nu îi ajunse la urechi un scârțâit metalic, care o anunță că omul a deschis ușa ruginită a hambarului.

După aceea, fugi repede în casă și încuie ușa în urma ei, deși era deja mult prea târziu pentru asta. Știa că nu mai avea nici un rost, dar avea nevoie de iluzia că se afla în siguranță pe moment.

Nu uitase că trebuia să iasă din nou cu păturile pe care i le promisese. Se gândi că trebuia, de asemenea, să-i dea și ceva de mâncare. Nu avea loc de întors dacă voia ca el să nu se mai întoarcă înapoi după aceea și să îi ceară de mâncare. Era mai mult ca sigură că era capabil să facă așa ceva.

Deși știa că trebuie să iasă din casă curând, nu-și putea forța picioarele să se miște. Tremura deja din toate încheieturile și se văzu nevoită să se sprijine de perete pentru a rămâne în picioare.

Într-un final, numai teama că el se va întoarce a impulsionat-o să se miște și să urce scările la etaj. Cu mâini nesigure, scoase două pături din dulapul cu așternuturi ce se găsea pe holul de la etaj.

Apoi făcu un raid rapid prin bucătărie și îi pregăti trei sendvișuri mari. *Mai bine așa decât să am motive de regret mai târziu*, se gândi ea.

Totul îi luă mai mult timp decât se aşteptase, dar, din nefericire, îi tot scăpau lucrurile din mână din cauză că degetele îi tremurau şi nu putea să le controleze. Luă şi o cutie cu o băutură răcoritoare din frigider şi o porni spre uşa de la intrare.

Inima îi bătea din ce în ce mai tare şi din cauza fricii aproape că îi sărea din piept.

Înainte de a deschide uşa, îndepărtă cu grijă perdeaua care acoperea fereastra de pe laterala uşii şi privi atent afară.

Zări lumină în hambar, dar nu reuşi să vadă nimic altceva.

Sper că mă aşteaptă acolo şi nu aici, lângă casă.

Ar mai fi existat numai o singură posibilitate - să îl sune pe şerif, dar până ce ar fi ajuns şeriful acolo, la fermă, probabil că ea ar fi devenit deja dejun pentru vulturi.

Într-un sfârşit, deschise uşa şi păşi în întuneric. Cu câţiva paşi mari grăbiţi, ajunse la uşa hambarului şi strigă:

-Domnule, eşti acolo?

Uşa de la hambar se deschise brusc cu un scărţâit lugubru, iar ea, speriată, sări înapoi câţiva paşi şi ţipă.

-Te-am speriat? se interesă el, aparent doar vag interesat de starea ei.

Tonul său îi spunea clar că de fapt nu-i păsa de nici un fel.

-Tu ce părere ai? se încruntă ea la el. Uite-ţi păturile, spuse ea furioasă şi mai că aruncă păturile spre el.

Apoi, se întoarse să se îndrepte spre casă, uitând de mâncarea pe care încă o ţinea în mână. Cu colţul ochiului, observă că sprânceana lui dreaptă s-a arcuit sardonic. Îşi dădu seama că el se uita cu înţeles la sendvişurile din mâna ei şi simţi impulsul să-i arunce totul în faţă.

Își controlă impulsul totuși și îi întinse mâncarea. După aceea, se întoarse din nou să părăsească hambarul, fără să rostească nici măcar un cuvânt.

-Noapte bună și ție, menționă el sarcastic, iar apoi izbucni într-un râs sănătos, care suna nebunește în urechile ei.

Bărbatul își dădu seama că imaginația ei o luase razna de-a binelea și de aceea se comporta ca o cărpioară speriată.

Ea mormăi câteva cuvinte bine alese pe care se presupunea că nu le știe. Cuvintele ajunseră la urechile bărbatului și amuzamentul său deveni și mai zgomotos. Era mulțumit atât cu situația, cât și cu vocabularul ei atât de colorat.

Ea nu-și mai opri pașii. Părăsi hambarul în grabă, dar în ciuda grabei sale, mirosul de mosc al bărbatului o învălui și ceva ca niște fluturi îi fremătă în abdomen. Refuză însă să se gândească prea mult la aceea senzație stranie și preferă să se concentreze pe furia care o cuprinsese.

Aproape că alergă înapoi spre casă. Dorea să pună cât mai mare distanță între ea și uriașul care își găsise reședință temporară în hambarul ei în acea noapte.

Încuie ușa în spatele ei și respiră cu ușurare când sunetul broaștei de la ușă o anunță că ușa era încuiată.

Renunță să își mai bea ceașca ei obișnuită de ceai înainte de a merge la culcare și se duse direct în dormitor, chiar dacă picioarele îi tremurau.

Se schimbă în pijamale, iar acea îndeletnicire îi luă o vreme. Degetele îi tremurau atât de tare încât abia reuși să-și încheie nasturii de la bluza de pijama.

O bufniță țipă în noapte și sunetul o umplu de anxietate. Suna ca o prevestire de rău augur.

Se băgă în pat, măcinată de gânduri negre. Sentimentul că ceva urma să se întâmple o ținu trează o bună parte din noapte.

CAPITOLUL 2

ZORII ZILEI ABIA COLORAU orizontul când bărbatul
ieşi din hambar, frecându-şi ochii. Starea lui de spirit se cam
deteriorase în noaptea precedentă şi nu i se mai îmbunătăţise
defel.

Admise că dormitul în hambar nu fusese cea mai bună
alegere pentru el, iar ochii săi fulgerau de iritare.

Ascultă chemarea naturii şi vizită pâlcul de copaci din
spatele curţii. *Nu cred că ar fi prea fericită dacă m-aş duce în
casă să caut o baie.*

Întorcându-se, îşi ciufuli părul cu degete nerăbdătoare şi
aruncă o privire în jur. Ochii îi căzură mai întâi pe vechiul
puţ din curte, dar mai apoi văzu pompa nouă de apă ce fusese
instalată în apropierea sa.

Începu prin a se întinde, ca să-şi mai ostoiască durerile
din umeri, iar apoi, îşi scoase cămaşa. Nu avea nici un
concept de modestie şi nu-i păsa dacă gazda sa l-ar fi privit.

Niciodată nimeni nu l-a descris ca fiind un tip timid, iar
el ştia că avea corpul în destul de bună condiţie pentru a-i
oferi femeii din casă un spectacol bun pe gratis.

*Până la urmă, mi se pare că este mai mult decât corect să
i-o plătesc că m-a făcut să dorm în hambar.*

De fapt, plănuia să o facă să plătească scump pentru neîncrederea ei, deși, adânc în sufletul său, recunoștea că femeia avea dreptate. Nici o femeie din lume, nici măcar una care ar fi avut doar câțiva neuroni în funcțiune, nu ar fi primit un bărbat necunoscut în casa ei noaptea.

Știa toate acestea, dar femeia îi rănise mândria. La naiba! Doar nu arăta a criminal.

Da, era adevărat că mersese pe joc câteva ore și era prăfuit. Intenționase să ajungă acolo dimineața târziu, dar afurista aia de mașină s-a stricat și nu a mai putut să o repare. Bateria a cedat până la urmă și nimic din ce a încercat nu a mai readus-o la viață.

Nici un fel de mașini nu au trecut pe lângă el, și doar a așteptat acolo aproape două ore înainte de a renunța. Deci, nu găsise nici un fel de ajutor.

Când a ajuns la ușa ei, era acoperit de un strat de sudoare și praf. Mărșăluise timp îndelungat, tocmai din celălalt capăt al pădurii până în acel loc uitat de Dumnezeu.

Și când te gândești că în onoarea ei am pus pe mine cea mai bună pereche de jeanși și cămașa mea favorită. Iar ea s-a uitat la mine de parcă aș fi fost un gunoi, se gândi el, iar apoi se încruntă, uitând complet că femeia probabil a fost îngrijorată de apariția lui la ușa ei.

În timp ce el își spăla gâtul și armele musculoase la pompă, ea îl privea din spatele perdelelor. Ochii ei cutreierară spatele lui bine făcut și o scânteie de atracție îi jucă în partea inferioară a abdomenului.

A știut imediat când el s-a trezit. Probabil că scârțâitul ușii de la hambar o trezise și pe ea. Ori poate i-a auzit pașii în curte sau sunetul apei care curgea de la pompă.

Indiferent de motiv, se îndreptase spre fereastră imediat, iar acum îl privea, aproape fascinată de ceea ce vedea.

Femeia refuză să mediteze asupra motivelor sale. Niciodată nu îi mai plouase în gură în fața unui trup bine făcut.

Eh, întotdeauna există acea primă dată, reflectă ea.

Brațele lui puternice erau acoperite de mușchi sculptați, iar pieptul lui lat, acoperit cu păr aspru și întunecat la culoare, strălucea din cauza picăturilor de apă.

Femeia își strânse palmele în pumni pentru că simțea cum o furnicau degetele să și le treacă prin părul acela des și, frustrată, își mușcă buza inferioară. Apoi, își scutură capul.

Oh, drace! La ce-ți zboară gândul, femeie? Controlează-te!

Părăsi fereastra și se îndreptă spre baie ca să facă un duș lung pentru a-și clăti dorința pe care o simțea pentru bărbatul pe care îl încuiase afară în noaptea precedentă.

Apa rece îi biciui trupul și o pedepsi timp de câteva minute. Primi cu bucurie pedeapsa crâncenă pentru că simțea nevoia să își revină și să judece totul la rece și încă rapid.

După aceea, alese un tricou modest și o pereche de jeanși care văzuseră și vremuri mai bune. O scurtă privire aruncată în oglindă o asigură că arăta suficient de decent.

Nu dorea să-l vadă ridicând din sprâncene când ar fi dat cu ochii de ea și ar fi văzut cu ce se îmbrăcase. Satisfăcută, coborî scările și descuie ușa de la intrare.

El era deja acolo, în fața ușii, frecându-și pielea cu un prosop aspru pe care îl scosese din rucsacul pe care îl cărase cu el în seara de dinainte.

Ea se luptă să își desprindă ochii de pe pieptul său larg.

Oh, drace! De ce naiba sunt atât de obsedată de pieptul acesta blestemat?

-Dacă vrei să iei micul dejun, atunci poți veni în casă, spuse ea pe un ton abrupt, iar apoi, îi întoarse spatele de parcă bărbatul nu ar fi contat defel.

Se îndreptă spre bucătărie cu pași măsurați, aparent neinteresată dacă el o urma sau nu.

El își propti ochii pe fundul ei strâns în jeanșii franjurați și rânji. Își imagină că femeia i-a ales tocmai pentru a nu-l face să o privească, dar rezultatul era exact opus. Acum, dorința lui pentru ea deveni mai adâncă și mai puternică.

Chiar dacă erau niște pantaloni mai vechi, arătau perfect pe ea. I se potriveau ca o mănușă bine strânsă pe piele. Când se mișca, pantalonii îi îmbrățișau șoldurile strâns, iar el era conștient că trebuia să își țină bine în frâu pornirile pentru a nu sări pe ea.

Râse de el însuși și își șterse bine corpul cu propospul. Își trase pe el un tricou curat și intră în casă căutând bucătăria.

Mirosul de mâncare proaspăt gătită deja umpluse încăperea, iar stomacul i se agită din cauza foamei.

-Oamenii de obicei spun '*bună dimineața*' sau cel puțin '*salut*' când se văd de dimineață, spuse el pe un ton conversațional, sprijinindu-se de tocul ușii și încrucișându-și gleznele.

-Poate că da, dar eu nu am timp de așa ceva, în special cu unul ca tine, îi aruncă ea peste umăr cu dispreț, continuând să-și facă de lucru la mașina de gătit.

-Oh, într-adevăr? Unul ca mine? Și ce ai de făcut de este atât de important încât nu poți să fii cât de cât politicoasă cu un musafir?

Ea se strâmbă și-i mulțumi lui Dumnezeu că el nu-i putea vedea fața.

Politețe, ce să spun! Unui musafir! De parcă eu te-aș fi invitat aici.

Dar în ciuda gândurilor sale, tot nu reuși să-i dea o replică potrivită.

Ar fi trebuit să lucreze pentru următoarea sa expoziție, dar nu avea deloc inspirație pe moment. De fapt, chiar nu avea nimic special de făcut. Deja terminase cu curățenia în casa fermei.

Acum, se gândea numai să asculte ceva muzică, să citească o carte sau pur și simplu să admire natura. Va găsi ea ceva de făcut și nu avea nevoie de el pe-acolo.

-Lucruri diverse, replică ea pe un ton neprietenos, ca să închidă subiectul.

-Ce fel de lucruri? insistă el, ceea ce o făcu să-și dea ochii peste cap cu exasperare.

Era ca un terrier cu un os în gură. Maxilarul lui îi arăta încăpățânarea și era evident că nu va renunța la subiect prea curând.

-Diferite, replică ea, fără a arăta vreun interes deosebit vis a vis de el. Nu că e treaba ta, apropo.

Se temea că dacă bărbatul nu pleca mai repede din preajma ei o va înnebuni de tot. Întorcându-se spre el cu tigaia în mână, îi puse omleta pe farfurie și se răsti la el mânioasă:

-Acum mânâncă și dispari!

-Într-adevăr, frumoase maniere, tărăgănă el cuvintele fără să cedeze nici un pic.

Tratamentul ei grosolan nu părea să-l afecteze. Arăta de parcă niciodată nu se distrase atât de bine și ea nu putea să înțeleagă de ce.

-Care e problema cu tine? nu mai rezistă ea și întrebă, privindu-l pe bărbat cu uluire. Chiar nu simți când nu ești dorit undeva?

-Oh, desigur, nu-ți fă griji, dădu el din mână indiferent. Nu e ca și cum nu ți-ai fi dat silința să-mi dai de înțeles că nu mă vrei aici, dulceață, replică el pe un ton foarte la obiect. Acum, că mă vrei sau nu, eu tot trebuie să stau aici, spuse el, așezându-se și împungând cu furculița ouălele pregătite de ea.

-Ce naiba vrei să spui cu asta? îl întrebă ea complet șocată.

Își încrucișă brațele sub sâni și îi aruncă o privire neagră. Nu-și putea crede urechilor. Omul pur și simplu declarase că trebuia să stea acolo, de parcă dorințele ei nu ar fi contat absolut deloc.

-E foarte simplu, dulceață. Trebuie să locuiesc aici. Nu ți-a citit avocatul testamentul mătușii tale?

Vorbele lui au lăsat-o fără cuvinte pentru câteva secunde. Nu putea decât să se holbeze la el, de parcă brusc i-ar mai fi crescut un cap.

-Nu am ascultat cu foarte mare atenție, recunoscu ea mormăind. Dar sunt destul de sigură că sunt singura care a moștenit această casă, spuse ea, cu un gest larg.

-Da, ești. Dar mai este altceva notat în testament. Mătușa ta ți-a cerut să împarți casa cu mine timp de cel puțin doi ani. Aceasta este condiția pentru a deveni proprietara casei. Eu mă voi îngriji de proprietate timp de doi ani până ce vei decide dacă dorești să trăiești aici cu adevărat.

Ochii ei se rotunjiseră într-atât de mult încât el se temu că vor exploda. În următoarea clipă, femeia se repezi afară din bucătărie, și se îndreptă spre încăperea de alături cu pași apăsați.

Sunetul unui sertar deschis cu gesturi nervoase ajunse la urechile lui. Un zâmbet satisfăcut îi înflori pe buze când auzi foșnetul paginilor întoarse cu zgomot. El știa că spusese adevărul și se întrebă cum de nu văzuse ea acea condiție până atunci.

Cu toate acestea, motivele lui de a locui acolo erau puțin mai complicate decât cele afirmate în testament. Nici că se putea să-i pese mai puțin de starea casei sau a proprietății.

Venise acolo cu scopul de a o proteja pe femeie și pentru a descoperi niște adevăruri întunecate. Avea datoria să se răzbune pe niște oameni, și asta de multă vreme. Răposata, mătușa femeii, doar îi făcuse treaba mai ușoară și îi dăduse posibilitatea de a-și satisface setea de răzbunare atunci când și-a întocmit testamentul.

Zâmbetul i se transformă într-un rânjet la acele gânduri. Erau anumite lucruri pe care nu le putea uita sau ierta. Răzbunarea îi era mai necesară decât aerul.

Strigătul ei ultragiat, precum și sunetul unui sertar trântit în cealaltă încăpere, îl determină să adopte o mască de indiferență. Reîncepu să mănânce cu gesturi măsurate.

Femeia se întoarse în bucătărie, agitată ca un cuib de viespi, și se aplecă deasupra lui.

-Ce naiba este chestia asta? De ce îmi face asta?

-Face? Dulceață, deja ți-a făcut-o, îi replică el liniștit, continuând să-și mănânce micul dejun, imun la furia ei.

-Știi ce vreau să spun, dădu ea iritată din picior. La naiba, sunt atât de furioasă că nici nu mai pot gândi, se răsti ea și începu să parcurgă bucătăria agitată.

-Da? Atunci stai jos și mănâncă, spuse el, împingând farfuria cu ouă în fața ei. Poate că asta te va ajuta să gândești.

-Nu mai am chef să mănânc acum, se răsti ea la el. Crezi că mai pot mânca când știu că un străin va împărți casa cu mine? Și nu orice străin, dar tu..., spuse ea repede.

-De ce nu? își ridică el o sprânceană. Nu poți face nimic în legătură cu asta, nu-i așa? Testamentul este foarte clar, dacă nu mă înșel. Este de necontestat. Nu mai poți schimba nimic. Și ce e în neregulă cu mine? Crezi că există un alt bărbat mai potrivit pentru a avea grijă de proprietate decât mine?

Ea nu se mai osteni să-i răspundă. Căuta febril o cale de ieșire din acea situație, chiar dacă știa că nu există nici una. Testamentul era clar și nu era ca și cum l-ar fi putut schimba.

Îi aruncă o privire încruntată. Se găsea efectiv la mila lui.

Când și-a dat seama de aceasta, îi veni o altă idee. Își aplecă capul pe umăr și îl privi printre gene.

-Ce ar trebui să-ți dau ca să te fac să pleci pentru totdeauna și să mă lași în pace, hmm?

-Nu voi pleca, așa că ia loc și mănâncă, spuse el, păstrându-și calmul, fără nici un fel de emoție în voce.

-De ce nu?

Aproape că strigase la el ca o nebună, pierzându-şi ultimele rezerve de control pe care le mai avea asupra nervilor săi.

-De ce nu vrei tu să fii un băiat rezonabil? întrebă ea cu răutate, iar ochii i se îngustară ca două fante.

El ridică din sprâncene când îi auzi apelativul, iar trăsăturile i se înăspriră.

-Bine, un bărbat rezonabil atunci, spuse ea rapid, încercând să-l împace.

Îşi dăduse seama că nu-i plăcuseră cuvintele ei. Şi cu toate acestea, ştia că avea nevoie de consimţământul lui, aşa că nu putea să-l supere prea tare.

-Sunt rezonabil. Sunt rezonabil pentru că nu mă adresez unui judecător pentru a-i dezvălui încercarea ta patetică de a mă face să dispar. A sunat cam ca un fel de mită, nu-i aşa?

-Eşti cel mai rău..., începu ea, dar el o opri cu un gest scurt.

-Nu aş continua dacă aş fi în locul tău. Am terminat deja de mâncat. Îmi voi spăla farfuria ca să nu ai nici un fel de motive să te plângi că numai tu munceşti pe aici, spuse el batjocoritor şi se îndreptă cu farfuria spre chiuvetă.

Ea icni iritată în spatele lui şi din cauză că temperamentul i se încinsese din nou, aruncă o furculiţă spre el, lovindu-l drept în mijlocul spatelui. Îşi dăduse deja seama de cât de copilăresc reacţionase când el şi-a întors capul spre ea, fixând-o cu ochii săi la fel de îngheţaţi ca şi o zi de iarnă.

Acum, el se întoarse complet spre ea şi o privi câteva clipe lungi, ca şi cum nu-i venea să creadă că se comporta astfel. Îşi puse mâinile pe şolduri şi încercă să o intimideze cu privirea.

Crezuse că femeia era delicată și drăgălașă. Nu își imaginase nici o clipă că ar fi putut să se piardă cu firea cu adevărat. Acum își dădu seama cât de mult greșise în estimările lui și își promise să nu se mai grăbească și să facă astfel de presupuneri în viitor.

Oftă, iar apoi o întrebă pe un ton liniștit, aplecându-și capul ușor pe o parte:

-Ce naiba este în neregulă cu tine?

-Nu e nimic în nergulă cu mine. În afară de prezența ta, evident, îi replică ea și își încrucișă brațele pe piept. Doar nu am cerut să locuiesc cu cineva în casă, nu-i așa?

Ai dreptate aici, dulceață, reflectă el. Admise că avea dreptate să se simtă înșelată și fără mijloace de a ieși din acea situație, dar nu era prost să spună ce gândea cu voce tare. Cu siguranță, ea ar fi profitat de înțelegerea lui și nu acela era scopul lui.

-Bine, dulceață, hai să stabilim totul acum, spuse el și se îndreptă spre ea cu pași măsurați.

Ochii ei străluceau din cauza mâniei. Era evident că nu-i plăcea să fie numită *dulceață*. Neplăcerea i se vedea pe chip ori de câte ori folosea acel termen de alintare. El se mulțumi să surâdă la ea, iar aceasta îi alimentă furia și mai mult.

-Nu este nimic de stabilit. Trebuie numai să pleci. Asta este tot! se răsti ea și lovi cu piciorul în podea, în același timp.

Bravo ție, fată. Se vede că regresezi din ce în ce mai mult, se admonestă ea în derâdere.

-Acum știi că nu pot face asta, nu-i așa? Aș vrea să-i respect ultimele dorințe ale bătrânei doamne. Ar trebui să vrei și tu același lucru. Dacă stau și mă gândesc bine, a fost mătușa ta, nu a mea, replică el pe un ton plin de tristețe prefăcută.

Ca și cum ți-ar păsa, strânse ea din dinți și se încruntă la el.

El era conștient că femeii i-ar fi surâs să-l poată arunca cât mai departe posibil, dar, din păcate pentru ea, el venise acolo cu intenția să rămână.

Trebuia să se ocupe de niște treburi neterminate și nu avea nici o intenție să-i permită unui chip drăgălaș să-l facă să se abată din drumul lui. Dar aceasta nu însemna că nu putea simpatiza cu ea pentru că știa foarte bine cum era să te simți fără putere și la capriciul soartei.

-Deci cum vezi tu această situație? întrebă ea după câteva clipe de tăcere.

Îl fixă cu ochii îngustați, iar în același timp piciorul ei lovea podeaua cu nerăbdare.

-Așa cum este. Voi locui aici de-a lungul următorilor doi ani, fie că îți convine sau nu. Tu alegi ce dormitor voi folosi. Nu sunt pretențios și pot dormi în oricare dintre ele. Ține minte, hambarul nu intră în discuție, spuse el și își ridică mâna pentru a opri să vorbească. Mama mea a crescut un domn, nu un lucrător de fermă.

Ea pufni când îi auzi cuvintele și se uită la el fix cu răceală. La început, nici măcar nu se obosi să-i răspundă. Mai apoi, însă, nu-și mai putu ține gura închisă și îi spuse:

-Mă îndoiesc.

-De ce te îndoiești? întrebă el încruntat, deși cam ghicea el la ce se referea.

-Mă îndoiesc că ai fi un domn, îi spuse ea și se îndreptă spre ușa de la bucătărie.

-Hei, tu, unde te duci? se grăbi el după ea, temându-se că s-ar putea gândi să fugă.

Dacă ar fi fugit, planurile lui bine gândite ar fi fost în pericol. Era necesar ca ea să rămână acolo la fermă.

-Hei, tu? se întoarse ea spre el cu iritare.

Brusc, i se făcu atât de silă de felul în care el îi vorbea, încât simți nevoia de a-l pocni zdravăn peste cap.

-Până ce facem prezentările, dulceață, așa o să te strig, îi răspunse el pe un ton rece.

Se simți vinovat că trebuia să-i calce mândria în picioare pentru a-și atinge scopurile proprii, dar își înnăbuși sentimentele imediat. Numai scopul final era cel ce conta. Mijloacele la care trebuia să recurgă pentru a-l atinge nu erau relevante.

Abia atunci își dădu ea seama că nu-i știa nici numele sau de unde venea. Nu știa absolut nimic despre el. Trecuse în fugă peste cuvintele din testament și numele lui nu se înregistrase în mintea ei.

Era doar un străin, și se presupunea că ea ar trebui să își împartă casa și, implicit, viața cu el. Se îndoia că va putea avea o viață complet separată cu altcineva locuind în aceeași casă.

-Da, am sărit peste prezentări, admise ea morocănoasă. Discuțiile noastre au fost atât de fascinante încât nu am mai găsit timpul să facem prezentările, continuă ea, pronunțând cuvintele cu sarcasm.

Disprețul și ceva neidentificat străluci în ochii ei, iar el nu își putu da seama ce anume.

Un surâs i se urcă pe buze. Era ușurat că cel puțin femeia avea simțul umorului. Se părea că va fi mai puțin plictisitor să locuiască cu ea decât se așteptase.

-Deci, drăguță, cum te cheamă? întrebă el, sprijinindu-și șoldul de masă.

Brațele îi erau încrucișate deasupra pieptului, ca și cum ar fi vrut să o țină la distanță de gândurile lui.

-Diane și nu drăguță, așa că nu mă mai numi astfel, replică ea încruntându-se.

-Bine, nu e o problemă pentru mine, iubito, spuse el, iar de data aceasta, zâmbetul îi ajunse și la ochi.

Buzele îi tresăriră de plăcere când ea își strânse mâinile în pumni auzind noul termen de alint folosit de el.

-La naiba, omule, nu sunt iubita ta, este clar? îl admonestă ea.

-Clar precum cristalul, nu te teme. Voi încerca să nu te mai numesc astfel, îi replică el. Sunt Adam pentru tine, spuse el, și își aplecă capul făcând haz de ea.

-Pentru mine? Asta înseamnă că folosești mai multe nume? îl întrebă Diane uimită.

-Depinde de situație, admise el. Oricum, ai onoarea de a-mi folosi numele real. Nu este asta nemaipomenit? o întrebă el batjocoritor, iar o lumină jucăușă îi dansă în pupilele întunecate.

-Oh, nu-mi fă nici o favoare. Pot trăi și fără ele, se răsti ea, părăsind camera cu pași iritați, spatele fiindu-i drept ca o lumânare.

-Sunt sigur că poți, mormăi el pentru sine însuși, în timp ce ea ieși din încăpere.

CAPITOLUL 3

ADAM SE HOTĂRÂ SĂ O lase pe Diane în pace vreo jumătate de oră ca să se mai liniştească şi îşi făcu de lucru cu propriile sale probleme. Diane fusese destul de înfuriată de cele spuse şi se îndoia că în acel moment i-ar asculta cuvintele în mod raţional.

Spălă vasele adunate în chiuvetă, mintea lui întorcând pe toate părţile planurile pe care şi le făcuse deja şi trecând în revistă mental, una câte una, măsurile de securitate pe care trebuia să le aplice.

Când termină cu vasele, îşi aduse lucrurile din hambar în casă şi se decise să le lase în bucătărie până ce ar fi avut o altă încăpere în care să le pună.

Adam intenţiona să respecte partea lui din înţelegere şi să o lase pe Diane să decidă care dormitor urma să fie al lui. Ea nu era inamicul lui şi el nu îşi dorea ca ea să ajungă să-l duşmănească, chiar dacă lui îi făcea plăcere să o împungă mai mereu.

Ştia că alegerea unui dormitor pentru el nu ar fi fost o hotărâre prea dificilă. Nu existau decât trei dormitoare în casă şi ea deja se mutase într-unul. Trebuia numai să decidă dacă el urma să îl ia pe cel din stânga sau pe cel din dreapta.

Gândul îl făcu să zâmbească. Adam își imagină că acum Diane regreta că nu îl ascultase pe avocat cu mai mare atenție. Dacă l-ar fi ascultat, ar fi știut că urma să aibă companie și ar fi ales unul dintre celelalte dormitoare, nu pe cel din mijloc.

O văzuse la fereastră mai devreme când ea îl privea și ghicise care era camera ei. Mătușa ei îi dăduse un tur al casei când se întâlniseră cu câteva luni înainte de decesul ei și el memorase absolut totul.

Vechile obiceiuri întotdeauna mor greu. Fusese condiționat mai mulți ani să planifice și să memorizeze planurile clădirilor unde urma să locuiască, chiar și numai pentru câteva ore. Se îndoia că acel obicei i se va schimba vreodată. Precauția îi era intrată în sânge.

Îi plăcuse de bătrâna doamnă. Martha era o femeie foarte cumsecade, iar el se simțise comfortabil în prezența ei. Și ea îl plăcuse, spre deosebire de nepoata ei, care părea să detesteze efectiv pământul pe care călca el.

El petrecuse câteva săptămâni cu Martha, dar trebuise să plece pentru scurtă vreme ca să-și pună toate celelalte afaceri în ordine. Când ea a murit, el se găsea foarte departe. Avocatul l-a informat abia după citirea testamentului, iar el a avut senzația cp mai pierdut un membru de familie.

Martha Elgin era o altă persoană pe care trebuia să o răzbune. Decesul ei fusese considerat un accident, dar el știa mai bine. Momentul în care murise îi spunea absolut tot ce avea nevoie să știe.

Adam îşi scutură capul pentru a se descotorosi de gândurile sale negre. Trebuia să privească înainte şi nu înapoi. Nu o mai putea aduce pe Martha înapoi la viaţă, dar putea să-şi ţină promisiunea şi să aibă grijă de nepoata ei.

Adam aruncă o provire la ceasul de la mână şi ridică o sprânceană. Dianei îi trebuise deja prea mult timp ca să îşi ostoiască mânia şi el nu intenţiona să-i mai ofere nici măcar un minut în plus.

Ieşi pe hol şi strigă:

-Diane, vino jos. Trebuie să discutăm unele lucruri. Nu am toată ziua la dispoziţie să aştept după tine.

Vocea îi era aspră, şi cu toate acestea, un zâmbet îi apăru pe buze când o uşă se trânti la etaj, iar Diane tropăi în jos pe scări.

Diane se opri pe o treaptă mai sus, înainte de a ajunge la piciorul scării, şi cu o mână proptită pe şold, se încruntă la el.

-Cine a murit şi te-a făcut pe tine şef? întrebă ea cu foc în voce.

El se mulţumi numai să ridice o sprânceană din nou şi refuză să-i răspundă. Dar în ciuda tăcerii lui, pomeţii Dianei se înroşiră când aceasta îşi dădu seama cât de insensibile îi erau cuvintele.

-În regulă, uită că am spus asta. Ce mai vrei acum? bombăni ea.

Dianei îi displăcea faptul că se comporta ca o adolescentă. Se părea că maturitatea îi dispăruse complet. Bărbatul acela o făcea să reacţioneze oribil, iar ea îşi pierdea controlul ori de câte ori i se adresa Adam.

-Mai întâi, un dormitor să-mi las lucrurile, iar mai apoi maşina ta, îi răspunse el scurt, nepoliticos.

Fără să-i mai aştepte răspunsul, se îndreptă spre bucătărie să-şi ia rucsacul şi pălăria de cowboy pe care le lăsase pe un scaun.

-Maşina mea? veni Diane după el în grabă. De ce ţi-aş da maşina mea? îl întrebă ea pe o voce uluită.

El îi igoră întrebarea şi îşi adună lucrurile cu gesturi leneşe. Numai după ce absolut totul se găsea în mâinile lui, privi înspre ea şi catadicsi să îi răspundă.

-Pentru că trebuie să mă întorc la maşina mea şi să iau lucrurile pe care le-am lăsat în portbagaj. Nu o să merg pe jos din nou atâtea mile, îi replică el pe un ton mai blând.

Nu distanţa îl deranja pe el. În viaţa sa anterioară, mărşăluise pe distanţe mai lungi de atâta, ba chiar şi alergase mai multe mile. Dar cu toate acestea, nu avea chef să-şi petreacă ziua mergând pe jos cinci mile spre locul unde îşi lăsase maşina, iar apoi cinci înapoi, cu restul bagajului său.

Nu avea o mulţime de lucruri, dar nu găsea că ar fi fost prea vesel să care o valiză prin pădure. Mai mult decât atât, nu dorea să stea departe de fermă prea mult timp.

Nici nu se punea problema să o lase pe Diane singură pe perioade lungi de timp. Se blestemase suficient când a auzit că s-a aflat singură acolo pentru înmormântare. Îngrijorarea sa şi dezgustul de sine crescuseră şi mai mult când nu a putut veni acolo imediat după ce ea s-a mutat în casa fermei.

-Te conduc eu, spuse ea şi se duse să îşi ia cheile de la maşină din geantă.

-Nu este nevoie, refuză el cu autoritate. Pot să conduc eu însumi încolo şi înapoi, fără nici un fel de probleme. Conduc de când aveam paisprezece ani.

-Paisprezece? Asta-i...

-Precoce, ştiu, o întrerupse Adam amuzat.

Ştia că ea vrusese să spună altceva şi zâmbi, iar zâmbetul lui captivant îşi făcu drum spre inima ei.

Nu, nu inima mea. La ce naiba mă gândesc? Nu îl consider altfel decât arogant, reflectă Diane.

Îşi scutură bine mintea, iar apoi spuse:

-Nu are importanţă. Nu te voi lăsa să-mi conduci maşina. Fie conduc eu, fie mergi pe jos. Tu alegi, încheie ea pe un ton care nu mai lăsa loc la nici un fel de negocieri.

Am crezut că este un fluturaş zăpăcit şi ea pare să fie o baracudă, reflectă Adam cu nedumerire.

Nu-i plăcea când se înşela. Unele greşeli nu mai lăsau loc pentru altele.

Martha îi spusese că Diane era pictoriţă. Pictorii trăiau cu mintea în nori, nu-i aşa? Nu se presupunea că erau beligeranţi.

-Foarte bine, *Încăpăţânarea voastră*, spuse el şi se înclină batjocoritor. Preia conducerea, mai continuă el cu un gest larg, după ce decise să îşi lase lucrurile în bucătărie. Cel puţin în cazul acesta, putem încerca să îmi pornesc maşina. Am nişte cabluri în portbagaj cu care să alimentez bateria de la a ta.

Diane îl privi cu suspiciune, iar Adam îi consideră comportamentul foarte amuzant. Femeia îi dovedea că nu avea nici măcar un oscior naiv în trup.

Acel lucru îi cam putea strica planurile, pe termen lung, dar cel puţin, nu îl va plictisi până la lacrimi şi în scurt timp.

De-a lungul acelor ultimi ani devenise cam indiferent față de femei, probabil pentru că întâlnise mereu un anumit gen de femeie. Rareori le refuza, dar o întâlnire era mai mult decât suficient.

-Te pot conduce la mașină, dar tu trebuie să-mi arăți unde ți s-a stricat mașina, Diane își întoarse spatele la el și ieși afară din casă.

CAPITOLUL 4

ADAM O URMĂREA PE DIANE conducând mașina și îi admiră competența. Lua fiecare curbă cu precizie, deși conducea cu viteză mai ridicată decât se obișnuia în mod normal pe drumurile acelea meandrate de munte.

-Ce este? întrebă ea, întorcându-și capul spre el pentru o secundă. Te uiți fix. Mi-au crescut cumva coarne brusc în creștetul capului sau ce? se răsti ea când remarcă zâmbetul agasant al lui Adam.

Diane era cu adevărat iritată. Bărbatul știa să zâmbească. De fiecare dată când îi surâdea astfel, fluturii din abdomenul ei începeau să țopăie veseli iar acel lucru era deconcertant. Nu putea înțelege defel de ce avea acea reacție. Nu era numai o reacție nouă pentru ea, dar era și neliniștitoare.

Adam îi încețoșa mintea și îi trebuiau toate facultățile mentale pentru a-i ține piept. Avea senzația că omul ar profita și ar călca-o complet în picioare altfel, iar ea nu ar fi suportat așa ceva.

-Doar mă delectez cu peisajul, păpușă, îi replică el cu un alt surâs.

-Diane, nu păpușă, îți amintești? mai că lătră ea la el din nou.

Trebuia să-l facă să renunțe la alinturi. De fiecare dată când folosea unul dintre acele cuvinte de alint stupide, inima ei proastă uita că era totul doar de fațadă și bătea mai repede.

Presupun că e din cauza accentului sau pentru că tărăgănează cuvintele, reflectă ea.

Dar cu toate acestea știa că depășise vârsta la care astfel de lucruri ar fi avut puterea să o facă să se topească și să își piardă bruma rațiunii.

Adam numai ridică din umeri cu indiferență și replică:

-Știi doar că vechile obiceiuri mor greu, Diane. Pari o femeie destul de proaspătă și dulce și asta mă face să te numesc păpușă sau dulceață.

Ochii ei se lărgiră, iar ea șocată îl privi pentru un moment, uitând să se mai uite la drum. Mașina viră ușor la dreapta unde panta muntelui se înclina într-o vale adâncă.

-Privește nenorocitul de drum, femeie, urlă Adam și ea ieși din transă imediat și îndreptă din nou volanul.

-Dacă promiți să privești drumul, îți promit să nu te mai numesc păpușă, spuse el cu ușurare evidentă.

Pentru o clipă, și văzuse mașina zburând în abisul de dincolo de marginea drumului, iar stomacul i se strânsese. Nu supraviețuise el gloanțelor și bombelor pentru a-și încheia viața ca un număr într-o statistică cu accidente de mașină.

-Sau dacă preferi, pot conduce eu însumi, așa cum am propus de la început, continuă el să bodogăne, deși destul de tare ca să fie auzit. Măcar atunci, aș știi că voi ajunge viu la mașina mea.

-Pot conduce, protestă ea. A fost doar un moment de neatenţie, atâta tot, spuse ea pe un ton defensiv, iar roşeaţa i se întinse pe pomeţi, gât şi urechi.

Diane ura să greşească în orice. În cartea ei, nu exista nici un loc pentru greşeli. Mama ei i-a repetat-o mereu ca să îi intre bine în cap.

Degetele i se încleştară pe volan şi îşi încleştă dinţii. Ar fi strigat de frustrare, dar nu dorea să-i dea satisfacţia de a vedea că a înfuriat-o într-atât de mult.

-O clipă este mai mult decât suficient, repică el cu foc. Cine naiba a avut ideea genială că femeile ar trebui să conducă? Cine naiba a decis să le dea carnet de conducere? întrebă el retoric, dându-şi ochii peste cap şi gesticulând cu gesturi largi.

-Eşti un porc şovin, observă ea, uitând de greşeala ei de mai devreme. Femeile conduc bine, chiar mai bine decât bărbaţii, dacă vrei să ştii, replică ea şi apăsă pe pedala de viteză numai pentru a-i arăta cât de mult greşea în presupunerile lui.

Niciodată nu dăduse înapoi de la o provocare, iar afirmaţiile lui o provocau şi încă bine. Diane ştia că se comporta copilăreşte, dar cu toate acestea nu îşi putea controla reacţiile când era cu el. Acesta era un lucru la care trebuia să reflecteze.

-Hei, Diane, hai să spunem că te cred. Nu este nevoie să mă ucizi numai ca să-ţi demonstrezi punctul de vedere, spuse el pe un ton conciliatoriu şi o bătu pe genunchi, ceea ce o făcu să tresară puternic.

Gestul lui a şocat-o şi maşina o luă din nou spre marginea drumului.

-Oh, Dumnezeule, femeie, icni el și încercă să prindă volanul cu mâna stângă.

Ea efectiv mârâi la el și viră mașina înapoi pe șosea, după ce i-a plesnit mâna. Apoi, a apăsat și mai mult pe pedala de viteză.

Sprâncenele lui săriră în sus și nu numai din cauza mârâitului ei. Se holbă la ea, fără să fie capabil să articuleze un cuvânt. Diane îl surprindea tot timpul.

Când drumul se lărgi puțin, ea trase mașina brusc pe marginea șoselei și opri motorul. Mâinile îi tremurau pe volan, dar nu din cauza fricii.

Diane era atât de mânioasă că abia se stăpânea. Simțea dorința puternică de a îl lovi peste cap cu un obiect contondent și acest lucru nu-i plăcea.

Niciodată nu se gândise că ar fi capabilă de astfel impulsuri. Nu era o persoană violentă, dar de când sosise el în curtea ei în noaptea trecută, trecuse prin furcile caudine.

-Ieși din mașina mea acum, spuse ea pe un ton coborât și amenințător.

Sau ce, păpușă? replică Adam pe mutește, dar decise să încerce o altă cale cu ea.

Se întoarse spre ea și o privi cu atenție.

Șuvițele de păr arămiu care îi încadrau chipul femeii îl tentau. Degetele îl furnicau din cauza nevoii de a le îndepărta și a-i atinge pielea.

-Acum ce mai este? întrebă el ca și cum nu ar fi înțeles despre ce vorbea ea.

-Te-ai tot luat de mine din momentul în care ai sosit, urlă ea, uitând despre propria-i predică despre control și reținere. M-am săturat de purtarea ta macho și de opiniile tale misogine. M-am săturat de tine, punct. Acum, ieși din mașină, răcni ea și mâinile ei mici se încleștară în pumni și loviră volanul.

Ar fi preferat să-l pocnească pe el, dar refuza să se coboare la atacuri fizice. Mai mult decât atât, nu știa cum ar fi reacționat el și ea era destul de deșteaptă să-și dea seama că nu ar fi avut sorți de izbândă împotriva lui într-o competiție de forță brută.

-Da, ce să-ți spun, rânji el la ea. Numai pentru că ți-am arătat că ai deficiențe în conducerea mașinii, își scutură el capul. Diane, Diane, mi se pare că nu prea știi cum să accepți critica constructivă, dulceață, chiar și atunci când aceasta este corectă. Nu poți spune că nu erai pe punctul de a ne trimite acolo jos, și încă de două ori, arătă el cu degetul mare spre panta muntelui.

Aruncă și o privire spre valea care se întindea la fundul abisului și se cutremură mental.

-Și nu este o pantă prea blândă, ca să știi, se gândi el să menționeze și își mai aruncă ochii încă o dată spre partea aceea a drumului.

La naiba, e drum lung până la fundul văii ăleia, remarcă el.

-Din cauza ta, nu din cauză că nu știu să conduc, idiotule, replică ea înfierbântată, iar de data aceasta, îl și plesni peste braț.

-Din cauza bietului de mine? întrebă el pe o voce inocentă, arătând cu degetul său mare spre pieptul său și dând din gene cu exagerare.

-Știi foarte bine ce ai făcut, replică ea pe un ton obosit.

Îşi strânse braţele în jurul său şi respiră adânc. Bătu din picior în podeaua maşinii cu nerăbdare, iar apoi repetă pe o voce calmă:

-Acum coboară. Ar trebui să fii destul de aproape de maşina ta. Eu voi fi acasă. Nu te aştepta să găseşti mâncare caldă când te întorci, continuă ea, privind drept în faţă.

Refuza să vadă care era părerea lui despre ea sau despre ce spusese.

Adam observă că Diane evita să-l privească şi o bucurie perversă i se strecură în suflet la gândul că putea să o scoată aşa uşor din fire. Acea bucurie dispăru destul de curând când îşi dădu seama că era serioasă.

Afurista asta de femeie chiar se aşteaptă să merg pe jos până la maşina mea stricată şi după aceea înapoi la fermă, se gândi el şi decise să-i acorde mai multă atenţie din acel moment. Diane se dovedea a fi mai dificilă decât se aşteptase. El crezuse că o va putea manevra cu uşurinţă.

-Poţi continua să visezi, fetiţo, pufni el. Dacă e nevoie, nu mă dau în lături de la a te lua pe sus şi a te arunca în spatele maşinii, Diane, spuse el, fixându-şi ochii îngheţaţi pe ea.

Diane îl privi şocată şi se cutremură când îi întâlni privirea. Ochii ei îi cercetară chipul şi inima i se strânse.

Chiar este serios. O va face. Oh, Doamne, acum ce mă fac?

-Mă ameninţi? decise ea să-l atace la rândul ei, chiar dacă vocea îi tremura puţin.

-Dacă este necesar, da. Ar trebui să ştii ceva despre mine, păpuşă...

-Ah! îl întrerupse ea cu un alt mârâit. În primul rând, ţi-am spus să nu-mi mai spui păpuşă, începu ea în forţă, dar el îşi ridică mâna şi o opri.

-Am spus că nu te voi mai numi astfel dacă vei fii atentă la şosea. Să-ţi reamintesc, *păpuşă*, că nu ai fost atentă la drum? observă el, numai ca să o zgândăre mai mult.

Adam nu înţelegea de ce simţea nevoia să se ia de ea şi de a o enerva. *Poate pentru că şi ea mă înnebuneşte pe mine, şi asta numai pentru că respiră,* recunoscu el, într-un scurt moment de onestitate cu sine însuşi, dar îngropă gândul în subconştient imediat.

Nu îşi putea permite să gândească astfel. Priorităţile lui erau diferite. Mai mult decât atât, el nu era interesat într-o relaţie stabilă, iar Diane nu se încadra în tipul de femeie pe care o putea avea numai o noapte.

-Mi-ai atins piciorul, îl acuză ea, iar ochii ei verzi îl fulgerară.

-Şi ce dacă? replică el neînţelegând care era problema. Nu te-a mai atins nici un alt bărbat? ridică el din umeri cu nonşalanţă, ca şi cum gestul lui nu ar fi fost deloc ieşit din comun.

Şi nu era, recunoscu Diane, dar cu el, acel gest părea diferit şi ei nu-i plăcea diferit. Prefera bărbaţii care nu o determinau să reflecteze prea mult la ei. Îi plăceau bărbaţii politicoşi care înţelegeau să o lase în pace dacă îşi dorea să fie singură şi care nu îndrăzneau să ia iniţiativa şi să îi dea ordine.

-Numai când am spus eu că aveau voie, îi răspunse ea cu dispreţ. Iar ţie nu ţi-am dat voie să mă atingi, specifică ea pe un ton trufaş.

-Nu-mi spune că ai ieşit cu tipi care te-au întrebat frumos dacă aveau voie să-ţi atingă mâna sau dacă te puteau săruta, exclamă el privind-o şocat.

-Nu că ar fi treaba ta, dar, așa cum am spus adineauri, prefer bărbații politicoși, reiteră ea, dând din cap emfatic.

-Mi-e teamă că faci o confuzie între un bărbat politicos și un papă lapte, Diane. Un bărbat respectos se retrage dacă spui nu, dar sub nici o formă, absolut sub nici o formă, un bărbat cu sângele fierbinte nu ți-ar cere permisiunea pentru fiecare atingere , își scutură el capul.

-Nu mă interesează ce ai tu de spus. Dispari, renunță ea să mai discute. Mergi drept înainte și o să dai de mașina ta, continuă ea, fluturându-și mâna spre drum.

-Ai spus *în primul rând*, spuse Adam, de parcă ea nici măcar nu i-a cerut să plece.

-Și ce dacă? îl privi ea nedumerită.

-Asta înseamnă că ai și un *în al doilea rând*. Hai să auzim despre ce este vorba, propuse el.

Adam nu avea nici cea mai mică intenție să iasă din mașină sau să o piardă din vedere. Plănuia să stea cât mai aproape de ea de-a lungul următorilor doi ani. Asta dacă planurile lui necesitau doi ani ca să prindă formă.

Chiar dacă prezența lui constantă o zgândărea, el avea o slujbă de făcut. Dorințele ei veneau pe locul doi, ba chiar pe ultimul loc, în funcție de circumstanțe.

-Am uitat ce am vrut să spun, își aruncă ea brațele în aer. Poftim, acum știi. Și acum ieși din mașina mea, repetă ea pe un ton răutăcios.

-Eu nu am uitat, îi replică el. Îmi amintesc perfect, decise el să o lămurească. Eu am spus *'Ar trebui să știi ceva despre mine, păpușă'*, iar tu mi-ai replicat: *'În primul rând, ți-am spus să nu mă mai numești păpușă.'* Asta înseamnă clar că mai ai un *în al doilea rând*, încheie el cu veselie.

-Acum îmi amintesc, mulţumesc mult pentru că mi-ai amintit, îi replică ea cu sarcasm.

Îşi încrucişă braţele sub sâni şi mişcarea îi împinse în sus. Ochii lui se fixară pe ei în mai puţin de o nanosecundă.

-Intenţionam să-ţi spun că ceea ce cunosc despre tine este suficient. Nu am nevoie să aud mai mult, dădu ea din cap cu hotărâre.

-Ei bine, aici greşeşti tu, îi răspunse Adam pe un ton compătimitor, privind-o direct în ochi.

-Ce vrei să spui? întrebă ea, iar teama i se strecură în suflet.

-Vei avea suficient timp să afli destul de multe despre mine, îi răspunse el. Desigur, nu totul, recunoscu el. Nu sunt o carte deschisă, în fond. Iar primul lucru pe care o să-l afli este că nu sunt preş de şters picioarele, Diane, menţionă el, ochii săi aruncând săgeţi în ai ei. Nu poţi să mă calci în picioare şi să mă faci să fac sluj cu câteva cuvinte bine alese, păpuşă. Eu sunt şeful, nu ca bărbaţii cu care ai ieşit până acum şi pe care i-ai ţinut în lesă, îi spuse el cu autoritate, iar apoi îşi ridică mâna când observă că voia să îl întrerupă. Nu te deranja să-mi răspunzi. Poţi face ce vrei, atâta timp cât ceea ce vrei nu se bate cap în cap cu ce vreau eu, îi explică el pe un ton foarte realistic.

-Eşti pur şi simplu nebun, trase ea concluzia, iar ochii i se lărgiră din nou. Chiar crezi că îmi poţi ordona ce să fac?

-Nu, îşi scutură el capul. Nu am de gând să-ţi poruncesc. Pur şi simplu îţi spun cum stau lucrurile. Ceea ce spun eu este mai important, zise el pe un ton serios.

-În visele tale, uriaşule, Diane spuse, fluturându-şi mâna şi dându-şi ochii peste cap.

Brusc, atitudinea lui se schimbă. Ochii îi deveniră duri, iar el se aplecă spre ea.

-O să ignor cuvintele tale de data aceasta, răspunse Adam pe un ton coborât, pentru că știu că tu nu ești la curent cu tot ce știu eu. Dar ascultă-mă bine, Diane, și sunt al naibii de serios în privința asta, fată. Faci ce îți spun, și asta pentru ca să-ți fie ție bine.

-M-ai amenințat din nou, remarcă ea cu uimire și își scutură capul, nevenindu-i să-i creadă îndrăzneala.

-Nu e o amenințare, spuse el și o înșfăcă de braț, ceea ce o făcu să tresară din nou.

O urmă de frică apăru în pupilele ei și el o remarcă imediat. I se strânse inima la gândul că ea credea că ar fi fost capabil să o rănească.

-Nu vreau să te speriu, spuse el pe un ton egal. Nu trebuie să te temi de mine. Nu te voi răni, Diane, dar trebuie să mă asculți de acum încolo și trebuie să mă asculți bine. Mătușa ta nu m-a adus în apropierea ta doar că să îți facă o farsă, continuă el să-i explice. A avut un motiv serios. Ești o femeie inteligentă, din câte pot să-mi dau seama. Gândește înainte să faci ceva nerezonabil.

Diane doar se holbă la el. Degetele lui îi ardeau pielea, iar cuvintele lui o șocau.

-Ce vrei să spui? întrebă ea abia auzit.

Poate că nu voia el să o sperie, dar rezultatul acțiunilor și cuvintelor lui era același.

-Nu e momentul acum. Vom discuta despre toate acestea mai încolo, își scutură el capul. Trebuie doar să știi că prezența mea aici este necesară, iar cooperarea ta este imperativă, decise el să-i spună.

-Oh, nu, nu scapi cu atât, îşi smulse ea braţul din strânsoarea lui. Fie îmi spui absolut totul, fie fac ce cred eu de cuviinţă, ceea ce vreau, şi la naiba cu restul, spuse ea.

Încăpăţânarea îi era vizibil scrisă pe chipul ei, iar ochii ei verzi aruncau scântei rebele.

Adam oftă profund şi se rugă să i se dea răbdarea să o suporte. Decise să încheie acea discuţie şi îi oferi o creangă de măslin.

-Bine, uite, conduci tu pe moment. Hai, continuă, cred că suntem aproape de locul unde mi-am lăsat maşina.

Diane vru să insiste, dar îi remarcă trăsăturile obosite şi se opri. Învârti cheia în contact, iar apoi conduse maşina fiind atentă la drum, pentru ca să nu-i mai dea ocazia să o critice.

CAPITOLUL 5

ADAM ÎȘI GĂSI MAȘINA exact unde o lăsase. Cu satisfacție, observă că nimeni nu o atinsese.

Lăsase semne distinctive și putea vedea că nu fuseseră deranjate, cu o singură excepție. Probabil că un animal se cățărase pe capotă și se jucase cu ștergătoarele de parbriz, pentru că altfel, dacă cineva din specia umană i-ar fi verificat mașina, celelalte semne pe care le instalase ar fi fost și ele deranjate.

Ochii Dianei urmăreau fiecare mișcare a lui Adam. După cele spuse în mașină mai devreme, femeia se hotărâse că era cazul să își țină ochii larg deschiși. Ceva clar se întâmpla și, cu siguranță, nu era ceva de bine.

Nu știa dacă putea avea sau nu încredere în Adam. Dar mătușa ei arătase că avea încredere în el, iar Diane știa foarte bine că niciodată nimeni nu a putut să o ia pe Martha de fraieră. Putea să miroasă un ticălos mai rapid decât un câine de vânătoare.

Curiozitatea îi lumină verdele ochilor, iar dinții i se înfipseră în buza sa inferioară din cauza concentrării. Își frecă mâinile îngrijorată, în același timp urmărind mișcările revelatoare ale lui Adam, care dădea târcoale mașinii.

Adam îi aruncă o privire. Femeia îl amuza, dar, în același timp, îi atingea și inima. Putea să citească absolut totul pe chipul ei, iar acel gând îi aduse un zâmbet pe buze.

-Ce faci? îl întrebă ea cu nerăbdare, nemaiputând să-și țină curiozitatea în frâu.

-Doar mă asigur că nimeni nu s-a atins de mașina mea, îi răspunse Adam, ridicând din umeri.

După ce-i răspunse, se ghemui lângă mașină și verifică și dedesubt. Satisfăcut că nu fuseseră atașate pe nicăieri nici un fel de dispozitive, se ridică și-i spuse:

-Am niște cabluri de baterie în portbagaj, după cum ți-am mai spus. Crezi că putem încerca să-mi pornesc mașina?

-Da, desigur. În acest fel, îmi vei lăsa mașina mea în pace, îi replică Diane pe un ton răutăcios. Nu e ca și cum ar trebui să stăm lipiți unul de altul permanent.

-Nu conta pe chestia asta, îi replică Adam pe o voce liniștită și își deschise portbagajul.

Nu era nevoie să se uite la ea ca să știe că răspunsul lui o înfuriase. Tensiunea ei era aproape palpabilă și îl învăluia din toate direcțiile. *De parcă mi-ar păsa*, reflectă el.

Se întoarse în fața mașinii cu o pereche de cabluri și o găsi în același loc unde o lăsase. Nu se mișcase deloc. O încruntătură teribilă îi marca trăsăturile, iar pumnii îi erau strânși atât de tare încât i se albiseră încheieturile degetelor.

-De ce nu îți ridici capota? o întrebă el pe un ton blând.

Adam nu dorea să o facă să-l urască pentru că avea nevoie de cooperarea ei pe termen lung. Diane doar îi aruncă o privire dură câteva secunde, iar apoi, se întoarse cu mişcări rigide şi se îndreptă spre portiera maşinii ei pentru a deschide capota.

Au lucrat în echipă câteva minute, iar munca le-a fost recompensată curând. Atât Adam cât şi Diane izbucniră în urale când motorul maşinii lui începu să toarcă.

S-au felicitat reciproc şi au râs fericiţi împreună, pentru prima dată pe aceeaşi lungime de undă. Se aflau tot în armistiţiu când au pornit pe drumul spre casă, lăsând neînţelegerile la o parte pentru scurta perioadă de timp în care au împărtăşit acel succes. Nici unul dintre ei nu se minţea pe sine. Ştiau că acel armistiţiu era temporar şi nu va dura prea mult timp.

DIANE ÎŞI PARCĂ MAŞINA în spatele maşinii lui şi îi opri motorul. Înhăţă cheile şi ieşi din maşină, dar apoi efectiv îngheţă cu mâna pe portieră.

Adam deja scosese o valiză din portbagajul său, iar acum tocmai scotea două carabine.

Ce naiba face cu o carabină? Nu, nu una, ci două. Este dus cu pluta, sau ce? E înnebunit după arme?

Adam îi aruncă o privire şi surâse. Ghicise de ce arăta atât de îngrijorată. Ca întotdeauna, chipul ei îi reflecta gândurile.

-Se apropie sezonul de vânat, îi explică el prezenţa carabinelor cu nonşalanţă.

De parcă aş şti ce sezon este. Ha! Deşi, dacă stau şi mă gândesc mai bine, am venit aici să vânez pe cineva, aşa că...

-Nu ştiu nimic despre nici un sezon de vânătoare, replică Diane cu o voce tremurătoare, dar chiar ai nevoie de două carabine? Şi nu-mi spune că vrei să-l omori pe Bugs Bunny sau pe Bambi, strigă ea la el, regăsindu-şi curajul.

Adam îşi dădu ochii peste cap. *Bugs Bunny? Bambi? Câţi ani ai? Ai cumva doi ani?*

-Nu aş fi crezut că încă priveşti desene animate la vârsta ta. Aş fi crezut că ai trecut de grădiniţă deja, îşi scutură el capul. Ţi-aş fi adus o păpuşă Barbie dacă aş fi ştiut, continuă el cu sarcasm muşcător.

Diane îşi arătă dinţii la cuvintele lui, iar gestul ei îi făcu să râdă din toată inima. Într-adevăr, îi făcea mare plăcere să o provoace.

-Nu te teme, nu-l voi împuşca pe Bugs Bunny, Daffy Duck sau Bambi. Sunt antrenat pentru vânat mai mare, îi făcu el cu ochiul.

-Nu-mi pasă pentru ce eşti antrenat, se răsti Diane la el. Eşti un ucigaş, îl acuză ea încruntându-se.

-Mda, ai dreptate aici, îi replică Adam pe o voce serioasă, iar lumina din ochii săi dispăru complet, ceea ce o îngheţă până în străfundurile inimii.

Adam se întoarse şi îşi duse valiza şi carabinele în casă. Diane, rămasă nemişcată pe loc, îl privi, iar un presentiment sumbru i se strecură în minte. Felul în care el se pronunţase nu lăsa loc la interpretări.

Îmi împart casa şi viaţa cu un ucigaş, reflectă ea, iar mâinile începură să-i tremure. *Ce Dumnezeu ai avut în cap, mătuşică?*

JUMĂTATEA PERFECTĂ CARTEA ÎNTÂI

Diane își forță picioarele să se miște și cu anxietate se opri în dreptul portbagajului deschis al mașinii lui Adam. Aruncă o privire înăuntru, iar ochii mai că-i ieșiră din orbite.

CAPITOLUL 6

-CE VÂNEZI CU GRENADE? îl întrebă ea pe o voce nesigură.

Diane se sprijini de tocul uşii pentru a putea rămâne în picioare. Când văzuse cutia cu grenadele aliniate în găurile lor micuţe, precum soldăţeii, aproape că leşinase. Nu mai văzuse grenade decât în filme, iar aceasta cu ceva timp în urmă, pentru că nu prea se omora după filmele de război.

Adam se întoarse spre ea încet, iar ochii lui păreau două lacuri întunecate, de nedesluşit. Îşi aplecă capul pe o parte, iar privirea baleie peste întregul ei corp de la vârful capului şi până la vârful cizmelor ei.

Ţinuta lui Adam o înspăimânta. Bărbatul părea o panteră pregătită să îi sară la jugulară şi să-şi înfigă dinţii în gâtul ei.

Puterea lui latentă, precum şi secretele din ochii lui, îi zgândărea nervii şi o făcea să se gândească la lucruri interzise.

Trebuie să te aduni, măi fată, se admonestă ea însăşi. *Acesta este genul de bărbat de care trebuie să stai deoparte, foarte departe. Uită de bicepşii aceia care te-au făcut să salivezi azi dimineaţă.*

Diane își scutură capul ca să îndepărteze acele gânduri nebunești și se îndreptă spre masa din bucătărie unde se lăsă să cadă pe un scaun. Nu credea că mai putea să se țină pe picioare nici măcar o secundă.

Ziua aceea nu-i dăduse nici un moment de relaș. Se simțea amețită și tremura din toate încheieturile.

-Acelea sunt pentru vânat mare, îi răspunse Adam cu nonșalanță.

Un surâs îi apăru în colțul gurii, dându-i aparența unei pramatii. Dar cu toate acestea, ochii îi păstrau aceeași asprime.

Lui Diane îi era teamă să îl întrebe ce voia să spună, dar trebuia să înțeleagă ce se întâmpla. Cu siguranță nu venise acolo numai ca să o necăjească pe ea.

-Ai un nenorocit de arsenal cu tine, Adam, spuse ea și gesticulă spre carabinele pe care le lăsase pe masa din bucătărie. Vorba ceea, două carabine și o ladă cu grenade, continuă ea.

-Și când te gândești că încă nu ai văzut totul, îi replică Adam pe un ton blând și își flexă umerii pentru a-și mai ostoi durerile resimțite în mușchi.

Ultimele câteva zile nu fuseseră prea ușoare pentru el. Nici faptul că dormise în hambar în noaptea precedentă nu îl ajutase prea mult.

-Ce vrei să spui? se îndreptă ea brusc.

Era sigură că în sfârșit va ajunge la chestiile interesante acum.

-Vreau să spun că sunt pregătit pentru orice. Ceea ce ai văzut este numai vârful icebergului, Diane, îi răspunse el cu o ridicare din umeri.

-Vrei să spui că mai ai alte arme în maşină? îl întrebă ea cu ochii mari.

El dădu din cap scurt şi aşteptă să vadă ce mai avea Diane de gând să spună sau să facă. El unul nu mai îndrăznea să-i ghicească reacţiile. Femeia se dovedise destul de imprevizibilă până atunci.

-Înţeleg, şopti ea şi se holbă la el. Dar de ce? întrebă ea. Rar vin animale sălbatice pe aici, să ştii. Dacă nu te bagi în calea lor, te lasă în pace. Nu ai nevoie de... o carabină sau grenadă pentru ele, îi explică ea cu răbdare.

Adam râse în hohote. Râsul îi era urât şi îi rănea urechile. Diane tresări vizibil.

-Ce este atât de amuzant? întrebă ea, scoasă din pepeni.

-Tu, Diane, tu eşti amuzantă, îi spuse el şi veni spre ea.

Sub ochii ei precauţi, degetul său mare îi împinse uşor în sus maxilarul. Atingerea se simţea mai curând ca o mângâiere, iar o senzaţie necunoscută îi jucă Dianei în partea de jos a abdomenului.

-De ce? întrebă ea şoptit, nefiind capabilă să vorbească normal.

-Pentru că tot presupui diverse lucruri, ridică el din umeri, iar degetul lui mare îi trasă linia maxilarului într-o manieră absentă.

Apoi, se întoarse şi ieşi pentru a se duce înapoi la maşina lui. Diane îl urmări cu ochii mari.

Dorea să insiste să primească răspunsuri concrete din partea lui, dar era prea zdruncinată. Decise că era mai bine să îl aştepte în casă.

Adam se întoarse cu două genți de pânză groasă, fiecare pe câte un umăr, iar apoi își luă valiza pe care o lăsase lângă masă. Se îndreptă spre etaj către dormitorul pe care ea i-l alocase.

Diane observă că-și lăsase carabinele în bucătărie și privi spre arme cu neîncredere.

Întotdeauna fusese o pacifistă și efectiv nu putea suferi nici un fel de puști. Ura ceea ce oamenii le puteau face altora cu ajutorul unei arme.

Pașii lui grăbiți în jos pe scări o aduseră înapoi la realitate, făcând-o să uite de gândurile sale. Privi spre ușa de la bucătărie. Adam intră în încăpere și luă una dintre carabinele pe care le lăsase în urmă și, sub ochii ei uluiți, o ascunse sub chiuvetă.

-Ce faci? strigă ea.

Nu și-ar fi putut opri strigătul nici dacă ar fi vrut.

-Pregătiri, răspunse el scurt și înhăță a doua carabină și ieși în hol.

De data aceasta, Diane îl urmări îndeaproape, și când îl ajunse din urmă îl văzu ascunzând carabina în suportul de umbrele.

-Te pregătești pentru ce? strigă ea exasperată, aruncându-și mâinile în aer. Vreau adevărul și îl vreau acum, continuă ea și plesni peretele din dreapta ei.

Adam se întoarse spre ea și o străpunse cu privirea. Diane avu impresia că a privit-o îndelung și începu să se agite sub privirea lui deconcertantă.

-Vrei adevărul, spuse el cu blândeţe. Ei bine, am să-ţi spun adevărul, decise el. Cred că am putea bea şi o cafea în timp ce îţi dezvălui cum stau lucrurile. Tu ce părere ai? o întrebă el şi se întoarse cu paşi mari spre bucătărie.

Adam nu se uită în urmă. Ştia că îl va urma pentru că îi văzuse curiozitatea. Ochii ei se lărgiseră şi pupilele i se dilataseră.

-Ia loc, o invită el, dar nu se întoarse spre ea să vadă dacă i-a urmat invitaţia.

Adam se duse la cafetieră şi o umplu cu apă. Căută prin câteva dulapuri până ce găsi cafeaua şi filtrele.

Pregăti totul cu gesturi măsurate şi nu se agită deloc sub privirea pătrunzătoare a Dianei, chiar dacă ochii ei erau aţintiţi fără milă pe spatele lui.

-Unde e zahărul? o întrebă el. Presupun că bei cafeaua cu zahăr, spuse el privind spre ea, iar una din sprâncene i se ridică interogativ.

-De fapt nu, îşi scutură ea capul. Prefer cafeaua neagră şi neîndulcită.

-Bun, şi eu la fel, spuse el şi, în sfârşit, îi întoarse din nou spatele. Aproape că nu mai ai deloc cafea, observă el, iar apoi, deschise frigiderul.

Adam aruncă o privire în fridiger şi se strâmbă vizibil. Închise uşa şi se întoarse din nou spre ea.

-Nu mai sunt nici ouă, nici bacon, doar nişte buruieni şi o roşie, acuză el. Care ţi-era intenţia? Să mori de foame?

Diane ridică din umeri cu graţie şi pretinse că era ocupată să adune nişte scame de pe haine.

Tăcerea se întinse mai multe secunde, iar apoi, ea îi răspunse liniştit:

-Nu m-am gândit că vei veni și tu aici.

Brusc, își ridică privirea spre el și se încruntă.

-Acelea nu sunt buruieni. Este salată, își susținu ea alegerile culinare.

El se încruntă și își puse mâinile pe șolduri.

-Mâncare pentru iepuri sau rațe, poate, dar în mod sigur nu pentru mine. Nu mă deranjează o buruiană sau două într-un sendviș, dacă restul șterge orice urmă a gustului lor, dar altfel... spuse el și își scutură capul.

Diane zâmbi și observă amuzată:

-Bănuiesc că ești genul de tip care preferă o friptură.

-Aici ai dreptate, îi aprobă el evaluarea. Va trebui să mergem la cumpărături, decise el imediat, pentru că nu se simțea capabil să postească până a doua zi.

-Nu merg nicăieri azi, refuză Diane, scuturându-și capul. A avut suficientă agitație pe aici astăzi și nu am chef să merg în oraș chiar acum.

-Nu te pot lăsa singură aici, spuse el pe un ton aspru care nu lăsa defel loc la argumente, fără să îi ia în seamă vorbele.

-Am fost singură până acum, spuse ea cu încăpățânare, neimpresionată de autoritatea tonului lui.

-Ei bine, acum nu mai ești, îi reaminti Adam pe un ton pragmatic.

-Nu, nu merg la cumpărături în după-masa aceasta, repetă ea pe o voce mai puternică. Doar nu sântem legați unul de altul, Adam. Probabil că trebuie să te accept în casă, dar aceasta nu înseamnă că îmi voi da viața peste cap din cauza dictatelor tale, își scutură ea capul cu vehemență, iar părul îi săltă plin de viață și-i luă bărbatului răsuflarea.

Adam se scutură mental, iar apoi îi analiză comportamentul încăpățânat. Din reflex, își flexă degetele, și iar se rugă să i se dea răbdare.

-Văd că acum trebuie să-ți spun adevărul, trase el concluzia și își frecă șaua nasului.

Pe nepusă masă, se simțea obosit. Era aproape epuizat după ultimele zile pe care le petrecuse traversând țara cu mașina, cu numai trei sau patru ore de somn pe noapte.

De asemenea fusese prea îngirjorat de ce putea să i se întâmple Dianei dacă nu ar fi ajuns acolo la timp.

Cu toate acestea, nu putuse să ia un avion, nu cu arsenalul de care avea nevoie. Dacă ar fi renunțat la arme, rezultatul ar fi fost același.

În plus, petrecuse noaptea precedentă în hambarul ei, iar aceasta după un marș de cinci mile și o pândă de câteva ore bune.

Nici duelarea verbală cu Diane nu fusese o plimbare la iarbă verde, deși îi condimentase ziua într-un fel plăcut. Femeia îl menținea alert tot timpul și nu îi displăcea să se ciondănească cu ea. Era înviorător.

-Mi-ar place să aud adevărul, replică Diane când își dădu seama că Adam se pierduse în gândurile sale.

Deja așteptase câteva minute, dar Adam păruse scufundat în propria lui lume, ceea ce nu părea să îi stea în caracter sau, cel puțin, nu se potrivea cu ce aflase până atunci despre el.

-Poftim? întrebă el absent, frecându-și fața cu vârfurile degetelor.

-Adevărul, îi indică Diane. Ai spus ceva de genul ăsta. Că-mi vei spune adevărul, îi reaminti ea subiectul discuției.

-Da, am spus, aprobă el dând din cap. Numai o secundă, cafeaua este gata, își amână el explicațiile când aburul de la cafetieră îi ajunse la nas și îi îndepărtă zăpăceala.

Adam umplu două căni cu vârf și le aduse la masă. Lăsă una pe masă în fața lui Diane, iar apoi se așeză pe un scaun vis a vis de ea, în așa fel încât să o poată ține sub observație. De acolo putea să ia notă la toate emoțiile ce se perindau pe chipul ei.

-Sunt aici cu o misiune, mărturisi el, privind-o drept în ochi și înconjură cana cu degetele pentru ca fierbințeala cafelei să-i pătrundă în piele. Mătușa ta a fost amenințată de câteva ori când nu a acceptat să vândă pământul, îi dezvălui el brutal.

Ochii Dianei se lărgiră, iar gura i se deschise într-un *wow* mut.

-Închide gura, dulceață, spuse Adam din obișnuință. Ai vrut să știi adevărul, iar asta vei primi. Dar nu vreau nici un fel de istericale sau chestii de genul acesta, o avertiză el pe un ton dur, ochii săi fixându-se pe ea într-o manieră enervantă.

-Nu am obiceiul să devin isterică, îi replică ea supărată, dar vocea ei atinse o notă mai ridicată decât în mod obișnuit, ceea ce, într-un fel, îi contrazicea spusele.

Ca și cum! Maică-mea mi-ar fi luat un strat de piele de pe mine pentru un simplu acces de furie, îl înfruntă ea pe tăcute.

-Bun, atunci. Dă-mi voie să continui. Unele dintre acele amenințări s-au materializat, dar Martha tot nu a acceptat să vândă. Nu-i plăcea ce doreau oamenii aceia să facă pe pământul ei, dar, mai mult decât atât, înțeleg că ferma se găsea în familia ei de cinci sau șase generații, ridică el din umeri și sorbi din cana sa.

Diane aprobă cu o mișcare a capului și de asemenea luă o gură din cafeaua ei. Era însetată și avea nevoie și de tăria cafelei pentru ca să facă față povestirii lui.

Într-adevăr, ferma fusese în familia lor de foarte mult timp. Bunica ei nu a vrut să aibă nimic de-a face cu ea. Se simțea sufocată acolo și voia să își facă o viață în oraș. Urăse munca la fermă.

Mătușa Martha fusese ultima care rămăsese acolo. Avusese grijă de vite cât timp au ținut-o puterile.

Cum nu s-a măritat niciodată, nu a avut copii să o ajute, iar cu vreo două decenii în urmă a decis să se oprească și să nu mai muncească din greu. A vândut animalele și tot ce era legat de creșterea vitelor.

Trăia frugal din beneficiile propriei grădini de legume și își închiria pământul vecinilor pentru a-și rotunji venitul, dar niciodată nu acceptase să vândă.

-Ultima amenințare pe care a primit-o Martha a fost o amenințare la viața ei. Știa că se vor ține de cuvânt. Cu toate acestea, a dorit să se asigure că tu vei primi ferma și că vei avea o bună situație. Apoi, a început să caute ajutor și m-a găsit pe mine, a spus el gânditor. Sau mai bine spus, ne-am găsit unul pe celălalt, spuse el aproape șoptit, ca pentru sine.

-Cum așa? întrebă ea pe o voce nedumerită.

-Nu este necesar să intrăm în viața mea personală, îi desconsideră el curiozitatea. Dar hai să spunem că dușmanii mătușii tale sunt și inamicii mei. Știa că sunt hotărât să... mă ocup de ei, iar ea avea nevoie de cineva ca mine ca să aibă grijă de tine, spuse el foarte pragmatic, gesticulând în același timp.

-Vrei să spui că ești aici pentru mine? întrebă ea, iar cinismul i se simți în voce și ochii ei se luminară cu neîncredere.

-Parțial da. Dar sunt aici mai ales pentru că trebuie să i-o plătesc cuiva și pentru că i-am promis Marthei, îi răspunse el, ridicând din umeri, nepăsându-i de neîncrederea ei.

Apoi, își luă cana de cafea și bău tot lichidul până la ultima picătură.

Puse cana pe masă, bătând darabana cu degetele pe suprafața mesei câteva secunde, iar apoi o întrebă:

-De cât timp ai nevoie ca să te faci gata ca să mergem în oraș?

-Nu voi merge în oraș, replică ea și își scutură și capul cu încăpățânare. Ți-am spus deja că mi-a fost suficient pe ziua de azi.

-Nu poți sta aici singură, o contrazise el.

-La naiba, nu pot. Stai numai să vezi, spuse ea și, împingând cana deoparte, o porni spre ușă.

-Nu te pot lăsa aici singură, se ridică Adam în picioare.

-Să îți reamintesc că am fost singură aici înainte să vii tu? îl întrebă Diane, întorcându-se spre el. Nu mi se va întâmpla nimic până ce te întorci tu din oraș, refuză ea să cedeze. O să trag un pui de somn, îl anunță ea și plecă.

Adam nu se simțea deloc comfortabil să o lase singură. Aveau nevoie de mâncare și cafea, dar el avea și mai multă nevoie să știe că ea se găsea în siguranță.

-Îmi promiți că vei sta în camera ta? strigă el, luându-se după ea.

-Nu sunt copil mic, se întoarse ea spre el, ținându-se cu o mână de balustrada scării.

-Nu, nu eşti, mormăi el pentru propriile lui urechi.

Desigur că remarcase că era departe de a fi copil şi acesta era de altfel blestemul vieţii lui.

-Ar fi mai uşor dacă ai fi, replică el cu voce tare. Pur şi simplu aş putea să te pedepsesc să stai în camera ta. Diane, stai în siguranţă şi rămâi în casă. Nu ieşi afară până ce mă întorc. Nu este de glumă, spuse el aspru, şi îşi fixă ochii duri pe ai ei.

Diane doar îl privi, iar apoi dădu din cap că a înţeles. Îi întoarse spatele şi alergă în sus pe scări, simţindu-i ochii lipiţi de spatele ei până ce a ajuns pe palier.

CAPITOLUL 7

DIANE CHIAR A ÎNCERCAT să doarmă. Era epuizată, dar mintea ei nu își găsea odihna și sărea de la o idee la alta. Apariția lui Adam și tot ce a urmat după aceea o marcaseră teribil.

Lovi perna cu pumnul sperând să o facă mai comfortabilă, dar cu toate acestea nu reuși.

Apoi încercă să-și determine mușchii să se relaxeze folosind o tehnică de relaxare pe care o învățase într-una din clasele ei de yoga.

Ochii i se închiseră și, cu un oftat ușor, se predă somnului. Mușchii i se relaxară complet, dar cu toate acestea mintea continua să se agite și îi au parte de vise neliniștitoare.

După vreo oră și jumătate, Diane se trezi tresărind. Un zgomot îi ajunsese la urechi și îi deranjase somnul agitat. Se ridică în șezut și ascultă cu atenție.

Mda, ăsta-i zgomotul. Probabil, vântul a zburat ușa de la hambar, se gândi ea și coborî din pat, intenționând să iasă și să lege ușa care scârțâia.

Diane își trase cizmele și se ridică în picioare. Doar în acel moment, ea ezită. Adam îi spusese să stea unde se afla și să nu părăsească casa, iar ea se simțea într-un fel vinovată că nu-l asculta.

S-ar putea să aibă dreptate, admise ea şi reflectă puţin mai mult asupra situaţiei. *Nu, cred că vrea numai să mă sperie ca să nu pun întrebări despre el, despre prezenţa lui aici şi... alte lucruri personale,* trase ea concluzia şi se decise să nu ţină cont de avertizările sale şi ieşi din cameră.

Pe la jumătatea scărilor, se opri. *Şi dacă nu m-a minţit?*

Începu să bată darabana cu degetele pe balustradă, reflectând la cele spuse de Adam mai devreme.

Nu, povestea lui este prea ieşită din comun. Prea multă capă şi spadă şi tot soiul de intrigi, îşi scutură ea capul şi continuă să coboare scările.

Diane ieşi din casă şi se opri pe verandă. Cu picioare larg desfăcute şi cu mâinile pe şolduri, mătură curtea cu privirea.

Într-adevăr vântul se înteţise şi frunze dansau peste tot în aer. Toamna venea mereu mai devreme în munţi.

Uşa de la hambar se trântise de perete şi vântul o mişca neîncetat. Balamaua scârţâia de fiecare dată când uşa se mişca, iar Diane se crispă. Trebuia să facă ceva cu acea balama. Nu o mai suporta.

Ei bine, nu chiar acum, se gândi ea. *Nici măcar nu ştiu ce ar trebui să folosesc,* se strâmbă ea. *Eh, voi vedea. Pe moment, voi lega uşa pentru ca vântul să nu o mai mişte,* decise ea şi se îndreptă spre hambar cu paşi mari. *Trebuie să fie vreo frânghie sau ceva similar în hambar,* se gândi ea.

Diane ajunse la hambar şi intră înăuntru să se uite după o frânghie. Abia intrase înăuntru că simţi o mişcare în stânga ei şi i se făcu pielea ca de găină de frică. Era înspăimântată de ce o pândea din umbră.

Se întoarse să vadă ce era acolo, dar nu se mişcă suficient de rapid. Ceva o lovi peste cap şi căzu cu faţa în jos pe podeaua mizerabilă a hambarului.

Până la urmă, Adam a avut dreptate, mai apucă ea să gândească înainte să-şi piardă cunoştinţa.

Când îşi reveni, mâinile îi erau deja legate la spate şi cineva îi înconjura o frânghie în jurul gleznelor. Mintea îi îngheţă complet şi orice gând de a se apăra dispăru în neant.

Simţi că cineva s-a ridicat în picioare lângă ea şi îşi ţinu ochii închişi prefăcându-se că era în continuare leşinată.

Poate mă vor lăsa în pace dacă vor crede că nu îi pot vedea sau identifica, raţionă ea, dar inima i se făcuse deja mică precum un purice. Nu fusese niciodată într-o astfel de situaţie înfricoşătoare şi nu ştia ce să facă sau cum să reacţioneze.

Nu putea vedea cine era cu ea în hambar, dar putea simţi mişcare. Cel puţin doi sau chiar trei oameni se mişcau în jurul ei. Sunetul paşilor lor îi spuse că în sfârşit au făcut stânga împrejur şi au ieşit din hambar.

-Ideea mea a avut succes, unul dintre ei spuse pe drumul spre ieşire.

-Da, da, da, îi replică altul cu amărăciune. Ştim, doară ne-ai spus asta de două ori înainte, îl admonestă el.

Uşa de la hambar se închise după ei cu zgomot. Sunetul unui lacăt blocat ajunse la urechile Dianei, iar ochii ei se deschiseră larg. Groaza i se întinsese pe faţă. Situaţia nu era prea bună pentru ea.

Bărbaţii continuau să vorbească afară şi vocile lor ajungeau până la ea.

-Şi ce dacă, pufni cel care vorbise primul. Am avut dreptate când am spus că trebuia să aşteptăm mai jos pe şosea până ce unul dintre ei va pleca. Iar acum o terminăm pe ea şi avem şi un ţap ispăşitor convenabil. Vor crede că tipul acela a ucis-o. Ne descotorosim de amândoi dintr-o singură mişcare şi asta mulţumită mie, se umflă el în pene.

Diane se gândi că se refereau la Adam. *Vor ca el să fie ţapul ispăşitor, dar pentru ce?* se întrebă ea, dar nu-i veni nici o idee.

În câteva clipe, i se dădu brusc răspunsul. Nările i se umplură cu mirosul de benzină. Auzi apoi cum pereţii de lemn ai hambarului erau împroşcaţi cu benzină din plin.

Speriată, chiar scoasă din minţi de spaimă, privi disperată în jur să găsească un mijloc de scăpare.

Hambarul era aproape în întuneric. O fâşie de lumină venea prin două panouri de lemn unde timpul şi elementele naturii erodaseră lemnul. Nu că ar fi ajutat-o prea mult.

Nimic nu o putea ajuta pe moment, cel mult un miracol. Se cutremură, iar sfoara din jurul încheieturilor şi gleznelor muşcă din pielea ei. Era atât de înspăimântată, încât stomacul începu să i se agite din cauza presentimentelor negre. Lacrimi începură să-i curgă pe obraji, spălându-i praful de pe faţă, iar pielea o ustura din cauza sării din ele.

Diane făcu efortul să-şi păstreze capacitatea de gândire şi să nu cedeze în faţa terorii. Avea nevoie de ceva cu care să poată tăia legăturile şi asta rapid, pentru că timpul ei aproape că zburase.

Apoi, timpul i se termină şi ea strigă. Scrâşnetul flăcărilor cuprinse hambarul în întregime. Inima i se opri pentru o clipă sau două şi ea îşi muşcă buza de jos, uitându-se în jur înnebunită să găsească ceva care să-i folosească.

Limbile flăcărilor care se ridicau o ajutau să vadă mai mult din interiorul hambarului.

Nu că flăcările ar fi un lucru bun, Diane. Oh, Doamne, îmi pierd mintea. Trebuie să fac ceva şi acum, se gândi ea, privind flăcările ce lingeau pământul în drumul lor spre ea.

Lacrimile îi inundară ochii şi neajutorarea o strangula. Degetele îi tremurau şi îşi muşcă buza inferioară din nou.

CAPITOLUL 8

ADAM VĂZU FLĂCĂRILE printre copacii ce mărgineau drumul și urlă din cauza furiei neputincioase. Piciorul apăsă pedala de viteză până la podea.

Nu îi mai păsa de curbele abrupte ale șoselei. Dacă ar fi pierdut-o pe Diane ar fi însemnat că a eșuat din nou și, mai mult ca sigur, acela era un eșec cu care nu ar fi putut trăi pe conștiință.

Manevrând volanul cu mâna stângă, căută prin torpedeu și scoase un revolver. Îl puse pe locul pasagerului fără să-și ia ochii de la drum sau de la flăcările care pictau cerul roșiatic.

Se aplecă în față și scoase un pistol pe care și-l înfipsese în pantaloni la spate. Îl lăsă pe coapsă, să îl aibă la îndemână dacă ar fi avut nevoie de el.

În mai puțin de trei minute, Adam ajunse în curtea fermei și călcă frâna brutal, la oarecare distanță de hambar. Își amintise că încă avea grenadele în portbagaj și era sigur că nu aveau nevoie de un foc mai mare decât era deja.

Adam nu se mai obosi să oprească motorul. Pur și simplu sări din mașină, cu ambele arme în mâini, iar apoi alergă spre hambar.

Flăcările deja înghiţiseră întreaga clădire din lemn. Sunetul panourilor din lemn care se prăbuşeau în interiorul hambarului îi aduse pe faţă o încruntătură feroce.

Fără să stea pe gânduri, se aruncă prin uşa care ardea şi ateriză pe podeaua murdară lângă Diane. Flăcările o lingeau deja, iar pantalonii îi luaseră deja foc.

Adam lăsă pistoalele lângă ea şi, indiferent la flăcările care se întindeau spre el, stinse flăcările de pe pantalonii ei cu palmele.

Aerul mirosea a păr ars şi el observă că focul pârlise câteva dintre şuviţele Dianei. Muşcătura fierbinte a unei flăcări pe spate îl făcu să acţioneze rapid.

Adam îşi înfipse armele în betelia pantalonilor şi o luă pe Diane în braţe.

Deja începuseră amândoi să tuşească zdravăn. Ochii le erau plini de lacrimi din cauza fumului şi abia puteau să mai vadă în jur.

Se ghemui cu ea în braţe şi aruncă o privire la ce se întâmpla în jur.

Ne pârlim indiferent ce cale aleg, se gândi el. *Va trebui să mă mişc repede, măcar să o ajut pe ea să supravieţuiască.*

Adam se ridică în picioare, cu toate că rămăsese aplecat peste femeia din braţele lui, şi apoi o rupse la fugă spre locul unde se aflase mai înainte uşa hambarului. Flăcările îi atingeau umerii şi părul şi îi sărută pantalonii, dar el nu dădu nici cea mai mică atenţie durerii, ci continuă să înainteze.

Imediat ce ieşi din clădire, cu plămânii arzându-i din cauza temperaturii ridicate şi a fumului, alergă spre pompă. O pătură ar fi fost mai bună, dar nu credea că ar fi avut timp să fugă în casă să ia una.

O aşeză pe Diane cu blândeţe jos lângă pompă şi umplu repede o găleată cu apă din puţul vechi şi o trase sus.

Aş fi putut să o pun direct sub pompă, îşi dădu el seama şi îşi scutură capul. Ideea deja îi venise prea târziu.

Aruncă apa din găleată peste capul ei şi partea superioară a trupului ei, iar ea se cutremură.

Un strigăt de indignare se ridică în aer. Clătinându-se, ea încercă să se ridice şi se propti cu o mână de peretele de piatră al puţului pentru a se ajuta.

-Calmează-te, Diane, nu te mişca, ai timp destul pentru asta, îi spuse Adam domol şi o împinse înapoi jos cu blândeţe.

Diane privi în sus spre el cu ochi roşii, iar el tresări când văzu urmele încercării grele de pe chipul ei.

-Totul va fi bine, dulceaţă, şopti el, nu te îngrijora acum.

Apoi, îşi trecu degetele cu tandreţe peste obrazul ei care era încă marcat de spaimă.

Diane încercă să îşi fixeze ochii pe el şi brusc, ochii i se măriră şi ea strigă:

-Ai luat foc, tu... idiotule.

Ea încercă să se ridice din nou în timp ce el se uită la flăcările ce încercau să-şi facă drum prin pantalonii lui.

Adam o împinse din nou jos, iar ea începu să-i lovească picioarele pentru a înnăbuşi flăcările.

El o privi de parcă femeia şi-ar fi pierdut uzul raţiunii, iar apoi coborî din nou găleata în fântână.

Bravo ție, omule, se gândi el. *Ți-ai pierdut păcătoasa de minte după o muiere și ai uitat complet de sănătatea ta,* își scutură el capul cu dispreț față de sine. *Cine va mai avea grijă de ea dacă tu arzi? Din fericire pantalonii ăștia nu lasă flăcările să treacă prin ei.*

Trase găleata din puț și își turnă apa peste cap. Apoi își întinse picioarele, unul după altul, sub pompă și lăsă apa rece de munte să aibă grijă de restul flăcărilor.

Știa că avea câteva arsuri pe spate, brațe și picioare. Îl dureau destul de rău, dar cel puțin amândoi erau în viață.

-Mulțumesc lui Dumnezeu că ai venit când ai venit, Diane șopti abia audibil.

Se rugase pentru un miracol când nu putuse să se dezlege singură și eforturile ei de a se târî spre o zonă sigură nu aduseseră nici un rezultat. Adam se dovedise a fi miracolul ei.

Ochii lui Adam o cercetară peste tot. Părea în regulă. Cu toate acestea, el nu putea să nu ia în considerare efectele pe care focul le-a avut asupra plămânilor și căilor ei respiratorii. Știa că va trebui să o ducă la un spital pentru ca să o examineze un doctor.

O trase în picioare și spuse:

-Te voi duce la spital în câteva minute. Pe drum spre spital, îmi vei putea explica de ce te-am găsit în hambar când te-am rugat să nu părăsești casa.

Văzându-i chipul aspru, ochii ei se măriră și mâinile începură să-i tremure. Diane nu își revenise complet și nu era sigură că îi va putea ține piept.

-Acum, unde pot găsi un furtun să sting focul? Nu putem risca să ardă întreaga pădure, îi explică el.

Cu un deget tremurător, îi arătă lui Adam unde ținea Martha furtunul pentru incendii. Mătușa ei de asemenea instalase un hidrant pentru ca un eventual incendiu să nu se întindă la zonele învecinate. Cu o zonă atât de împădurită în jur, incendiile erau privite cu multă seriozitate.

CAPITOLUL 9

ADAM O PUSE ÎN MAŞINA lui şi îi legă centura de siguranţă. Îşi flexă apoi umerii pentru a mai scăpa de tensiunea din muşchi.

Avea un nou respect pentru pompierii. Nu era chiar aşa uşor să stingi un incendiu. Se simţea epuizat până la oase. Sudoarea îi curgea pe faţă şi de-a lungul şirei spinării. Îşi şterse faţa cu braţul, fără să dea atenţie urmelor de negreală care îi marcau pielea.

Ocoli capota să intre în maşină şi îşi aduse aminte de mâncarea lăsată în portbagaj.

La naiba, o parte din ea se va strica până la întoarcere, se gândi el.

-Dacă te las aici în maşină pentru câteva minute, pot să sper să te găsesc în acelaşi loc? o întrebă el, aplecându-spre interiorul maşinii.

Diane dădu din cap, chiar dacă nu-i plăcea felul în care îi amintea constant că a părăsit casa.

Adam se uită la ea fix câteva clipe, iar apoi scoase unul dintre pistoalele din betelia pantalonilor şi îl împinse spre ea.

-Dacă ai nevoie să îl foloseşti, îndreaptă-l spre cel ce te ameninţă şi apasă trăgaciul, aici, îi spuse el, degetul lui indicându-i unde se găsea trăgaciul.

-Eu... eu nu pot să împușc pe careva, se bâlbâi ea.

-Desigur că poți, dădu el din cap cu convingere și îi întinse din nou pistolul. Când viața ta e pe linie, poți, crede-mă. Acum voi descărca lucrurile din portbagaj și voi pune câteva chestii în frigider. Ține-ți ochii larg deschiși și fă ce ți-am spus dacă ești în pericol, repetă el, și trânti ușa de pe partea șoferului, închizând-o.

DRUMUL ÎN JOSUL MUNTELUI se desfășură în tăcere. Liniștea o apăsa, iar încruntarea dintre sprâncenele lui Adam nu dispăru nici măcar pentru o clipă.

Diane l-a tot privit de când se urcase în mașină după ce a terminat de descărcat mâncarea. Adam rar i-a aruncat vreo privire. Ea nu putea citi ce-i trecea prin minte și aceasta o îngrijora.

El a condus în josul muntelui pe cât de repede a îndrăznit, iar mașina se zguduia de câte ori lua o curbă mai strânsă.

-Adam, spuse ea, în același timp apucând mânerul de deasupra ferestrei.

Adam tocmai trecuse printr-o altă curbă în fir de păr și o aruncase în portieră.

-Cred că poți încetini, încercă ea să vorbească din nou.

Prima dată își mușcase limba și încă mai simțea gustul metalic al propriului ei sânge pe limbă.

-Nu, Diane, nu pot încetini, mârâi el, arătându-și dinții. Nu e de joacă cu inhalarea de fum și numai Dumnezeu știe cât de mult ai inhalat înainte să ajung eu la tine.

În ciuda faptului că i se vedea furia pe față, folosea același ton cu care oricine i-ar fi vorbit unui copil și ea strânse din dinți din cauza frustrării.

-Probabil, nu mult, spuse ea printre dinții încleștați. Aș fi ars de vie dacă ai fi întârziat cinci minute.

El își scutură capul dezmințindu-i cuvintele, deși cele spuse de ea păreau a fi corecte. Dar în ciuda acelui fapt, el nu voia ca ea să se gândească la ce ar fi putut să se întâmple.

-Dar nici o mașină nu a ieșit din curtea fermei. Și nu cred că au venit pe jos, se răsti el.

-Probabil au folosit cărarea din spatele casei. Duce undeva mai jos pe șosea, spuse ea și gesticulă în acea direcție. Da, chiar acolo, o vezi? îi arătă ea deschizătura mascată de doi copaci stufoși.

El își aruncă ochii la cărare și înjură crâncen. Pumnul lui lovi volanul repetat, iar Diane tresări de fiecare dată.

Când o vizitase pe Martha, nu se gândise să verifice cărările. Se gândise că avea destul timp la dispoziție să o facă mai târziu.

Diane îl privea cu ochii mari. Degetele îi tremurau pe mânerul de care se ținea cu toată puterea.

Chipul lui Adam se întunecase, iar ochii îi aruncau scântei. Diversitatea vocabularului lui de înjurături depășea tot ce auzise ea înainte.

Niciodată nu avusese ocazia să vadă nimic cât de cât similar furiei lui Adam. Ea spera numai ca el să nu-și aducă aminte din nou că a părăsit casa. Știa că ar fi putut supraviețui foarte bine atâta timp cât furia aceea brutală nu ar fi fost direcționată spre ea.

După câteva minute bune în care își dezlănțui furia împotriva lui însuși, Adam se liniști. Îi aruncă o privire și îi remarcă teama și fascinația din ochi.

Am înspăimântat-o, observă el dezgustat de sine însuși și se strâmbă. Îi văzu degetele tremurând pe mânerul de care se ținea și vina lui se adânci mai mult.

Adam încetini mașina o fracțiune, iar apoi îi luă cealaltă mână în mâna lui. Ridicând-o la gură, îi sărută degetele tremurânde cu tandrețe și apoi le strânse ușor.

-Diane, este posibil să mă înfurii uneori și s-ar putea să urlu și să înjur... Niciodată, dar niciodată nu trebuie să te temi că te-aș răni la mânie, spuse el cu hotărâre și se uită direct în ochii ei. Da, s-ar putea să dau din gură și să te critic din când în când, dar nimic mai mult. Nu ești în nici un fel de pericol cu mine, ai înțeles?

Ea se înroși ușor și dădu din cap. Buzele lui pe degetele ei provocaseră în mod straniu fluturașii care își făcuseră reședință permanentă în abdomenul ei de la venirea lui.

-Acum că sunt calm, poți să îmi explici de ce te-am găsit în hambar, în mijlocul acelui infern, când ți-am spus clar să mă aștepți în casă?

Îi strânse degetele din nou pentru a o încuraja să vorbească, iar apoi îi eliberă mâna.

-Ai făcut-o ca să mă provoci? o întrebă Adam din nou.

-Bineînțeles că nu, se grăbi Diane să-i explice. Numai că am auzit un zgomot și...

-Și ți-ai spus *Ce naiba, hai să investighez. Adam ăla e atât de idiot că nu-și poate găsi fundul cu ambele mâini așa că ce dacă mi-a spus să nu ies din casă? Ce spune el nu contează,* se răsti el la ea.

-Dacă continui să-mi vorbești astfel, nu mai spun nici un cuvânt, îl amenință ea și se încruntă la el.

-Oh, da, vei spune, zise el și acceleră puțin mai mult.

Drumul se lărgise acum și el putea deja să vadă acoperișurile caselor din vale.

-Nu, nu voi spune. Nu voi fi subiect de ridicol pentru tine, lovi ea cu piciorul în podeaua mașinii cu hotărâre.

-Nu, desigur că nu, spuse Adam batjocoritor cu un gest larg. De parcă nu ar fi fost destul de ridicol să ieși afară și să te duci să investighezi un zgomot după ce cineva ți-a explicat că ești în pericol. Exact ca într-un film prost de groază, Diane, spuse el și îi aruncă o privire încruntată. Știi despre ce vorbesc. Fata știe că tipul cu toporul este afară și că ea ar fi în siguranță dacă ar rămâne în casă, dar, nu, ea trebuie neapărat să iasă ca să fie ucisă, termină el ce avea de spus într-un urlet. Cât de inteligentă e chestia asta? Spune-mi tu mie acum, cât de inteligent este să faci așa ceva?

Adam îi mai aruncă o privire și văzu că acum îi curgeau lacrimi pe obraji. Vinovăția i se strecură în inimă din nou și își scutură capul.

-În regulă, îmi pare rău, își ceru el scuze.

De ce naiba trebuie să-mi cer scuze nu știu, dar nu pot să o las să plângă.

Diane își șterse lacrimile cu un gest nervos și își feri ochii de privirea lui.

-Diane, o strigă el domol, dar ea nu se întoarse spre el.

Adam decise să o facă să reacționeze altfel și își puse mâna pe piciorul ei. Femeia aproape că sări de pe scaun.

-Ce faci? întrebă ea cu sufletul la gură, ochii ei holbându-se la mâna mare şi întunecată care se odihnea pe coapsa ei.

-Nu fac decât să te implor să-mi dai atenţie, spuse el domol şi şi îi aruncă un surâs nemilos.

El îi strânse coapsa şi ea tresări sub degetele lui.

-Ţi-e teamă de mine sau atingerea mea te dezgustă? întrebă el pe o voce vag curioasă deşi gândurile lui erau departe de a fi nesubstanţiale. Îi aşteptă răspunsul cu groază.

-Nici una, nici alta, înghiţi Diane cu greu şi îi replică pe o voce joasă. A fost doar... neaşteptat. Nu... nu m-am aşteptat la aşa ceva şi... Oricum, este în regulă, încercă ea să pună capăt la bâlbâiala sa, sătulă să se dovedească atât de slabă ori de câte ori o atingea el.

-Acum poţi să-mi spui ce s-a întâmplat? întrebă Adam din nou. Imediat după ce îmi spui unde este spitalul pentru că eu chiar nu ştiu, spuse el şi-i făcu cu ochiul.

Diane simţi cum erupea râsul din gâtlejul ei şi se simţi mai bine decât se simţise toată ziua.

Adam era de necrezut. Era insuportabil şi cinic şi protector. Avea momente când resimţea o dorinţă acută să-l sufoce în timp ce dormea. Şi cu toate acestea, erau momente ca acesta când o făcea să se simtă extrem de vie.

CAPITOLUL 10

VIZITA LA SPITAL NU a fost prea amuzantă. Adam a insistat ca ea să primească îngrijire medicală, în timp ce a refuzat orice fel de examinare în ceea ce îl privea.

Diane l-a făcut să accepte ca doctorul să-l examineze și pe el atunci când l-a informat că și ea îi va urma exemplul și nu se va lăsa nici ea examinată.

Cu neplăcere vădită, Adam s-a supus examenului medical, deși știa că nu fusese rănit în mod serios. Cu toate acestea, îi făcuse o promisiune Dianei, iar el își respecta întotdeauna promisiunile.

El dorea ca plămânii Dianei să fie verificați și ca doctorul să se ocupe de toate rănile ei, așa că a trebuit să facă ce dorea ea. El a cerut și o tomografie pentru ea în momenul în care a aflat că fusese lovită la ceafă.

Imediat după ce a dat cu ochii de ei, doctorul a insistat să cheme poliția. Lui Adam nu-i păsa oricum, așa că a dat din umeri cu indiferență când l-a auzit.

Șeriful a venit și a plecat, scuturându-și capul cu neîncredere. Cum nu mai rămăsese nimic din hambar, iar atacatorii folosiseră benzină, nu credea că ar fi putut face mare lucru chiar dacă s-ar fi deplasat la fermă, dar cu toate acestea trebuia să verifice incendiul.

Era convins că nu va mai găsi nici un fel de urme care să-l îndrepte spre vinovați, dar avea o slujbă de făcut. Dacă nu-și făcea datoria, ar fi pierdut următoarele alegeri.

Adam îi împărtăși opinia șerifului și promise să aibă grijă el însuși de Diane.

La început, șeriful l-a suspectat pe el, dar Diane a clarificat totul când i-a făcut cunoscută discuția pe care au avut-o cei trei bărbați după ce o legaseră. Probabil că și ea l-ar fi suspectat pe Adam dacă nu ar fi fost martoră la schimbul de cuvinte dintre ei.

Călătoria înapoi spre fermă a fost în mare parte tăcută pentru că amândoi erau epuizați. Apusul le amintea de ziua plină care tocmai se încheiase și amândoi se simțeau obosiți până la oase.

Acum Adam conducea relaxat, nu se mai grăbea. Știa că vor găsi ferma în același loc și el mai avea oricum de făcut un tur al proprietății când ajungea acolo. Trebuia să se asigure că nu vor mai avea nici un fel de surprize neplăcute în viitor. Așa că păstră o viteză constantă de patruzeci de mile pe oră, fără să se agite prea tare.

Mai mult decât atât, dorea să-i lase șerifului destul timp ca să-și termine investigația, nu că s-ar fi așteptat ca acesta să obțină vreun rezultat.

Brusc, soneria unui telefon străpunse liniștea, iar Diane mai că sări din scaunul ei. Tăcerea fusese atât de copleșitoare mai înainte că nu se așteptase la așa ceva. Adam doar îi aruncă o privire și îi zâmbi.

Se aplecă peste ea și își scoase telefonul din torpedou. Verifică ecranul mai întâi, iar abia apoi răspunse, punând telefonul pe speaker pentru a putea conduce fără nici un fel de probleme.

-Hei, Ryan. Ești pe speaker. Care-i treaba?

-Doar sunam să văd ce faci. Ești în regulă?

-Hmm. De ce întrebi? îi replică Adam, iar sprâncenele i se adunară.

-O știi pe Kate, spuse Ryan pe un ton apologetic. M-a tot bătut la cap că ceva este în neregulă cu tine și... Kate, să nu mai îndrăznești să mă lovești cu lingura aceea din nou, strigă el.

Adam râse.

-Lingură, Ryan?

-Da, face spaghete și m-a lovit cu o lingură mare de lemn, așa că nu mai râde. Nu e deloc amuzant.

-Oh, bietul copilaș, spuse Adam tărăgănat, iar Ryan înjură.

-Dacă mă poate ridiculiza, atunci e bine, îl auzi Adam spunându-i lui Kate. Ești bine, nu-i așa? îl întrebă Ryan din nou.

-Acum da, sunt, confirmă Adam pentru că se simțea mai bine auzind vocea prietenului său.

-Ce vrei să spui? Cum acum? ajunse vocea dură a lui Ryan la urechile Dianei.

-Am avut... hai să spunem, multe momente vesele pe aici astăzi, mărturisi Adam.

-Aici fiind unde?

-Doar ți-am spus că mă îndrept spre Montana, îi reaminti Adam. Ți-am arătat și pe hartă...

-Da, aşa e, mi-ai spus. Ce s-a întâmplat? Nu pot crede că Kate a avut dreptate. Da, da, da, ai avut dreptate, nu mă mai lovi încă o dată.

Adam râse din nou.

-Nu ştiam că Kate are premoniţii sau viziuni sau cum naiba s-or numi chestiile acelea.

-Nu, nu are, veni o voce joasă şi melodioasă pe fir, iar Diane îşi imagină că trebuia să fie acea Kate de care ei vorbeau. Am simţit numai că ceva era în neregulă cu tine şi că aveai nevoie de ajutor.

-Mulţumesc, iubito, replică Adam. M-am descurcat.

-Dar ai nevoie de ajutor? se interesă Ryan. Spune tot, amice. Doar ştii: am fost o dată o echipă, rămânem o echipă. Ne ajutăm mereu unul pe celălalt, Adam, declară Ryan cu seriozitate.

Adam ştia că Ryan va reacţiona astfel, dar fusese hotărât să rezolve totul singur fără ajutor. Îi aruncă o privire lui Diane, iar ochii ei uriaşi verzi îi făcură inima să tresară.

-S-ar putea, prietene, replică el fără prea multă convingere.

-Bun, atunci. Nick va ajunge acolo înaintea mea, îi spuse Ryan. El trăieşte acolo în Montana, chiar dacă pe cealaltă parte a Montanei. Eu trebuie să vin din Montreal aşa că s-ar putea să-mi ia vreo douăzeci şi patru sau patruzeci şi opt de ore. Nu ştiu încă, îi explică Ryan.

-Merg cu tine, spuse Kate.

-Nu, nu mergi, îi replică Ryan pe un ton aspru.

-Ai grijă să merg cu tine, îi răspunse ea pe un ton pragmatic.

Încăpăţânarea ei aduse un surâs pe buzele lui Adam. O ştia pe Kate destul de bine şi ştia, de asemenea, că Ryan nu avea nici o şansă să facă altfel de cum spunea ea. Adam îşi scutură capul cu amuzament.

-Vorbim despre asta mai încolo, încercă Ryan să schimbe subiectul.

-Nu este nimic de discutat. Vin cu tine şi asta este, nu cedă Kate în faţa opiniei lui.

-La naiba, femeie, începu Ryan să spună.

Mai apoi, Adam şi Diane auziră:

-Au! Ce naiba, Kate, m-ai lovit în cap cu nenorocita aia de lingură din nou!

Adam izbucni în hohote de râs.

-Oh, frate, nu mai ai nici o şansă, îi spuse el lui Ryan.

-Da, da, da, îi replică Ryan. Îţi va veni rândul, nu-ţi fă griji. Ne vedem curând, amice, spuse el şi închise, neoferindu-i nici o şansă lui Adam să-i mai răspundă.

Adam îşi scutură capul cu amuzament, iar apoi îi întinse telefonul lui Diane.

-Poţi să-l pui înapoi în torpedou?

Diane luă telefonul şi-l întrebă:

-Cine sunt Ryan şi Kate?

-Un cuplu căsătorit, râse Adam pe înfundate, iar ochii îi străluciră cu zburdălnicie.

-Şi ce e atât de amuzant că sunt căsătoriţi? întrebă ea pe o voce supărată.

-Ei sunt amuzanţi. Sunt perfecţi unul pentru celălalt, preciză Adam şi îi aruncă Dianei o privire. Kate face cam ce vrea cu el, iar Ryan este aproape domesticit când este cu ea.

-Ryan vine să te ajute, nu-i aşa?

-Eh, dacă aş fi putut să am încredere în cineva să stea unde îi spun eu să stea, nu aş fi avut nevoie de el, spuse Adam şi o privi cu înţeles.

Diane se înroşi violent şi îşi flutură mâna.

-Îmi vei reproşa chestia asta totdeauna?

Adam păru să se gândească câteva secunde, iar apoi spuse:

-Da, aşa cred.

Gura Dianei formă un '*o*' perfect.

-Eşti ridicol, spuse ea uimită.

-Nu, nu sunt. Nu eu sunt cel ce s-a dus în hambar să verifice o uşă deschisă după ce mi s-a spus să nu părăsesc casa, îi atrase el atenţia, pe o voce oţelită.

-Pentru numele lui Dumnezeu, bătea vântul. Am crezut că vântul a deschis uşa şi m-am dus numai să o închid. Balamalele sunt ruginite şi uşa aceea scârţâie la fiecare mişcare, îi replică ea cu exasperare.

-Nu, nu mai scârţie acum, observă el pe un ton pragmatic. Cel puţin nu mai trebuie să ne batem capul cu balamalele, îşi scutură el capul.

Diane îşi încleştă pumnii. *Masculul îngâmfat*, îşi spuse ea în gând, adăugând o înjurătură, iar impulsul de a-l pocni îi făcu sângele din vene să fiarbă.

-Cine este Nick? întrebă ea ca să schimbe subiectul.

-Un prieten.

-Am presupus asta, spuse ea cu frustrare. Aşa cum şi Ryan îţi este prieten. Ce fel de prieteni? insistă ea.

-De cel mai bun fel, răspunse Adam.

-Ahhh...

Adam numai rânji la ea şi continuă să conducă liniştit. Diane lovi podeaua maşinii cu piciorul nervoasă.

-Ai răbdare, dulceaţă. Îţi voi spune totul acasă diseară, îi promise el şi o bătu uşor pe genunchi.

Surprinzător, Diane nu mai tresări. *Hmm, chestia asta deschide noi posibilităţi,* se gândi Adam şi sprâncenele i se urcară pe frunte.

-Îmi amintesc că ţi-am spus să nu mă mai numeşti dulceaţă, observă Diane care era încă supărată pe el.

-Iar eu îmi amintesc că te-am rugat să rămâi în casă, iar tu ai făcut exact opusul, îi replică el, iar ea mârâi impotent.

DE CEALALTĂ PARTE A muntelui, un bărbat cu păr sur îşi aruncă telefonul mobil pe masa de cafea de lângă el şi urlă.

Orbit de furie, aruncă şi paharul cu bourbon pe care îi avea în cealaltă mână. Paharul se sparse de grilajul protector de la şemineu.

Gâfâind din cauza frustrării, se ridică în picioare şi se duse şchiopătând spre fereastră. Se rănise la picior în timp ce călărea cu o săptămână în urmă, iar trupul lui uşor corpolent nu ajuta prea mult la vindecarea piciorului.

Privi prin fereastră câteva momente, apoi se întoarse şi înhăţă telefonul din nou. Cu degetele tremurându-i de furie formă un număr. Efectiv clocotea de mânie.

-Domnule Phelps, bună seara, fu el salutat.

-Monroe, spuse el scurt. Cum s-a defăşurat mica ta sarcină?

-Am rezolvat totul, domnule, chicoti el. Am legat-o în hambar şi am dat foc hambarului. Tipul care stă acolo cu ea va fi cel ce va fi învinovăţit.

-Eşti sigur? îl întrebă Phelps printre dinţii încleştaţi.

-Da, domnule, răspunse Monroe, deşi cu mai puţină convingere decât înainte.

Tonul lui Phelps nu anunţa nimic bun. Nu era ca şi cum nu i-ar fi cunoscut tonalităţile vocii patronului lui.

-Te-ai asigurat că este moartă?

-Nu ar fi putut supravieţui, domnule, replică Monroe. Să fi văzut ce vâlvătaie...

-Idiotule, urlă Phelps. E bine mersi.

-Nu e posibil, domnule, replică Monroe cu convingere aparentă, dar teama îi suna în voce.

-Este posibil, i-o întoarse Phelps. Şoferul meu a văzut-o la spital. Nici măcar nu a fost rănită serios, imbecilule. Dacă nu eşti capabil să termini treaba, voi găsi pe altcineva. Mai ai o săptămână, spuse el pooruncitor şi închise telefonul.

Nu, nu-i voi da o săptămână. Nu-i voi da nici măcar o zi.

CAPITOLUL 11

ADAM VERIFICĂ PERIMETRUL şi în ciuda epuizării, montă alarme de avertizare peste tot în curte şi la fiecare intrare posibilă în casă. Ştia că senzorii de mişcare ar fi fost inutili acolo cu toate animalele sălbatice care mişunau prin jur.

Ochii îi trecură peste banda gabenă pe care şeriful o pusese în zona unde fusese ridicat hambarul şi îşi scutură capul. Era doar praf în ochi.

Destul de convins că se vor bucura de o noapte bună de somn, de care aveau nevoie amândoi, se întoarse în bucătărie. Aroma mâncării gătite în casă îi făcu să-i plouă în gură.

Diane era ocupată în faţa maşinii de gătit. Arăta adorabil desculţă, iar şoldurile i se mişcau uşor în timp ce amesteca ceva într-o tigaie. Ca şi cum i-ar fi simţit prezenţa, se întoarse şi îi zâmbi.

Ochii îi cutreierară faţa rozalie încălzită. Câteva fire de păr flirtau cu pielea ei, iar ea le suflă la o parte şi îşi flutură mâna spre el, invitându-l să intre şi să ia loc.

-Voi aduce mâncarea la masă acum, îi spuse ea şi închise focul de la sobă. Ia un loc.

Adam se aşeză la masă, dar ochii lui îi urmăreau fiecare mişcare. Nu-şi putea lua ochii de la ea. Era efectiv vrăjit.

Ea luă două farfurii dintr-un dulap, şi împreună cu două furculiţe şi cuţite, le puse pe masa din bucătărie.

-Ai nevoie de ajutor? o întrebă el, gata să se ridice de pe scaun şi să o ajute.

-Nu, îl bătu ea pe umăr. Stai aici că nu-mi va lua mai mult de o clipă, îl asigură ea.

Se întoarse să aducă şi pâinea pe care o încălzise în cuptor. O umpluse cu usturoi şi măsline şi o presărase cu parmezan.

Pe drumul înapoi spre el, înhăţă şi două boluri de salată şi le aduse la masă.

-Miroase fantastic, îi zâmbi Adam.

Apoi ochii îi căzură pe salate şi se strâmbă. Diane pur şi simplu izbucni în râs.

-Nu vei muri dacă vei mânca şi puţină salată, îl asigură ea, bătându-l pe umăr din nou. Vei avea şi carne, nu te teme. Nu vei muri de foame.

-Nu mă gândeam că voi muri de foame, mormăi el, dar ea îl auzi şi zâmbi.

Când se întoarse cu stir-fry-ul, el respiră mai uşurat. Pentru o clipă, chiar fusese convins că femeia a decis să-l pedepsească şi să-l facă să se simtă prost, şi de aceea gătise doar legume.

Luară masa împreună şi o asezonară cu flecăreală inocentă. Când au terminat de mâncat, ea aduse cănile umplute cu ciocolată caldă la masă, iar un sentiment de mulţumire îi umplu inima lui Adam.

-Deci despre Ryan şi Nick, spuse ea.

Adam se strâmbă, nu foarte comfortabil cu subiectul. Uitase că Diane dorea să-i spună despre ei doi.

-Este cumva secret? întrebă ea, observând că nu se simţea în largul lui.

-Nu, nu este chiar un secret... sau mai bine spus, nu mai este un secret, îşi scutură el capul. Am lucrat împreună. Un fel de echipă de operaţii speciale, dacă vrei, îi replică el şi o privi drept în ochi. Când m-ai numit ucigaş, ai avut dreptate sută la sută.

-Nu am vrut să spun exact asta, se grăbi ea să spună. La vremea aceea am crezut că voiai să ucizi nişte animale fără apărare.

El ridică din umeri, dar nu se obosi să-i explice că unele dintre acele animale numai fără apărare nu erau. Unele animale sălbatice erau letale chiar şi pentru un bărbat înarmat cu o carabină.

-Oricum, am şi ucis când misiunea o cerea. Nu am ucis doar aşa ca să mă amuz, evident, dar aceasta nu înseamnă că nu sunt un ucigaş, explică el pe un ton pragmatic.

-Înţeleg şi eu diferenţa, protestă ea.

-Mă îndoiesc, ii replică Adam pe un ton sec. Tu eşti pacifistă, îţi aminteşti? Deteşti armele.

-Ca regulă, da. Dar de asemenea înţeleg că un om trebuie să se protejeze în război sau în misiuni ca cele despre care vorbeşti, îl contrazise ea.

-Ei bine, uneori misiunea era să ucid, aşa că... spuse el cu nonşalanţă, iar apoi o studie să vadă cum primea acea informaţie.

Diane se albi, iar natura sa nonviolentă se luptă cu cuvintele lui. Cu toate acestea, ştia foarte bine că nimic nu era doar alb sau negru şi că zonele de gri apăreau mult mai des decât ar fi crezut marea parte a oamenilor.

Îi întâlni privirea cercetătoare a lui Adam şi îşi lăsă capul pe o parte. O nouă idee îi răsări în minte.

-Vrei să mă şochezi, trase ea concluzia, dând din cap.

-Da, admise el fără ca măcar să clipească. Funcţionează? o întrebă el.

-De ce ai vrea să faci asta? se minună ea nedumerită.

-Vreau să înţelegi ce fel de om sunt şi de ce sunt capabil să fac, îi spuse el şi apoi îşi puse coatele pe masă şi îşi sprijini bărbia în pumni, ochii săi rămânând mereu aţintiţi cu atenţie pe ea.

-Mă îndoiesc că faptul că eşti capabil să ucizi te defineşte în întregime, replică Diane domol.

-Nu, nu mă defineşte, îi acceptă el cuvintele. Dar sunt mai mult decât capabil să o fac, şi poţi să ai încredere în mine că voi ucide pe oricine va îndrăzni să te atingă.

Afirmaţia lui o şocă pe Diane mai mult decât tot ce îi spusese el înainte.

-Nu vreau să îmi asum o astfel de răspundere, îşi scutură ea capul. Nu vreau ca nimeni să moară din cauza mea.

-Nici măcar indivizii aceia care în după-masa aceasta te-au legat în hambar şi ţi-au dat foc? întrebă el cu neîncredere.

Ea îşi scutură capul din nou.

-Vorbeşti serios? o întrebă el. Pot paria că aceeaşi oameni sunt cei care au ucis-o şi pe mătuşa ta, Diane, specifică el.

-Îi vreau pedepsiţi, recunoscu ea. Închişi ca să nu mai poată face rău nimănui niciodată, replică ea abia audibil. Dar nu cred că vreau să-i ucizi.

-Ascultă-mă și ascultă-mă bine, se ridică Adam și se apleacă deasupra ei, vocea lui sunând atât de aspru că nu mai lăsa loc la nici un fel de compromis. Nu vei interveni ca să fii ucisă în timpul acțiunii. Mă vei lăsa să fac ceea ce trebuie să fac. Ai înțeles? tună el, iar în ochii lui pluteau stele de gheață.

Cu o mișcare a capului, Diane îl asigură că înțelegea. Nu era idioată și știa că probabil *el* ar fi fost ucis din cauza ei dacă ar fi intervenit. Iar acela ar fi fost chiar ultimul lucru pe care și l-ar fi dorit.

Era adevărat că Adam reprezenta un junghi în coastă continuu pentru ea, dar aceasta nu însemna că îl dorea mort. Chiar opusul.

Trebuia să fie cinstită cu ea însuși până la urmă. Derbedeul acela o atrăgea și încă mult de tot. Niciodată nu mai simțise o atracție atât de puternică pentru nici unul dintre bărbații pe care îi cunoscuse înainte.

Adam o privea fix, încercând să se asigure că nu încerca numai să-l împace. Satisfăcut cu ce citise pe fața și în ochii ei, se așeză din nou pe scaun și bău jumătate din ciocolata sa caldă imediat.

Diane deschise gura să-l întrebe altceva când telefonul său mobil sună din nou.

Adam își ridică mâna ca să o atenționeze să aștepte și își scoase telefonul celular din buzunar. Verifică numele afișat pe ecran și apoi răspunse.

-Hei, Nick, cum merge treaba?

-Pari destul de bine, vocea lui Nick bubui din telefon. Sunt pe speaker, remarcă Nick.

-Da, se pare că am atins afurisitul ăsta de ecran din nou, mormăi Adam. Oricum, cum stă treaba? îl întrebă el și puse telefonul pe masă.

-Sunt pe drum spre tine, îl informă Nick. Am fost destul de norocos să găsesc pe careva să aibă grijă de caii mei începând din seara aceasta. Sunt pe drum de mai bine de jumătate de oră deja. Voi ajunge acolo înainte de miezul nopții. Este bine așa?

-Da, perfect. Doar anunță-mă înainte să intri cu mașina în curte. Am instalat câteva capcane, îi explică Adam.

-Nimic altceva decât ce aș fi așteptat de la tine, observă Nick.

-În regulă, nu mă voi duce la culcare și o să te aștept, spuse Adam și închise telefonul.

Diane se uită la el, iar ochii ei mari îi reflectau nedumerirea.

-Nu ești foarte politicos, remarcă ea.

Adam se mulțumi să ridice din umeri și se ridică în picioare. Își flexă mușchii de la umeri cu o mișcare ce părea să-i fie bine impregnată în caracter.

Diane nu se putu opri să nu îi admire condiția fizică.

-Faci exerciții, observă ea, iar apoi se înroși puternic când și-a dat seama că a vorbit cu voce tare.

Adam doar îi zâmbi și dădu din cap.

-Da, la început din cauza ocupației mele, iar acum mi-a intrat în obicei. Îți plac rezultatele, nu-i așa? îi făcu el cu ochiul.

Diane îl șocă atunci când dădu din cap că da. El se așteptase ca ea să găsească altceva de spus.

-Putem să-i dăm lui Nick al treilea dormitor, remarcă ea pentru a schimba subiectul. Ce facem cu Ryan și Kate?

-Le voi da camera mea și eu voi dormi pe sofa, îi replică el, arătând cu degetul mare spre living.

-Pot eu să dorm pe sofa. Sunt mai mică și încap mai bine decât tine acolo.

-Nu, spuse Adam.

Diane mai așteptă o secundă să vadă ce va mai spune, dar el nu mai adăugă nimic.

-Doar nu?

-Da, doar nu. Ah, vrei explicații, din câte văd, spuse el resemnat și își trecu degetele prin păr. Bine atunci. Nu te pot lăsa aici jos singură. Ai fi prima în linia focului în acel caz. Și oricum, unul dintre noi trebuie să stea de gardă, iar eu pot fi acela, preciză el.

-Dar nu te vei putea odihni, observă Diane și apoi luă cele două căni să le ducă la chiuvetă.

Adam doar dădu din umeri din nou și părăsi bucătăria să mai verifice ferestrele o dată. Diane își scutură capul în urma lui și decise să spele vasele.

CAPITOLUL 12

NICK AJUNSE CU O JUMĂTATE de oră înainte de miezul nopţii. Adam i-a dat indicaţii cum să treacă prin capcanele pe care le instalase, iar Nick a reuşit să treacă prin ele fără să fie atins.

Aflată în spatele lui Adam, Diane îi privi pe bărbaţi lovindu-şi pumnii, bătându-se unul pe celălalt pe umeri şi apoi îmbrăţişându-se bărbăteşte, fără să se jeneze.

Un zâmbet îi flutură pe buze când îşi dădu seama cât de puternică era legătura dintre ei doi.

Ochii lui Nick se opriră pe ea, iar Adam o luă de mână şi o trase lângă el.

-Diane, acesta este Nick. Nick – Diane, făcu el prezentările, dar nu-i dădu drumul la mână.

Nick observă şi rânji la el. Adam se simţi incomod, dar nu-i păsă prea mult. Prefera să se simtă incomod atunci decât să ajungă să o vadă pe Diane îndrăgostindu-se până peste cap de prietenul lui.

Nick arăta ca un urs, dar Adam ştia că femeile mereu l-au considerat foarte sexi. Nu dorea să testeze acea teorie cu Diane.

Nu-i plăcea gustul geloziei. *Nici măcar nu ştiu de ce aş fi gelos. Nu e ca şi cum Diane mi-ar aparţine.*

-Haide înăuntru, îl invită Diane. Adam îți va arăta camera ta, iar eu voi pregăti ceva de mâncare.

-Nu este nevoie să te obosești, făcu un gest cu mâna pentru a-i respinge oferta. Pot să mănânc niște biscuiți sau...

-Nu e nici un fel de deranj, îi zâmbi ea.

-Cum se face că mie nu îmi zâmbești niciodată astfel? Adam o întrebă fără să se gândească înainte.

Ar trebui să-mi cos gura, la naiba, refectă el. Simțea o dorință imensă de a-și trage una peste cap.

Nick izbucni în râs, iar Diane se înroși.

-Ce vrei să spui? îl întrebă ea.

-Nu contează, spuse el și trecu în grabă pe lângă ea.

-Cred că contează, replică ea și îl apucă de braț.

Adam îi privi mâna mică așezată pe brațul lui, iar apoi se uită în ochii ei. Diane chiar părea îngrijorată.

-Cu plăcere. Fără nici un fel de griji... Nu știu. Dar știu că mie niciodată nu mi-ai zâmbit astfel, răspunse el, fără să facă nici un efort să-și tragă brațul din mâna ei.

-Probabil pentru că tu te iei de mine tot timpul, replică Diane. Da, cred că asta este. Mă enervezi atât de rău tot timpul și de aceea nu îți pot zâmbi astfel, dădu ea din cap.

-Păi, acum am și motive, nu-i așa? Imaginează-ți, spuse el întorcându-se ușor spre Nick, îi spun că se află în pericol și că nu trebuie să stea la vedere până ce mă întorc și ce face ea? Se duce să verifice ușa de la hambar. Era deschisă, vezi bine, iar ea trebuia să o închidă.

-Ești răutăcios, îl plesni ea peste braț.

-Rău? Auzi, eu sunt ăla rău, ai auzit? îl întrebă el pe Nick.

-Cred că e mult mai mult decât atât, interveni Nick în discuție. Adam nu ar fi atât de furios dacă ar fi fost numai amărâta aia de ușă de la hambar deschisă, îi spuse el lui Diane.

Diane se înroși violent, iar buzele lui Adam tresăriră din cauza amuzamentului.

-Evident că este mai mult decât atât. A fost lovită cu ceva în cap, legată bine și încuiată în hambar. Apoi au dat foc la hambar și dacă nu aș fi venit înapoi când am venit, ar fi fost făcută grătar, remarcă Adam fără pic de sensibilitate. Vezi rezultatele pe fața ei. I-a luat foc și părul...

-Ești un porc, știi asta, strigă Diane și îi apărură lacrimi în ochi.

O luă la goană pe lângă ei să ajungă în bucătărie și își șterse lacrimile discret. Adam îi observă gestul și oftă.

-Femeile sunt atât de dificile, Nick, observă el.

-În special când îți pasă de ele, replică Nick pe un ton liniștit.

-La ce naiba te referi? îl întrebă Adam pe o voce certăreață.

-Haide, amice, este doar evident. Ești înnebunit după ea, iar ea este înnebunită după tine. Și cu toate acestea, amândoi faceți tot posibilul să vă răniți unul pe celălalt și să îl țineți pe celălalt la distanță, îi replică Nick iar vocea lui sună obosită.

-Cred că ești prea obosit să gândești așa cum trebuie, spuse Adam. Hai să-ți arăt dormitorul tău și apoi poți veni la bucătărie, mănânci ceva și apoi te culci.

Adam o luă înaintea lui Nick și își scutură capul.

Oh Doamne, Nick a luat-o razna. Auzi la el! Sunt nebun după femeia aia încăpățânată. Iar ea este nebună după mine.

Brusc, Adam se opri şi îşi aplec capul uşor pe o parte. *Acum asta-i o chestie interesantă. Atât de multe posibilităţi.*

Scutură din cap să şi-l limpezească, iar apoi se întoarse spre Nick.

-Ai avut o călătorie bună?

Nick izbucni în râs şi râse din toată inima, ba chiar se îndoi şi îşi apăsă o mână pe mijloc.

Adam mereu a fost dus cu pluta, reflectă el.

NICK DEJA SE DUSESE la culcare. Adam făcuse un duş mai întâi în baia pe care urma să o împartă cu Nick, iar acum stătea întins pe sofa, cu capul pe mâinile încrucişate. Picioarele îi atârnau de pe sofa. Nu era foarte comfortabil, dar dormise el în condiţii mult mai proaste în trecut şi nu îi păsa.

Diane apăru în pragul uşii, iar luna îi lumină figura suplă.

-Eşti bine acolo? îl întrebă ea pe un ton liniştit.

El dădu din umeri, dar apoi îşi dădu seama că ea nu îl putea vedea la fel de bine cum o vedea el pe ea şi răspunse:

-Presupun.

Ea se codi, jucând de pe un picior pe altul. Nesiguranţa îi era înscrisă pe chip, iar Adam zâmbi.

Brusc, fără să judece, el spuse:

-Nick spune că mă placi. Aşa este? Mă placi?

Ea îngheţă efectiv, iar roşeaţa i se întinse pe faţă şi îi atinse şi vârfurile urechilor.

-Eu... eu... nu... ştiu, se bâlbâi ea, iar zâmbetul lui se lărgi.

-Înțeleg, replică el. A mai spus că și eu te plac pe tine, remarcă el, iar ea clipi.

După câteva secunde de tăcere, ea îl întrebă abia audibil:

-Și mă placi?

El se uită fix la ea câteva momente, iar apoi dădu din umeri:

-Presupun.

Diane se strânse în brațe și își coborî capul. El nu îi putea vedea chipul și nu-i plăcu acel lucru.

-Vrei să te culci cu mine? o întrebă Adam, iar capul Dianei sări în sus din cauza șocului.

-Poftim? Eu nu... eu nu obișnuiesc să sar în pat cu un bărbat imediat, reuși ea să spună.

-Nu ți-am cerut așa ceva. Vorbeam despre dormit. Știu că nu ești genul acela de femeie, o certă el.

-Doar dormit? îi ceru ea să confirme încă o dată.

Adam își dădu ochii peste cap și spuse:

-Da.

Diane păru a reflecta la propunerea lui. Adam așteptă răbdător, dar după câteva minute, își pierdu răbdarea și spuse pe un ton dur:

-Uită că te-am întrebat.

-Nu, îi răspunse ea, mă gândeam numai că am fi mai comfortabili în dormitorul meu sus. Tu nu ai loc pe sofa singur. Dacă mai vin și eu...

Adam se ridică imediat cu o mișcare fluidă. Își adună pistolul și telefonul mobil de pe măsuța de cafea și se apropie de ea.

-Ia-o înainte, spuse el, și își trecu degetele printre ale ei.

CAPITOLUL 13

DE-A LUNGUL ÎNTREGII dimineți, Nick și Adam au verificat zona din jurul fermei cu rândul. Unul dintre ei mereu rămânea cu Diane, deși ea îi promisese lui Adam să nu iasă din casă dacă ei nu se aflau acolo. Adam nu a spus dacă o credea sau nu, dar nici nu o lăsa singură în casă.

Nick știa unde și-a petrecut Adam noaptea. Îi auzise pe cei doi urcând scările în noaptea precedentă și îl văzuse pe Adam ieșind din camera Dianei de dimineață.

Cu toate acestea, nu a pus nici un fel de întrebări personale. Nick era o persoană care își prețuia viața privată și, de aceea, respecta și viața personală a celorlalți.

În jurul orei unu, cei trei au împărțit un prânz copios. Adam a insistat să pună niște fripturi pe grătar, iar Diane a cedat.

A pregătit totuși niște salată, pe care Adam a mâncat-o mormăind. Lui Nick i-a plăcut și a tot lăudat-o pe Diane pentru talentele sale la gătit, până ce Adam și-a dat ochii peste cap și a spus:

-Las-o baltă, Nick. E de ajuns.

Bărbații i-au povestit Dianei unele întâmplări din trecutul lor. Desigur, nu au intrat în detalii sângeroase, și au vorbit numai despre momentele amuzante pe care le-au petrecut împreună.

Diane și-a dat seama că editau pvestirile pentru a se potrivi cu ce credeau ei despre ea. Nu că o deranja. De fapt, prefera să nu cunoască anumite amănunte.

În timp ce mâncau, Ryan a trimis un mesaj să-i anunțe că ajungeau acolo în după-masa aceea. Adam i-a citit mesajul și a surâs.

-Ce este așa de amuzant? a vrut Nick să știe.

-Eram sigur că Kate nu va rămâne acasă. Ryan e ca plastelina în mâinile ei.

-Nu fi chiar așa de sigur, își scutură Nick capul. Când vine vorba de siguranța ei, nu mai este el plastelină în mâinile ei, replică Nick. E imposibil să nu îți amintești ce s-a întâmplat înainte de nunta lor, îi aminti el lui Adam de aventura pe care au avut-o împreună.

-Ce s-a întâmplat? întrebă Diane, curiozitatea fiindu-i ațâțată.

Adam se strâmbă, iar Diane presupuse că nu dorea să-i spună despre acea aventură și se întrebă de ce.

Nick zâmbi când remarcă încruntarea lui Adam. Se aplecă în față, luă o altă felie de pâine și o rupse în două. Apoi, spuse:

-Îți voi spune eu ce s-a întâmplat.

-Hai, mă, protestă Adam, dar Nick își flutură mâna să-l facă să tacă.

-Deșteptul ăsta de-aici, a fost atras într-o capcană, începu Nick, arătând cu degetul spre Adam. A acceptat o altă misiune după ce cu toții am decis să ne retragem definitiv, spuse Nick cu reproș, fixându-l cu privirea pe Adam, care se mulțumi să ridice din umeri. Când am ajuns la el, deja se ascundea de ceva vreme. Problema a fost că indivizii ăia așteptau ca să ajungem noi acolo. Voiau să ne ambuscheze pe toți și să ne termine. Adam a fost împușcat, continuă Nick sub ochii măriți ai Dianei. De trei ori, dacă îmi aduc aminte bine, spuse el, întorcându-se spre Adam pentru confirmare.

-Mai contează? mârâi Adam.

-A fost rău? întrebă Diane abia audibil.

Când Nick îi confirmă temerile dând din cap, durerea o lovi drept în suflet. Fără să-și dea seama de gestul ei, începu să-i mângâie brațul lui Adam.

Poate că nu e chiar așa de rău dacă Nick îi spune ce s-a întâmplat. Oh, la naiba, chiar atât de patetic am ajuns? reflectă Adam.

După aceea, își scutură capul și mișcarea atrase ochii întrebători ai Dianei. El ridică din umeri, ca de obicei, ca s-i arate că nu era nimic important.

-Ce s-a întâmplat după aceea? își îndreptă Diane atenția din nou către Nick.

Cu toate acestea, degetele ei nu se opriră, ci continuară să-i mângâie brațul lui Adam. El nu simți nevoia să-i atragă atenția asupra gestului ei, ba chiar decise că îi plăcea să-i simtă degetele pe piele.

-A trebuit să stăm ascunși vreo câteva săptămâni... de fapt, au fost chiar câteva luni... Adam fusese rănit rău de tot, iar pentru o vreme, nu am știut dacă va trăi sau va muri, își aminti Nick cu o privire posomorâtă.

Degetele Dianei tremurară pe pielea lui Adam, iar el i le acoperi cu ale lui. Îi strânse degetele pentru a o asigura că totul era bine, iar apoi îi trase mâna spre el. După ce puse un sărut ușor pe încheietura degetelor ei, îi prinse mâna mică între cele două palme ale lui mari.

Nick pretinse că nu observa nimic și continuă cu povestirea.

-Ryan a intrat în legătură cu Kate pe Internet. Aveam nevoie de bani din moment ce nu puteam să ne folosim cardurile și...

Diane sări de pe scaun și îl întrerupse:

-Vrei să spui că Ryan o voia pe Kate ca să ajungă la banii ei?

Ochii i se măriseră ca urmare a surprizei neplăcute.

-Nu a fost așa, pentru Dumnezeu, interveni Adam și o trase înapoi jos pe scaun. Ryan deja decisese să caute o femeie cu ajutorul Internetului pentru o relație serioasă cu ea. Și nu i-am luat banii, iar apoi am fugit cu ei. Evident că intenționam să-i dăm banii înapoi, Diane. Nu suntem genul ăla de oameni, protestă el, iar chipul i se întunecă.

O fulgeră cu ochii, găsindu-i reacția foarte neplăcută.

-La început Kate a reacționat exact ca tine, Diane, interveni Nick, clătinându-și capul. Cu toate acestea, tot și-a făcut partea. I-a adus banii lui Ryan și, de fapt, astfel ne-a salvat pe toți. Amândoi s-au îndrăgostit unul de celălalt ca nebunii, și în numai câteva ore, zâmbi el cu căldură.

-Mda, zise Adam. Nici măcar nu ajunsesem la avion și el o ceruse deja de soție, își scutură el capul ca și cum tot nu ar fi putut înțelege comportamentul lui Ryan.

Nick îl împunse cu pumnul.

-Hai, mă, că a fost cea mai bună decizie pe care a făcut-o Ryan vreodată. Au o căsătorie bună, spun eu, chiar dacă a trecut doar puțin mai mult de un an.

-Da, a fost, zâmbi Adam. Nu se plictisesc niciodată și dragostea lor s-a pornit la fel de repede ca o petardă, râse el.

-Mă întreb cum de pot ajunge aici atât de repede, se minună Diane. Am avut impresia că Ryan a spus că locuiesc în Montreal.

-Da, locuiesc în Montreal. Acolo e magazinul lui Kate, iar Ryan și-a deschis o afacere în zonă, spuse Adam.

-A fost o mișcare înțeleaptă, interveni Nick. El oricum nu avea nimic aranjat în altă parte, iar Kate deja își clădise o afacere acolo.

-Nici nu am spus altfel, remarcă Adam, ridicând o sprânceană.

-Nu am spus că ai zis, replică Nick pe un ton calm. Dar da, Diane are dreptate aici. Cum se face că pot fi aici atât de repede?

-A spus că detaliile vor urma, ridică Adam din umeri. De unde vrei să știu eu?

-Deci care este planul pentru după-masa aceasta? întrebă Diane pentru a le întrerupe ciondăneala.

-O verificare de rutină a perimetrului la fiecare două ore, presupun, se aventură Nick să spună.

Adam dădu din cap.

-Exact. Îl iau eu pe primul în aproximativ o oră, iar tu îl iei pe următorul, okay?

Nick îi acceptă planul, iar apoi își terminară prânzul în tăcere. Realitatea mereu găsea o cale de-a se face simțită când nu trebuia.

Bărbații o ajutară pe Diane să curețe masa și se oferiră să spele vasele, ceea ce ea acceptă cu dragă inimă. Se simți oarecum vinovată știind că și ei aveau munca lor, dar sentimentul de vină nu dură prea mult. De fapt, nu dură nici măcar o secundă. Nu îi prea plăcea să spele vasele.

Îi lăsă la chiuvetă, unde Adam avea deja mâinile scufundate în apa cu săpun, și o porni spre hol.

-Hei, unde te duci? se întoarse el spre ea și o întrebă.

Diane se întoarse și ea și se uită cu înțeles la apa și spuma care curgeau pe podea. Lui Adam nu îi păsă defel. Cu o încruntare severă între sprâncene, continuă să-și îndrepte privirea intimidantă spre ea.

-Oh, Isuse, doar nu părăsesc casa, își aruncă ea mâinile în aer, frustrată din cauza neîncrederii lui. S-ar putea să stau pe verandă pentru puțină...

-De ce?

-Să desenez, deșteptule, replică ea. Am o expoziție curând și nu am făcut prea multe.

-Ah, în regulă. Să stai unde pot ajunge la tine rapid, îi ordonă el și se întoarse la vase.

Adam putea să-i audă rotițele din creier învârtindu-se și îi simțea frustrarea înverșunată. Cu un rânjet pe buze, continuă să spele vasele meticulos.

Diane ieși din bucătărie cu pași apăsați, iar Nick își scutură capul.

-Îţi place să o aţâţi, Adam.

-Şi ce dacă? ridică el din umeri.

-S-ar putea să o pierzi dacă continui pe drumul ăsta, îi replică Nick cu înţelepciune.

Adam se întoarse spre el încet. Ochii lui erau plini de uimire.

-Despre ce naiba vorbeşti?

-Hai, amice, sunt eu, Nick. Nu trebuie să joci jocuri cu mine. Este clar ca şi cristalul că voi doi aveţi o chestie fierbinte unul pentru altul.

-Şi ce dacă? întrebă Adam defensiv. O să treacă, o să vezi, afirmă el cu nonşalanţă.

-Încerci atât de tare să nu-ţi pese că eşti de râsul lumii, îşi scutură Nick capul.

-Las-o baltă, mârâi Adam.

-Dacă spui tu, Nick răspunse şi se apucă să şteargă farfuriile.

CAPITOLUL 14

LA PATRU DUPĂ MASA, maşina lui Kate şi Ryan intră în curtea fermei. Ryan conducea încet, urmând directivele lui Adam. Capcanele se găseau încă în funcţiune şi el unul ar fi preferat să ajungă la casa fermei într-o singură bucată.

Ryan nici măcar nu apucă să oprească motorul că deja Kate ieşi din maşină şi trânti portiera în urma ei. Cu paşi apăsaţi o porni spre scări unde Diane, Adam şi Nick aşteptau.

Sprâncenele lui Adam i se ridicară pe frunte, iar Nick îi aruncă o privire întunecată.

Ryan o urmă cu paşi mari şi o ajunse din urmă înainte ca ea să ajungă la scări. Încercă să o prindă de braţ, dar ea se trase la o parte cu iritare.

-Necazuri în paradis? întrebă Adam, iar Ryan îşi arătă dinţii.

Nick îl lovi pe Adam cu cotul pentru a-l atenţiona să-şi ţină gura închisă. Adam avea rarul talent de a-l scoate complet din ţâţâni pe Ryan, mai ales când venea vorba de Kate.

-M-a minţit, acuză Ryan, arătând cu degetul spre Kate, iar gura i se strânse într-o linie dură.

Ea se întoarse rapid spre el şi îşi împinse ochelarii de soare spre vârful capului ca să fie sigură că el îi va vedea dispreţul din ochi.

-Nu te-am minţit, Ryan. Pur şi simplu nu ţi-am spus înainte de a pleca de acasă. Este o diferenţă, replică Kate.

-Asta înseamnă a minţi, Kate. Verifică dicţionarul, i-o întoarse el.

-Ai un dicţionar? se întoarse Kate iritată spre Diane. Vreau să-i dovedesc babuinului ăsta că am dreptate.

Timp de o clipă, Diane păru un cerb prins în farurile unei maşini care circula la viteză maximă pe autostradă. Privi spre Adam şi apoi spre Nick, dar ei nu-i oferiră nici un fel de sugestie. Pur şi simplu zâmbiră.

După aceea, se întoarse înapoi spre Kate şi spuse ezitant:

-Cred că este un dicţionar în birou, arătă ea spre casă. Dacă vrei, mă duc să verific, propuse ea, nesigură de ce ar fi trebuit să facă.

Adam rânji. Confuzia Dianei i se arăta pe chip şi îl amuza.

E atât de al naibii de dulce, reflectă el şi, timp de un moment, uită de toate ezitările pe care le avusese mai devreme. O trase lângă el, strângând-o cu un braţ în jurul taliei.

Diane îşi întoarse ochii măriţi spre el şi îşi muşcă buza inferioară. I se păruse ei că bărbatul o plăcea într-un fel, dar Adam avea mereu grijă să se ţină la o oarecare distanţă. Noaptea trecută, când el a decis să doarmă lângă ea în patul ei, i se păruse o aberaţie.

Adam o strânse uşor.

-Cred că mai întâi ar trebui să aflăm care este subiectul de discuție, îi spuse el și îi zâmbi.

-Vă spun eu despre ce e vorba, spuse Ryan furios. Este însărcinată, continuă el pe un ton acuzator, îndreptând un deget spre Kate.

Kate se mulțumi să ridice din umeri și păstră o înfățișare indiferentă. Ceilalți priviră de la Kate la Ryan, neînțelegând care era de fapt problema.

Nick își reveni primul și, după ce tuși discret, întrebă:

-Și asta este o prblemă pentru că...

-Am crezut că vrei copii, sări și Adam. Doar tot dădeai din gură despre vârsta ta și faptul că vrei copii acum când încă mai poți ține pasul cu ei... Pur și simplu ni se făcea rău să te tot auzim. Așa că nu văd care este problema acum.

-Problema este că nu mi-a spus că este însărcinată decât când eram la jumătatea drumului încoace, urlă Ryan.

La fel de rece precum un castravete, Kate îl contrazise:

-De fapt ți-am spus numai după ce am închiriat mașina.

-Exact, strigă Ryan la ea.

-Asta nu înseamnă jumătatea drmului, Ryan, îi explică ea cu răbdare, iar Ryan explodă.

-Ahhh.

Își puse mâinile pe șolduri și se întoarse. Făcu câțiva pași înapoi în curte, iar apoi se întoarse.

-Problema este că am venit aici să îl ajutăm pe Adam cu situația aceasta, încercă Ryan să raționeze cu ea.

-Și? întrebă Kate, ridicându-și sprâncenele. Nu văd de ce ar fi asta o problemă, repetă Kate cuvintele lui Adam de mai devreme.

-Ești însărcinată, femeie, reiteră Ryan ceea ce lui i se părea extrem de evident.

-Și de ce te-ar deranja acest lucru? ceru ea mai multe explicații.

-Nu pot să te știu în mijlocul unei situații când ești însărcinată. Ce-i atât de dificil de priceput? își aruncă el mâinile în aer.

-Nu văd de ce o chestie ar exclude-o pe cealaltă, ridică ea din umeri. Oricum, suntem aici și ar trebui să ne descurcăm cât putem de bine în această situație, încercă ea să încheie discuția pe un ton de gheață.

-Da, suntem aici din cauza ta. Pentru că m-ai mințit, zbieră Ryan din nou.

Kate doar își dădu ochii peste cap și îi întinse mâna Dianei.

-Apropo, eu sunt Kate. Cel care urlă de parcă și-a pierdut toate doagele este *drăgălașul* meu soț, Ryan. Sper că nu te deranjăm, spuse ea, strângând mâna Dianei.

-Nu... nu... se bâlbâi Diane. Vreau să spun că sunt fericită că ați ajuns aici. Ai vrea să te împrospătezi puțin? Te-aș putea conduce la camera voastră, se oferi ea.

-Asta ar fi fantastic. Chiar am nevoie de așa ceva după o călătorie în mașină cu masculul ăla arogant și urlător, aruncă ea peste umăr ca să o audă Ryan, iar apoi aproape că o trase pe Diane în casă.

Adam rânji, iar Nick îl bătu pe Ryan pe umăr.

-Totul va fi bine, îi spuse el. Nu vom permite să i se întâmple nimic, prietene, îl asigură el pe Ryan.

Ryan aprobă cu o mișcare a capului și îi îmbrățișă pe amândoi.

-Hai să discutăm despre problema de care trebuie să ne ocupăm.

Adam și Nick aprobară la unison și îl conduseră spre bucătărie. Camera devenise centrul operațional pentru că Adam observase că lui Diane îi plăcea cel mai mult să stea acolo.

Urmându-i pe Nick și Ryan în casă, Adam se gândi la Kate și Diane. Aparența lor fizică ar fi confuzionat pe oricine. Diane părea și aprigă, dar și calmă în același timp, în timp ce Kate părea calmă și cu o inimă caldă. Și cu toate acestea, Kate putea să se înfigă în cineva fără probleme, folosind întotdeauna acea voce rece și controlată a ei.

Lui Adam îi plăcea Kate, dar o prefera pe Diane. Era mult mai deschisă. Nu ascundea ceea ce simțea și nici nu dădea înapoi într-o confruntare cu el. Putea să îi țină piept foarte bine.

Oh, da, efectiv îmi place cum arată și îmi plac reacțiile ei. Iubesc... Oh, Doamne, înghețâ Adam. Își trecu degetele prin păr și încercă să se obișnuiască cu ideea care tocmai îi trecuse prin cap.

-Vii amice? întrebă Ryan.

Adam nu-l auzi. Rămăsese pe loc, meditând la revelația pe care tocmai o avusese.

-Cum cad cei puternici, îi șopti Nick lui Ryan. Cred că tocmai și-a dat seama că a fost prins complet și fără scăpare, rânji el. Hai să-l lăsăm singur un moment. Mai târziu vom avea tot timpul din lume să îi amintim de ce a spus la nunta ta, râse el.

CAPITOLUL 15

-DOMNUL MONROE ŞI OAMENII săi sunt aici, Domnul Phelps, spuse Vera, menajera, oprindu-se în pragul uşii.

-Foarte bine, Vera, adu-i aici, iar apoi ai restul zilei liber. Munceşti din greu şi o meriţi, o complimentă el. I-am spus lui Jim să te ducă cu maşina la Florence. Poţi merge la cumpărături şi să te relaxezi un pic, adăugă el şi, aplecându-se în faţă, îi întinse un plic cu câteva bancnote.

Vera luă plicul, iar plăcerea îi coloră obrajii. Îşi murmură mulţumirile, nevenindu-i să creadă că avea asemenea noroc.

-Nu am nevoie de tine până mâine în jur de zece, aşa că nu este nevoie să te grăbeşti să te întorci. Iar Jim îţi va ţine companie, îi mai spuse Phelps, ridicându-se în picioare în spatele biroului său.

Ştia că era ceva între menajera lui, o femeie de vârstă medie, şi şoferul lui. Aveau un fel de relaţie. Avea mereu grijă să ştie totul despre oamenii pe care îi angaja. Nu se ştia niciodată când o anumită informaţie ar fi fost folositoare. Ca acum.

-Te rog, înainte să pleci, spune-i lui Duffy că am nevoie de el şi de echipa lui în biroul meu peste vreo zece minute.

-Da, domnule, mulţumesc, domnule, replică Vera fericită, iar fericirea îi îngroşă accentul.

Plecă în grabă, aproape ţopăind în jos pe hol. Phelps privi după ea cu îngăduinţă.

Înconjură biroul şi se duse să-şi toarne un bourbon din barul ascuns în spatele unor cărţi juridice.

Lui Phelps îi surâdeau astfel de oximorone. Când avea în jur de douăzeci de ani, îşi păstra cutia cu prezervative într-o cutie care avea un bebeluş dolofan pictat pe capac.

Se auzi un ciocănit la uşă. La invitaţia lui Phelps, Monroe intră în birou urmat de cei doi asociaţi ai săi, Webb şi Donald.

Phelps nu se obosi să-şi arunce privirea la nici unul dintre ei şi se aşeză într-un fotoliu situat lângă canapeaua maronie, plasată în zona din biroul său amenajată pentru discuţii.

Sorbi leneş din bourbonul său şi numai când a decis că i-a lăsat să fiarbă suficient, şi-a aruncat privirea la cei trei bărbaţi.

Păreau să nu se simtă în largul lor şi vădeau semne de nesiguranţă, iar aceea fusese de fapt intenţia lui Phelps de la început.

Un zâmbet urât îi apăru pe buze, şi întrebă:

-Deci cum mai merge micuţa noastră afacere, Monroe?

-Încă facem planuri, domnule, spuse el frecându-şi mâinile.

Phelps îl făcea să se simtă nelalocul lui de fiecare dată când se întâlneau.

-Chiar aşa? întrebă Phelps cu o voce dură. Şi ce fel de planuri faci?

-Cum să ajungem la femeie. Este o treabă de fineţe, domnule. Trebuie să aruncăm vina pe tipul care locuieşte cu ea, specifică Monroe.

-Şi cam cum crezi că vei face asta?

-Încă ne gândim la scenarii posibile, domnule, spuse Monroe, iar ceilalţi doi îl aprobară dând din cap.

-Ei bine, s-a terminat cu gânditul, replică Phelps pe acelaşi ton dur. Alte trei persoane s-au mutat la fermă deja. Fereastra ta de oportunitate s-a închis, Monroe, spuse el ridicându-se în picioare şi semnalând cu mâna la cineva aflat în spatele celor trei. Şi timpul tău s-a încheiat de asemenea, mai spuse el pe un ton plat.

Monroe înregistră pericolul, dar era deja mult prea târziu. Cineva îl înhăţă braţele din spate şi îi înconjură încheieturile de la mâini cu o frânghie. El încercă să se lupte, dar bărbatul care îl ţinea de braţe era mai mare şi mai puternic.

Cei doi însoţitori ai săi începură să ţipe şi să se explice. Într-un final, toţi trei au început să implore clemenţă, dar fără a avea succes.

Phelps le făcu semn oamenilor să-i scoată afară.

-Duff, se adresă el celui aflat la conducere, vreau să te descotoroseşti de ei în asemenea fel încât nimeni să nu le poată găsi urma aici la fermă sau să facă legătura cu mine.

-Mă gândeam eu, spuse Duff pe un ton leneş.

Îşi scărpină capul câteva secunde, mestecându-şi tutunul în continuare. Ochii lui alergau peste tot, dar îl ocoleau pe Phelps.

-Cea mai bună cale este să-i zburăm deasupra Stâncoșilor și să-i aruncăm din avion pe undeva pe-acolo. Nu cred că poate careva să găsească vreo urmă pe un corp care s-a prăbușit de la 5.000 de picioare. Ha? Ce părere ai? întrebă el și scuipă pe podea.

Phelps îl disprețuia pe Duff, dar știa că va duce treaba la bun sfârșit. Cu o mișcare scurtă din cap confirmă că este de acord cu planul lui, iar cei trei foști angajați ai săi au fost scoși din casă.

-Vreau să trecem în revistă planul tău legat de femeie mâine dimineață, spuse el, iar Duff întoarse capul spre el, să-i dea de înțeles că i-a auzit cererea. Să fii aici la opt dimineața, ordonă Phelps.

Phelps continuă să audă strigătele foștilor săi angajați până în momentul în care aceștia au fost legați și îndesați într-un portbagaj. Se felicită că s-a gândit să le dea după-masa și seara liberă celor doi angajați care locuiau în casa fermei.

Se așteptase ca cei trei să se plângă și să implore. Într-un fel, i-au făcut ziua.

CAPITOLUL 16

DISCUTASERĂ PERIMETRUL şi posibilele căi de atac în seara precedentă. Adam şi Nick îi arătaseră deja zona înconjurătoare lui Ryan.

Acum pur şi simplu patrulau zona din când în când. Uneori îşi făceau rondurile după patruzeci şi cinci de minute, alteori după o oră. Nu doreau să devină predictibili. Predictibilitatea conducea întotdeauna la eşec.

Cum Kate se găsea în casă cu Diane, Adam nu se mai îngrijora aşa de tare că ar pleca pe undeva de capul ei. Ştia că Kate nu i-o va permite şi Diane nu dorea să o supere pe Kate.

Adam rânji. Kate ştia să îşi exploateze sarcina la maximum. Deja Ryan îi mânca din mâna ei micuţă. Nimic nu părea să fie sub demnitatea ei.

Când i se făcuse rău de dimineaţă, Ryan a trecut prin infern.

Ca şi cum el ar fi avut greţuri de dimineaţă, reflectă Adam şi îşi scutură capul.

Faţa lui Ryan a fost verde mai mult de jumătate de oră.

De asemenea, Kate o convinsese pe Diane să nu o lase singură explicându-i că avea nevoie de companie constantă pentru că avea perioade de ameţeală şi nu dorea să-şi pună bebeluşul în pericol dacă ar fi căzut.

Adam nu o credea deloc. Era clar că Kate a fost în stare bună de sănătate pentru că altfel nu l-ar fi convins pe Ryan să o ia cu el. Era imposibil ca brusc să fi început să aibă ameţeli.

Dar cu toate acestea, nu a simţit nevoia să atragă atenţia asupra acelui lucru. Kate o ţinea pe Diane alături de ea şi asta conta, în fond, pentru el.

Adam îşi patrulă partea lui de pădure şi chiar dacă era atent la absolut tot ce se întâmpla în jur, gândurile lui se întorceau mereu la Diane.

Avusese un şoc cu o zi înainte când sentimentele lui faţă de Diane au ieşit la suprafaţă din senin. Îşi dăduse seama ce însemna Diane pentru el şi acel lucru îl speria înfiorător.

Adam nu avusese niciodată o relaţie înainte. Chiar şi ca adolescent, evitase orice fel de complicaţii, iar pentru el, o relaţie însemna o complicaţie majoră.

Se întâlnise cu nenumărate femei, dar niciodată nu se întâlnise cu aceeaşi femeie mai mult de trei sau patru ori. De asemenea, se complăcuse în destul de multe relaţii de o noapte. Întotdeauna folosise protecţie, aşa că nu i s-a părut că ar fi avut de ce să-şi facă griji.

Fratele lui, James, îl etichetase ca fiind un bărbat egoist. Adam se posomorî amintindu-şi de ultima lor conversaţie. Îşi spuseseră cuvinte grele, dar chiar şi atunci, Adam era conştient că fratele său avea dreptate.

James a încercat să lege punţile între ei în scrisoarea pe care o lăsase pentru Adam împreună cu testamentul lui. Sperase că Adam nu va trebui niciodată să o citească şi că el va fi capabil să-i spună totul prin viu grai, faţă în faţă, dar soarta a decretat altfel.

James l-a sfătuit pe Adam să nu se teamă să-şi facă o viaţă pentru el însuşi. Ştia că percepţia incorectă a părinţilor lor despre Adam îl făcuse pe acesta să se îndoiască de abilitatea lui de a se gândi la altcineva decât la el însuşi şi să-şi asume responsabilităţi.

Lui Adam nu-i plăcuseră niciodată sarcinile ce îi erau desemnate la fermă şi avusese mare grijă să nu fie racolat în nici unul din proiectele pe care părinţii lor le plănuiau pentru fermă.

El visa să vadă lumea. Dorea să-şi lărgească orizontul dincolo de ce putea să-i ofere acea fermă mică şi prăfuită.

Când Adam s-a înrolat în armată, evident că l-au certat. Nu puteau înţelege de ce ar renunţa el la munca de la fermă. I-au spus că se comporta ca un puşti răsfăţat care refuza să se maturizeze.

De aceea, James era convins că refuzul lui Adam de intra într-o relaţie strânsă cu o femeie, dincolo de faptul că-i vizita patul o dată sau de două ori, era de fapt consecinţa cuvintelor părinţilor lor şi faptului că l-au tot învinuit pentru multe lucruri de-a lungul vieţii.

Scrisese toate acelea în scrisoarea sa finală şi îi ceruse lui Adam să înţeleagă că el putea fi în fapt ceea ce îşi dorea el să fie. Trebuia numai să lase trecutul în urmă, acolo unde îi era locul, şi să-şi construiască un viitor pentru el însuşi.

Adam nu se gândea la scrisoarea lui James foarte des. Se gândea destul de des să-l răzbune pe el şi familia sa, dar nu reflecta la altceva.

Diane schimbase toate acele lucruri. Prezenţa ei îl făcea dornic să creadă că putea avea ceea ce James îl îndemnase să construiască.

Adam se opri din mers. Un zgomot vag din partea stângă îl avertiză că un intrus era în zonă. Nu știa dacă era un animal sau o persoană și decise să aștepte ca să vadă.

Se ascunse în spatele unui trunchi gros de copac, poziționându-și mâna dreaptă pe arma pe care o avea înfiptă la betelie.

O șoaptă ajunse la urechile lui.

-Pe-acolo, Tom.

Identificând astfel de unde venea amenințarea, Adam se ghemui jos, cu pistolul în mână, gata de atac. Nu a trebuit să aștepte mult timp. Brusc, se găsi în foc încrucișat din ambele părți.

Oh, nu, nu o să reușiți, se gândi el.

Așteptă ca o altă salvă de gloanțe să treacă pe lângă el pentru a determina cu acuratețe de unde venea primejdia. Apoi începu să tragă și el și avu satisfacția să audă un țipăt.

Unul e la pământ, mai sunt doi de terminat, reflectă el, când o altă salvă de gloanțe veni spre el din alt unghi.

Îi trebuiră trei încercări ca să scoată din funcțiune un alt atacant și începuse deja să se distreze. Dusese dorul adrenalinei care îi alerga prin vene în astfel de situații, o senzație pe care i-o ofereau operațiunile la care luase parte.

Brusc, pădurea deveni vie cu împușcături. Adam se încruntă. Nick și Ryan se aflau și ei sub atac.

Lucrurile nu stăteau prea bine. Femeile rămăseseră singure în casă, iar ei erau țintuiți acolo.

Ghicindu-le jocul, Adam urlă de furie. Sări în sus și de sub acoperirea trunchiului de copac începu să plouă cu gloanțe într-un cerc larg. Scoase și celălalt pistol pe care îl păstra la spate și trase cu amândouă în același timp.

Nu foarte înțelept în ceea ce privește conservarea muniției, dar imposibil să-i ratez, reflectă el.

Avea destule cutii cu muniție acasă, așa că nu prea conta. Adam goli ambele magazine rapid și reîncărcă pistoalele. Mai avu nevoie de jumătate din numărul de gloanțe de la fiecare pistol pentru a aduce liniștea în zonă. Nimeni nu mai trăgea în el.

Cu grijă, avansă spre locația atacatorilor. În primul trup peste care dădu, numără cinci gloanțe. Nu departe de acesta, găsi un al doilea bărbat. Fusese împușcat în cap și probabil un al doilea glonțe îi trecuse prin braț când se afla deja în cădere.

După ce mai căută prin jur, găsi un al treilea om, care încă respira. Bărbatul încercă să își ia arma și să îl împuște pe Adam, dar un glonțe îi trecuse prin podul palmei și nu mai reușea să-și curbeze degetele în jurul pistolului.

-Câți mai sunt? îl întrebă Adam pe un ton dur, după ce îi dădu un șut pistolului de lângă omul de pe pământ.

Îl apucă de pieptul cămășii și îl ridică în șezut. Bărbatul începu să respire din ce în ce mai greu. Sângele îi curgea în jos pe bărbie și adăugă noi pete pe cămașa albă.

-Câți? mârâi Adam din nou printre dinți.

-Destui, răspunse omul cu dificultate, iar apoi leșină.

Adam se ridică în picioare și îi trase un șut de supărare. Știa că omul nu va supraviețui, pentru că cel puțin unul dintre plămânii îi fusese perforat.

Brusc, Adam își dădu seama de tăcerea care se întindea în jur. Nu se mai auzeau nici un fel de împușcături dinspre pozițiile lui Ryan sau Nick. Cu o față posomorâtă, își scoase telefonul celular și apăsă pe tasta pe care programase numărul lui Ryan.

-Sunt bine, spuse Ryan înainte ca Adam să-l poată întreba ceva. Tocmai am vorbit cu Nick. Și el este în regulă.

-Trebuie să mergem înapoi la fermă, spuse Adam printre dinții încleștați. Femeile sunt singure. Mi-e teamă că am fost atrași într-o cursă, continuă Adam, iar apoi începu să se blesteme.

-Știu, replică Ryan. Calmează-te. Trebuie să ne păstrăm calmul acum. Ne întâlnim la fermă, mai spuse el și închise.

S-AU ÎNTÂLNIT ÎN CURTEA din față a fermei. Avansară spre casă cu chipurile întunecate din cauza îngrijorării. Ușa fusese spartă, iar inima lui Adam se opri o clipă și brusc o luă la fugă în sus pe scări.

Nick își scutură capul neplăcut surprins de acțiunea lui. Adam aruncase deoparte orice fel de precauție și doar știa mai bine de atât. O altă cursă îi putea aștepta înăuntru.

Atât Nick și Ryan și-au scos pistoalele. Nick îi semnală lui Ryan să se ducă spre spatele clădirii, iar Ryan aprobă cu o înclinare a capului.

Nick făcu numai câțiva pași când urletul lui Adam veni din interior și îi îngheță sângele în vene. Imediat după aceea, Adam îl strigă pe Ryan.

-Ryan, vino aici, acum.

Inima lui Ryan aproape se opri, dar bărbatul se forță să alerge în sus pe scări. Își simțea picioarele nesigure, de parcă ar fi fost făcute din spaghetti care au fost fierte prea mult timp.

Nick uită și el de precauții și îl urmă în casă. În fond, Adam era viu, deci nu era nici un fel de cursă.

Îl găsiră pe Adam aplecat deasupra lui Kate în living. Femeia zăcea pe covor, ghemuită ca o minge. Arăta mică, mai mică decât era.

Ryan se grăbi lângă ea și îi atinse fața, unde îi curgea sângele. Frica îi cuprinse tot corpul, iar degetele îi tremurară.

Ryan simțea că un pumn îi strângea inima. Sângele coagulat îi pătase părul lui Kate, iar unul din ochii ei deja se umflase.

O secundă după aceea, remarcă sângele de sub unghiile ei, iar umbra unui zâmbet îi tremură pe buze. Micuța lui pisicuță feroce luase un strat de piele de pe cineva.

-Este...? începu Nick să întrebe, dar nu reuși să termine întrebarea.

Ryan dădu din cap.

-Da, este în viață. Evident că va trebui să văd exact cât de rănită este, dar respiră, spuse el, privind pieptul lui Kate care se ridica și se lăsa în jos ritmic.

-Asta-i bine, aprobă Nick înclinând capul, iar ușurarea îi răsună în voce.

Se întoarse să-i vorbească lui Adam, dar Adam nu mai era acolo.

-Adam, unde naiba te-ai dus? strigă el.

O ușă trântită la etaj îi dădu răspunsul. Ryan și Adam priviră în sus spre tavan de parcă ar fi putut vedea prin el. O altă ușă se trânti într-un perete, iar apoi pașii lui Adam bubuiră în jos pe scări.

Alb la față și ciufulit, Adam apăru în ușă. Ochii îi ardeau de mânie.

-Au luat-o, anunţă el pe o voce sumbră.

Îşi împinse degetele tremurătoare prin păr şi închise ochii. Gura îi era strânsă şi întregul său corp era rigid. Eşuase în a-i oferi protecţie Dianei, iar vina îi măcina sufletul.

Brusc, Adam urlă şi lovi zidul cu pumnul, lăsând o gaură în urmă. Încheieturile degetelor începură să-i sângereze, dar el nici măcar nu remarcă.

-Mă duc după ea, decise el şi cu determinare o porni spre uşă.

Nick păşi în faţa lui şi Adam mârâi.

-Dă-te la o parte, Nick. Nu-mi pasă că eşti tu. Îmi voi planta pumnul în moaca ta.

-Nu e nevoie de asta, Adam. Vom merge cu toţii după Diane, spuse el şi îşi puse mâna pe umărul lui Adam.

Adam îi dădu mâna la o parte şi replică:

-Ea este responsabilitatea mea. Iar eu am dezamăgit-o. Trebuie să-mi răscumpăr greşeala.

-Cum ai dezamăgit-o? veni vocea slăbită a lui Kate din spatele lui.

Adam se întoarse spre ea, iar ochii i se luminară de încântare că femeia era din nou conştientă.

-Mă bucur că eşti în regulă, Kate, spuse el. Ryan va sta aici cu tine. Eu trebuie să merg şi să o recuperez pe Diane.

-Unde? îl întrebă Ryan, ajutând-o pe Kate să se ridice în şezut.

-Am suspiciunile mele. James, fratele meu, mi-a spus cine voia să-i ia pământul. James şi familia lui au sfârşit morţi din cauză că a refuzat să vândă. Presupun că acelaşi tip este şi după Diane, îi explică Adam.

-Un domn Phelps? întrebă Kate şi toţi ochii se întoarseră spre ea cu uimire.

-Unde ai auzit de el? întrebă Adam.

Ea dădu din umeri şi se ghemui mai bine în braţele lui Ryan. Când se simţi destul de comfortabil, continuă:

-Au crezut că eram deja inconştientă, aşa că nu le-a mai păsat de ce spuneau. Am rămas conştientă destul timp ca să aud ceva de genul *Domnul Phelps va fi satisfăcut acum că o va primi pe târfuliţa asta*. Îmi pare rău, Adam, dar asta au spus.

Adam îşi flutură mână să-i îndepărteze îngrijorarea pe care i-o auzise în voce. Nu-i păsa de ce spuseseră ticăloşii aia.

-Ce ştii despre acest individ? îl întrebă Nick pe Adam.

-Este foarte bogat. Foarte respectat şi temut. Înţeleg că are în buzunar şerifii din vreo cinci ţinuturi, le explică Adam, masându-şi gâtul.

Tensiunea îi înnodase muşchii şi trebuia să fie capabil să se mişte rapid.

-Asta înseamnă că este şi foarte bine protejat, observă Ryan.

Adam se mulţumi să dea din cap, iar apoi ridică din umeri.

-Nu are importanţă, Ryan. Voi ajunge la el, spuse Adam şi se întoarse să plece.

-Adam, îl strigă Kate înapoi. Le-am auzit gândurile. Trebuie să fii capabil să intri înăuntru şi să o iei. Dacă nu ai un plan serios şi mori încercând, atunci şi ea este moartă, îi spuse Kate pe un ton liniştit.

Nick nu crezuse că Adam ar fi putut deveni mai palid decât înainte, dar a observat că putea.

-Ce vrei să spui? întrebă el.

-Vor să o facă să semneze niște hârtii. Înțeleg că li s-a dat mână liberă în ceea ce privește metoda de convingere. Singurul lor scop este să o facă să semneze că le dă proprietatea fermei. Le-am citit mințile. O vor omorî oricum. Nu contează dacă semnează sau nu, îi explică Kate pe o voce tristă.

-În regulă, trebuie să ne planificăm strategia, spuse Ryan. O luă pe Kate în brațe și se îndreptă spre sofa. Se așeză pe sofa, ținându-și soția în poală cu grijă.

-De ce vrea omul ăsta ferma ei? îl întrebă el pe Adam.

-Pot doar să ghicesc, replică Adam. James mi-a scris că existau unele zvonuri. Phelps vrea să posede toată partea aceasta a Montanei. A făcut o grămadă de bani fiind nemilos. Aparent, organizează două tipuri de vânători pe terenurile lui, iar ambele sunt foarte scumpe dacă vrei să iei parte. Are clienți care vânează animale exotice și clienți care vânează oameni.

-Ce vrei să spui? întrebă Kate, iar chipul ei deveni atât de palid încât ieșea în evidență sângele care i-o pătase.

-Vânători de oameni reale. Eliberează unul din oamenii pe care îi țin prizonieri, de obicei imigranți ilegali sau refugiați, iar apoi îi vânează cu câini și toate cele. Ca o vânătoare de vulpi, dacă vrei, le explică Adam.

-Oh, Dumnezeule, Ryan, trebuie să faci ceva! strigă Kate, șocată să audă că astfel de lucruri se întâmplau în viața reală.

-O vom face, Kate, nu-ți fă griji. Au spus că o duc pe Diane la casa acestui individ, Phelps? o întrebă el și îi netezi părul pe cap.

-Da, asta au spus, aprobă ea dând din cap.

-Înțeleg. Ei bine, li se adresă Ryan lui Adam și Nick, cred că mai bine îl sunăm pe Mark.

-Omule, nu am timp să îl aștept pe Mark, îi replică Adam furios. Diane va fi moartă până ajunge el aici.

-Nu îl vom aștepta, dar avem nevoie de el la final, Adam. Vom ataca un om foarte bogat. Și în mod sigur îl vom termina și pe el și activitățile lui ilegale. Avem nevoie de acoperire pentru așa ceva, Adam, încercă Ryan să raționeze cu prietenul său.

-Bine, atunci. Dar aranjează totul rapid că vreau să plec acum, îi răspunse Adam pe un ton de oțel.

Abia se mai controla. Dorea numai să plece și să-l vâneze pe omul responsabil pentru răpirea lui Diane.

Ryan îl aprobă cu un semn al capului. Înțelegea tensiunea și starea mentală a lui Adam. Recunoștea că și el ar fi fost în aceeași stare dacă gorilele acelea ar fi luat-o pe Kate.

-Adam, cât vorbesc eu cu Mark, poți tu să o ajuți pe Kate să ajungă la etaj și să-și curețe sângele de pe ea? Aș vrea să văd exact ce răni ai, iubito, îi spuse el și îi mângâie brațul cu tandrețe.

Ryan de asemenea spera că Adam își va mai domoli nerăbdarea dacă îi dădea ceva de făcut. Conta pe latura protectivă a lui Adam. Adam nu era conștient de ea, dar Ryan i-o văzuse de nenumărate ori.

-Nu te teme, Ryan, sunt bine. m-au lovit numai în față când nu am stat cuminte să mă lege. Așa am primit tăietura asta aici deasupra ochiului, spuse ea și atinse cu mare grijă locul respectiv.

Kate se strâmbă când se atinse. Locul era inflamat și încă o durea.

-Numai un tip m-a atacat și crede-mă că l-am făcut să-și regrete acțiunea. I-am franjurat toată partea stângă a feței. Vezi, și unghiile acestea sunt bune la ceva, până la urmă, își flutură ea degetele în fața ochilor lui Ryan și zâmbi.

Ryan îi strânse degetele și i le sărută. Apoi, îi făcu semn cu capul lui Adam care veni și o ajută pe Kate să se ridice și să o conducă sus.

Ryan privi după ei câteva secunde, iar apoi formă numărul lui Mark. Îi explică acestuia situația și îi spuse ce intenționa să facă.

CAPITOLUL 17

DIANE ERA LEGATĂ DE un scaun în mijlocul unuia din hambarele lui Phelps. Buza ei superioară i se crăpase, iar sângele îi cursese în jos pe bărbie.

Știa că o vânătaie de mărimea unui pumn de bărbat îi va apare pe pometele drept mai târziu. O durea groaznic, dar durerea aceea era doar una dintre multele dureri pe care le simțea și nu conta prea mult.

Phelps se tolănise pe un scaun adus din casă. Se delecta cu un pahar de bourbon și un zâmbet satisfăcut îi flutura pe buze în timp ce o privea.

Alți patru bărbați se găseau în jurul ei. Toți se uitau la Phelps așteptându-i ordinele.

-Deci, Domnișoară MacLean, în sfârșit ne întâlnim. Mi-ai cauzat o mulțime de probleme și mi-e teamă că o să plătești pentru asta, spuse el pe un ton dur.

Sorbi din paharul său din nou, gândindu-se să o lase să se agite pentru o vreme. Oamenii se temeau de necunoscut.

Învățase devreme în cariera sa să nu-și arate cărțile prea curând și niciodată nu divaga de la acel principiu înțelept.

Diane doar îl privi și încerca să-și stabilizeze respirația. Era posibil ca una dintre coaste să-i fi fost ruptă pentru că o durea ori de câte ori respira mai adânc.

-Această afacere ar fi putut fi încheiată de multă vreme dacă ai fi avut decența să-mi răspunzi la scrisoarea mea, observă Phelps.

Nedumerită, Diane se uită fix la el.

-Scrisoare? Ce scrisoare?

-Nu fă pe proasta cu mine, domnișorico, o biciui el cu vocea. Știi foarte bine că ți-am trimis o scrisoare și m-am oferit să-ți cumpăr ferma. Chiar ți-am oferit un preț rezonabil, menționă el.

-Nu am primit nici o scrisoare, își scutură Diane capul și își regretă gestul imediat.

Încă nu-și revenise complet de la lovitura pe care o primise în cap cu o zi în urmă. Pentru a înrăutăți lucrurile și mai mult, unul dintre atacatori o lovise cu capul de podea când venise după ea. O durea capul cumplit și fiecare mișcare bruscă o amețea.

-Nu mă minți, omul urlă și se ridică în picioare furios.

-Nu mint, spuse Diane.

Phelps, deja supărat din cauza încăpățânării ei, se îndreptă spre ea cu pași furioși și o plesni peste față, crăpându-i și buza inferioară.

Diane scânci, dar apoi îl privi cu curaj, și repetă cu încăpățânare:

-Nu mint. Mă mai poți lovi o dată dacă vrei, dar acest lucru tot nu va schimba adevărul.

Ochii săi mici se îngustară și mai mult. O evaluă câteva momente, iar apoi își flutură mâna.

-Nu prea are importanță. Ceea ce este important este ca tu să semnezi hârtia aceasta de-aici, îi arătă el o bucată de hârtie.

Sprâncenele ei se ridicară interogativ. Când el nu se mai obosi să îi explice altceva, îl întrebă:

-Ce hârtie este aceasta?

-Oh, desigur, este actul prin care îmi vinzi ferma şi tot pământul, replică el, iar un rânjet urât îi apăru pe buzele subţiri.

-Nu cred, îi răspunse ea.

-Oh, o vei face, nici o grijă. Duff, îţi aparţine în întregime. Te poţi opri când semnează, îi făcu el semn cu capul lui Duff şi lăsă hârtia pe scaun.

Părăsi hambarul fără să se mai uite înspre ea.

Firele fine de păr de la ceafă i se ridicară. Teama călători de-a lungul şirei spinării ei şi ea se simţi tremurând în interior.

Duff îşi pocni încheieturile degetelor şi zgomotul atrase ochii Dianei. Satisfacţia sălbatică din ochii lui o îngheţă, iar ochii ei se lărgiră din cauza terorii.

Duff îi zâmbi şi traversând spaţiul dintre ei doi, o lovi zdravăn cu dosul palmei, iar ea căzu pe spate şi, desigur, cum era legată de scaun, luă şi scaunul cu ea. Diane scânci şi, pentru o clipă, văzu puncte roşii în faţa ochilor.

Doi dintre bărbaţi se apropiară şi îi îndreptară scaunul. Unul dintre ei o trase tare de păr şi capul îi căzu pe spate. Un geamăt zbură de pe buzele ei, dar nu se terminase încă. Duff o plesni cu dosul palmei din nou şi ea îşi pierdu cunoştinţa.

CU AJUTORUL OCHELARILOR de noapte, pe care Adam îi adusese cu el când venise în Montana, au evaluat numărul gărzilor din jurul proprietății lui Phelps. Nick indică existența a doi indivizi pe partea dreaptă a curții, iar Adam găsi patru în spate.

Lui Ryan i se păru interesant să vadă doi indivizi fumând și vorbind în fața unui hambar. Hambarul era luminat, ceea ce părea cam straniu pentru acel moment al zilei.

Îl lovi pe Adam cu cotul și-i arătă hambarul. Adam îl verifică și dădu din cap. Era sigur că acolo era ținută Diane.

-Tu iei hambarul Adam, șopti Ryan. Nick, tu ai grijă de gărzi, unul după altul. Nu vreau să aud nici măcar un sunet înainte ca perimetrul să fie securizat. Eu merg în casă, este în regulă? întrebă el.

Adam și Nick îi aprobară planul cu o înclinare a capului.

-Ești sigur că Kate va fi bine? îl întrebă Adam pe Ryan.

Nu dorea să o sacrifice pe Kate pentru Diane. Știa că nici Diane nu l-ar fi iertat dacă ar fi lăsat ca așa ceva să se întâmple.

-Va fi bine. Are două pistoale cu ea și este bine ascunsă, îl asigură Ryan. Doar știi că nu aș lăsa să i se întâmple ceva și deja a fost rănită o dată azi.

Adam dădu din cap că știa și plecă furișându-se. I-ar fi plăcut să poată fugi la hambar și să o elibereze pe Diane imediat, dar știa că trebuia să fie răbdător. O mișcare greșită și putea să o piardă pentru totdeauna.

Îi luă ceva vreme pâna ajunse pe o parte a hambarului. I se păru că i-a luat o eternitate, iar răbdarea îi fusese pusă la încercare în mod serios.

Avansă încet și încercă să blocheze cuvintele ce se auzeau dinspre hambar și, în special, strigătele Dianei. De fiecare dată când o auzea țipând, simțea o arsură în stomac. Buzele i se strânseseră, iar măselele i se încleștaseră din cauza furiei care îl consuma.

Adam ajunse într-un final pe laterala clădirii și ascultă atent. Numai un om pășea în afara hambarului, iar fumul de la o țigară îi gâdilă nările.

Înseamnă că este cu unul mai mult în interior acum, se gândi el.

Adam așteptă răbdător până ce omul ajunse în apropiere. Când sunetul pașilor lui îl anunță că se găsea la numai câteva picioare mai încolo, Adam se strecură în spatele lui.

Îi acoperi gura și nasul cu o mână, iar cealaltă i-o puse la ceafă. Omul înghețã din cauza șocului, iar Adam numai îi suci capul cu o mișcare experimentată. Gâtul bărbatului se rupse de parcă ar fi fost o surcică. Silențios, Adam îl târî pe laterala hambarului și îl lăsă acolo în umbră.

Unul s-a dus, Dumnezeu mai știe câți mai sunt, reflectă el.

Cu pași tăcuți, avansă spre ușă. Se vedea lumină printr-o crăpătură și el privi înăuntru.

Sângele i se înfierbântă imediat când văzu fața Dianei. Era plină de sânge. Un bărbat solid o lovi cu pumnul în abdomen, iar ea scânci din nou.

Adam se luptă să-și păstreze calmul. Trebuia să o scoată pe Diane de acolo și avea nevoie să se concentreze doar pe acel lucru. Putea să se îngrijească de ea după aceea.

Numără patru oameni în interiorul hambarului. Își scoase pistolul și îi montă surdina pe țeavă. Știa că avea șansa la o împușcătură pentru fiecare dintre ei și trebuia să o facă în succesiune rapidă. Dacă ar fi fost prea încet cu numai o secundă, Diane ar fi putut fi ucisă.

Își încleștă gura și deschise ușa. În secunda în care ușa s-a deschis și primul om s-a întors spre el, a și tras. Nu și-a luat degetul de pe trăgaci până ce ultimul dintre ei nu a fost ucis.

Bărbatul din spatele Dianei a încercat să-i tragă capul înapoi, probabil ca să-i rupă gâtul. El a fost a doua țintă a lui Adam. A fost o împușcătură curată. Glontele i-a traversat craniul și s-a înfipt într-una dintre panourile din spatele lui.

Când a căzut, a tras-o și pe Diane de păr după el. Adam ignoră ce s-a întâmplat până ce i-a terminat și pe ceilalți doi.

Apoi, se grăbi spre Diane, o dezlegă și îi dădu părul la o parte. Ochii ei mari verzi și înlăcrimați se uitau la el fix, plini de admirație.

Adam o culcuși în brațele lui și îi șopti:

-Nu te uita la mine așa, dulceață. Nu o merit. Nu te-am protejat cum ar fi trebuit.

Gura ei se deschise, dar pentru câteva secunde nu reuși să spună nimic. Apoi, cu ultimele sale resurse, Diane îl pocni în braț și spuse:

-Ai înnebunit? Mi-ai salvat viața, lunaticule. M-ar fi ucis dacă nu ai fi venit, spuse ea.

El numai își scutură capul și se ridică cu ea în brațe.

-Va trebui să ieșim de aici mai întâi, Diane. O să te verific imediat ce suntem liberi, da?

Ea aprobă cu o mişcare a capului şi îşi închise ochii. Un oftat de satisfacţie îi zbură de pe buze când îşi frecă nasul de el, iar mirosul lui o înconjură.

CAPITOLUL 18

NOAPTEA ACEEA ȘI DIMINEAȚA următoare au fost pline de activitate febrilă. Ryan îl reținuse pe Phelps, care începuse să amenințe și să arunce nume importante în stânga și în dreapta. Ryan nu s-a obosit să-l asculte.

Până ce Adam a ieșit cu Diane, Nick deja anihilase toate gărzile, iar în afară de oamenii pe care Adam îi ucisese, toți ceilalți erau în viață și legați pentru a fi trimiși la închisoare.

Ryan verifică fiecare prizonier, vrând cu tot dinadinsul să îl găsească pe cel care o rănise pe Kate. Îl voia atât de rău că putea simți gustul răzbunării. Cu toate acestea, dorința i-a rămas neîmplinită. Adam deja se ocupase de el.

Știau că șeriful era pe ștatul de plată al lui Phelps, așa că nu s-au mai obosit să-l cheme. I-au așteptat pur și simplu pe oamenii lui Mark.

Aceștia au sosit la numai zece minute după ce totul se încheiase. Mark trimisese o echipă de la Bozeman cu avionul. Aterizaseră la Missoula și au condus spre proprietatea lui Phelps cu viteză maximă.

Erau înarmați cu mandate de cercetare, pe baza a ceea ce Kate și Diane aveau de spus. Aparent, se aflaseră cu ochii ațintiți pe Phelps de ceva vreme, dar niciodată nu se lipea nimic de el și nu putuseră face nici măcar o mișcare.

Au verificat fiecare crăpătură şi nişă a casei şi au găsit destule dovezi pentru a-i îngropa pe Phelps şi asociaţii săi în închisoare pe viaţă.

Adam, Nick şi Ryan i-au lăsat să-şi facă treaba şi le duseră pe femei cu maşina la spital. Acolo ceruseră ca ambele femei să fie examinate şi peticite.

Lui Kate îi sări muştarul când auzi termenul *peticit* legat de ea, dar se linişti şi fu satisfăcută să audă că bebeluşul ei era încă în formă bună, că nu a fost atins de gorila care o atacase.

Diane nu a fost atât de norocoasă, iar doctorul a decis să o ţină în spital pentru observaţie, cel puţin pentru o noapte.

Avea două coaste rupte, mai multe laceraţii la nivelul feţei şi era învineţită aproape peste tot.

Adam se îngrozise când şi-a dat seama cât de rănită şi învineţită era. La cererea Dianei, doctorul îi permisese să rămână în camera de examinare şi sufletul i se stingea puţin câte puţin, de fiecare dată când doctorul găsea o nouă rană sau vânătaie pe trupul ei.

Diane nu a vrut să rămână în spital, dar Adam îi promise să petreacă noaptea alături de ea.

-VREAU SĂ MERG ACASĂ, Adam, îi strânse Diane mâna şi îşi pledă cauza cu ochii ei verzi.

Adam era conştient că femeia îşi folosea farmecele pentru a-l face să se supună dorinţelor ei, dar oricum nu îi putea refuza nimic.

-Bine atunci, Diane, voi vorbi cu doctorul. Dacă totul este în regulă, sunt sigur că te va lăsa să vii acasă, îi promise el și îi sărută fruntea.

Ochii Dianei pâlpâiră de mânie.

-Nu sunt un copil mic, Adam, să mă împaci. Îți spun eu că sunt bine și vreau acasă. Dacă nu vrei să mă ajuți, doar spune-mi și mă ocup eu de tot, zise ea cu încăpățânare.

-Dulceață, desigur că vreau să ajut. Și mai mult ca sigur te vreau acasă, îi șopti el și îi atinse buza inferioară cu vârful degetului. Dar nu voi face nimic dacă asta înseamnă să-ți pun sănătatea în pericol, spuse el pe un ton implacabil, iar ochii lui duri se fixară pe ai ei cu hotărâre.

-Dar...

-Nici un dar, Diane, o opri el. Am murit de o mie de ori știind că erai în pericol. Nu vreau să mai trec prin așa ceva din nou, îi replică el cu îndărătnicie.

Inima Dianei cântă de încântare când îi înțelese sensul cuvintelor. Spera numai ca el să-și aducă aminte de ele când totul se va liniști.

DIN FERICIRE, DOCTORUL i-a semnat hârtiile și a fost capabilă să iasă din spital. Adam o conduse spre casă, cu un mic ocol pentru a cumpăra cafea și niște pateuri pentru amândoi. Mâncarea de la spital nu arătase prea apetisant și amândoi erau morți de foame.

Când Adam a oprit mașina în curte, toată lumea a ieșit afară să-i îmbrățișeze și să se bucure că totul s-a terminat cu bine.

Ryan și Nick deja dezarmaseră capcanele lui Adam pentru că nu-și puteau petrece tot timpul dându-le indicații cum să le ocolească agenților care tot veneau pe acolo.

-E bine să vă avem pe amândoi acasă, spuse Ryan cu un zâmbet în voce.

O îmbrățișă pe Diane grijuliu cu un braț ca să nu-i rănească coastele. Apoi îi sărută creștetul capului, în timp ce îl îmbrățișă pe Adam cu celălalt braț.

-Răzbunarea nu e prea plăcută, Ryan, observă Adam. Ar trebui să-ți fac și eu ție ce ne-ai făcut tu mie și lui Nick când ne-am întâlnit cu Kate pentru prima dată, glumi el și îl înghionti cu cotul pe prietenul său.

Ryan râse, dar ochii săi îi promiteau tot felul de pedepse lui Adam. Nu-i plăcea să i se aducă aminte de comportamentul său gelos din vremea aceea. Privind în urmă, își dădea seama că depășise limitele bine de tot și îi era jenă de cum se manifestase.

Intrară în casă și se adunară în jurul mesei de bucătărie. Kate și Nick aduseră căni mari de cafea fierbinte la masă, în timp ce Ryan îl informă pe Adam despre tot ce se întâmplase în absența lui.

Agenții deja găsiseră o tabără cu oameni închiși și una cu animale exotice. Phelps nu va mai vedea vreodată lumina zilei din afara unei celule de închisoare.

Ryan se îndoia că o va vedea și din interior pentru multă vreme. Se părea că mulți oameni importanți fuseseră implicați în schema lui Phelps. Cu siguranță, unii dintre ei vor încerca să se descotorosească de cel mai important martor împotriva lor, așa că zilele lui Phelps erau numărate.

Lui Phelps îi plăcuse să-și arate puterea și mușchii atunci când făcea afaceri de pe o poziție puternică. Acum că se găsea în arest fără posibilitatea de a obține cauțiune, cânta ca un canar. Nu-i plăcea ideea să se ducă la fund de unul singur și părea hotărât să ia cu el cât mai mulți oameni cu putință.

După discutarea cazului, au început să discute despre lucruri obișnuite. Bărbații împărtășiră amintiri vesele pentru a le distra pe doamne și făcură haz unul de celălalt. Diane și Kate gustară șotiile lor și legătura puternică dintre ei.

-Mă gândesc să plec înapoi acasă, le spuse Nick. Nu-mi prea place ca alți oameni să aibă grijă de caii mei, mărturisi el.

-Stai măcar până mâine, îl imploră Diane. Vom avea un grătar super, exact așa cum îi place lui Adam, îi făcu ea cu ochiul, deși nu-i era prea ușor.

Ochiul ei drept i se umflase rău de tot, iar cel stâng era doar puțin mai bine.

-Are dreptate, aprobă și Adam. Sunt sigur că vei supraviețui dacă mai stai încă o zi.

Nick reflectă la invitația lor, dar, în final, o acceptă, deși i se strângea inima la gândul că altcineva avea girjă de caii lui.

-Ce ai de gând să faci acum, Adam? îl întrebă Kate.

El ridică din umeri.

-Nu sunt foarte sigur. Mă gândeam să predau niște cursuri de supraviețuire. Înțeleg că merg foarte bine.

-Nu-i o idee rea, spuse Ryan, bătându-l pe umăr. Ești bun la a supraviețui, așa că pot prevedea că vei avea succes.

-Așa mă gândeam și eu, aprobă Adam dând din cap. De asemenea, mă gândeam să mă însor cu Diane, spuse el fără să se gândească și nimeni nu știu ce să mai spună.

Ochii Dianei se lărgiră şi străluciră cu lacrimi nevărsate. Se holba la el, incapabilă să spună nimic.

Kate îl pocni peste braţ:

-Cioflingarule, aşa ceri tu o femeie de nevastă? Îţi lipseşte o doagă, Adam, îşi scutură ea capul cu repros. I-aş păli una peste cap dacă aş fi în locul tău, i se adresă ea Dianei.

Adam se încruntă câteva secunde neînţelegând ce îi venise lui Kate. El nu vedea nimic nelalocul lui în ceea ce a spus. Apoi, înţelese adevărul.

-Oh, corect, spuse Adam şi îşi plesni fruntea. Femeile vor romanţă. Vrei romanţă, Diane? o întrebă el, o sprânceană ridicându-i-se pe frunte.

Diane nu-i răspunse. Pur şi simplu continua să îl privească de parcă fusese lovită cu leuca.

Ryan îşi puse capul în mâini, iar Nick îşi scutură capul. Adam privi de la unul la celălalt şi alt adevăr i se clarifică în minte.

-Am făcut-o de oaie, nu-i aşa? o întrebă el pe Diane. Dulceaţă, nu am nici un fel de experienţă cu chestiile astea romantice. Nu am fost niciodată romantic. Dacă merg şi îţi cumpăr nişte flori şi o cutie de bomboane de ciocolată şi mă întorc şi mă aşez în genunchi în faţa ta, vei spune da?

Cu ochii mari, Diane continuă să se holbeze la el, fără să spună nimic.

-Oh, pentru numele lui Dumnezeu, nu mă judeca atât de aspru. Te iubesc, nu este suficient? strigă el şi îşi aruncă mâinile în aer.

Kate şi prietenii lui izbucniră în râs.

-Eşti patetic, omule, îşi scutură Ryan capul. Nici măcar eu nu aş fi putut face o mai idioată cerere în căsătorie decât tine.

Adam nu dădu atenţie la nici unul dintre ei. El continuă să o privească pe Diane.

Într-un final, ea dădu din cap şi spuse:

-Da, Adam, este destul. Nu am nevoie de flori şi ciocolate.

Asta aştepta el să audă.

-Uraaa! Strigă el şi sărind de pe scaun, o trase pe Diane în braţe şi începu să o învârtă.

În ciuda faptului că o dureau coastele, ea izbucni în râs. Fericirea ei umplu încăperea şi le alimentă şi celorlalţi bucuria.

EPILOG

DIANE ȘI ADAM SE CĂSĂTORIRĂ în ziua de Crăciun. Diane visase întotdeauna să aibă o nuntă albă: rochie albă, flori albe, zăpadă pe drumuri și pe acoperișul casei.

Kate și Ryan veniră pentru nuntă de la Montreal, chiar dacă Ryan a bombănit că Kate se epuiza. Din fericire pentru el, Kate deja renunțase să mai bage în seamă grija lui excesivă în privința sarcinii.

Nick îi ceru cuiva să aibă grijă de caii săi și veni însoțit de Mark, fostul lor șef.

Când mireasa păși de-a lungul pasajului dintre bănci ținându-l pe Nick de braț, ochii lui Adam străluciră de lacrimi, făcându-i pe toți să zâmbească. Își aminteau bine ce spusese el la nunta lui Ryan și tot făceau haz de el ori de câte ori aveau ocazia.

Mireasa purtă o coroniță simplă din flori albe împletite, iar rochia ei îi dădea alura unei prințese. Se îndreptă alene spre Adam cu pași eleganți și grațioși.

Prințesa mea, gândi Adam, când îi luă mâna într-a lui și îi sărută palma.

După ce răspunseră la întrebările pastorului, Adam așteptă cu nerăbdare ca acesta să-i declare soț și soție. Apoi, o sărută cu înfăcărare, luându-i respirația.

După ce buzele i se ridicară de pe ale ei, o privi fix în ochi și șopti *Uraaa!* În ochii ei jucară bucuria și satisfacția.

Când el o ridică în brațe și cu pași mari ieși din biserică și se îndreptă spre mașină, râsul ei se alătură hohotelor de râs ale celorlalți.

Zăpada acoperise drumul, iar mirosul pinilor copleșea aerul. Adam o sărută bine din nou și deschise ușa de la mașină și o așeză înăuntru.

Fără o singură privire la oaspeții lor, porni mașina și o luă în sus, pe drumul spre ferma lor, sub ochii șocați ai oamenilor care tocmai ieșiseră din biserică.

Știau că îi aștepta un festin la fermă, dar crezuseră că mireasa și mirele îi vor aștepta și pe ei.

Râzând, Ryan îl plesni pe Nick peste spate și spuse cu entuziasm:

-Acum e rândul tău, amice.

Nick își scutură capul și se cutremură cu teamă. *Nu în viața asta dacă am un cuvânt de spus.*

EXTRAS DIN: TREZIREA BECKĂI

(PRIMA CARTE DIN SERIA FAMILIA WINSTON)

PROLOG

-HAI, MĂI, OMULE, ASTA nu e deloc corect! explodă Josh.

Își aruncă furculița înapoi pe farfurie, ceea ce o făcu pe mătușa sa, Marjorie, să se încrunte. Ea iubea acel set de vase și se temea că frustrarea tânărului bărbat va duce la crăparea farfuriei mai devreme sau mai târziu.

-Tu te plângi? își flutură Maggie furculița spre el în batjocură și își dădu ochii peste cap. Ești încă destul de tânăr comparat cu unii dintre noi și ai destul timp la dispoziție, așa că nu ar trebui să te plângi! i-o întoarse ea cu mânie.

-Are dreptul să se plângă, Maggie, la fel ca oricare dintre noi! replică Becka, susținându-l pe vărul său. Și ce dacă noi sântem mai tineri? Sântem cu toții în aceeași barcă! Lovi ea cu pumnul său mic în masă. Mătușică, nu putem face nimic să rezolvăm problema aceasta?

-Știu că vrei, păpușă, dar nu poți face nimic, o mângâie mătușa Marjorie pe braț, încercând să o liniștească. Trebuie să faceți ce trebuie să faceți.

-Deci trebuie să plătim noi pentru ceva ce s-a întâmplat acum o sută de ani, înainte ca noi să ne fi născut? Cum are chestia asta vreun sens? se răsti Alex și se alătură celorlalți, exprimându-și supărarea, deși aceasta nu-l opri din a mai lua o bucată de plăcintă.

-E mai puțin de o sută, măi, găgăuță! îi replică Lily cu dispreț și-l lovi peste braț.

-Cui naiba îi pasă? îi răspunse Alex cu gura plină.

Niciodată nu învățase să nu vorbească cu gura plină, chiar dacă părinții lui au încercat din greu să-l dezvețe de acel obicei. Oricum, lui nu-i păsa nici cât negru sub unghie de astfel de lucruri și în special acasă.

-O sută, două sute, același rahat, scuzați-mi franceza. Știți ce? Eu nu am chef să plătesc pentru greșelile unui măgar! își termină el discursul înfierbântat, degetul lui tot îndreptat spre Lily.

-Și atunci ce propui să facem? întrebă cu nonșalanță Matt, care până atunci își ținuse gura închisă.

Tot sorbise din whiskey-ul lui tăcut, cu o expresie detașată pe chip, care sugera că nimic din ce se discuta nu-l afecta pe el.

-Nu-mi spune că ești de acord cu chestia asta! îi răspunse Alex cu neîncredere. Haide, Matt! Ești cel mai în vârstă dintre noi, omule, și mai ai numai un an la dispoziție. Sunt convins că ești la fel de furios ca și mine, dacă nu mai mult! Nu pretinde că nu te deranjează pentru că este imposibil!

Matt păstră tăcerea câteva secunde, mai sorbi din paharul său un pic, apoi îl privi pe Alex și își scutură capul.

-Furios? Poate. Pot să fac ceva în legătură cu asta? Nu cred, îi replică el vărului său cu indiferența lui obișnuită, fizându-l cu privirea. Așa că de ce m-aș agita?

Nici unul dintre ei nu avu nimic de răspuns. Toți știau că exista o anumită stipulare pe care trebuiau să o îndeplinească și abia după aceea puteau primi banii din trust și să obțină puteri depline.

Mai rău era că trebuiau să o facă înainte de a ajunge la vârsta de treizeci și cinci de ani, pentru că dacă atingeau vârsta de treizeci și cinci de ani fără a îndeplini acea condiție, partea lor de bani era împărțită între ceilalți mai tineri care încă aveau timp să reușească sau să eșueze.

-Știți ce? Mie chiar nu-mi pasă să obțin potențialul deplin al puterilor mele, spuse Ariel gânditoare, fără să se adreseze nimănui în mod deosebit, deși mi-ar place să văd ce pot face dacă am puteri complete... continuă ea, pierdută în gânduri ca de obicei.

Verii ei așteptară ca ea să ajungă la punctul final al discursului. Știau că avea prostul obicei de a bate câmpii și de a se pierde în gândurile sale, lăsându-i pe oameni să aștepte. Cu toate acestea, în marea parte a timpului, dacă nu mereu, găsea soluții interesante dacă aveau răbdarea să o asculte.

-Dar aș vrea să fac ceva pentru mine însămi. Mi-ar place să-mi deschid o mică afacere, spuse Ariel în final, exprimându-și dorința ascunsă.

-Continuă să visezi, fată, se răsti Maggie, deja plictisită cu maniera lui Ariel de a tărăgăna vorbele.

Maggie nu era deloc răbdătoare și, din nefericire, acea trăsătură avea unele rezultate negative în viața ei de zi cu zi.

-Până ce te îngrijeşti de partea ta din afacere, Ariel, fată dragă, nu vei putea să deschizi nici măcar un şopron, îi spuse ea.

-De ce eşti mereu aşa răutăcioasă cu ea? se răsti Alex la Maggie. Dacă vrea să viseze las-o să viseze. Oricum, ce altceva poate să facă? Ce altceva poate oricare dintre noi să facă? întrebă el, iar privirea sa furioasă trecu de la unul la altul pentru a le vedea reacțiile.

-Să învingeți blestemul? sugeră Marjorie blând, încercând să dezamorseze o potențială situație explozivă.

-Nu-i atât de uşor, mătuşică, spuse Ariel cu tristețe. Am încercat, doar ştii... Îți aminteşti? Am crezut că tipul acela, Eric, cel pe care l-am întâlnit acum doi ani, ar fi fost alesul. Nu a fost să fie, doar ştii... Nu este uşor, şi o ştii doar foarte bine. Vezi doar cum sunt lucrurile acum. Nu mai există nici un fel de romanță reală în lume, mi-e teamă. Dacă nu mai există nici un pic de romanță, unde să găseşti iubirea adevărată atunci?

Marjorie o aprobă dând din cap. Ştia şi ea cum stăteau lucrurile. Nu era floare la ureche să găseşti iubirea adevărată. Fusese şi ea în aceeaşi situație când i-a fost rândul şi pierduse aproape tot din cauza propriei încăpățânări şi amestecului familiei sale.

-Nu este niciodată uşor, draga mea, ştiu, îi răspunse ea, mângâindu-i brațul cu dragoste. Dar, Ariel, draga mea, trebuie să încerci. Nu poți să renunți pur şi simplu. Gândeşte-te numai! Îți vei putea folosi puterile şi vei obține banii, dar numai dacă îți vei găsi dragostea adevărată şi i te vei dărui complet. Vei fi cu adevărat fericită atunci!

JUMĂTATEA PERFECTĂ CARTEA ÎNTÂI

Ariel își întoarse ochii spre farfuria de pe masă. Știa că toți ar fi citit în ochii ei că s-a resemnat deja și îi era silă să tot audă platitudinile și încurajările pe care familia se simțea obligată să i le spună ori de câte ori vedeau că gândea astfel.

Toți din jurul mesei rămaseră tăcuți câteva clipe, iar Jay se mai servi din plăcinta fantastică a mamei sale.

Marjorie era cea mai bună bucătăreasă din familia lor și de aceea aleseseră să se întâlnească la ea acasă. Totul era mai ușor de înghițit când se găsea o plăcintă sau o prăjitură bună pe masă. Cel puțin, aceea era părerea lui Jay.

-Cred că ar trebui să vedem dacă există vreo cale legală să ieșim din situația aceasta, fraților. Ne trebuie banii acum, nu-i așa? Nu e ca și cum am putea aștepta o eternitate! sparse Alex tăcerea când ideea îi veni brusc în cap. Ochii lui îi evaluară pe toți cu grijă și îi văzu dând din cap că erau de acord. Uite, continuă el, am aproape treizeci și doi de ani. Nu am timp de lucruri idioate și de jocuri și de încercări cretine să-mi găsesc marea iubire! Vreau să fac ceva pentru mine însumi acum, așa cum a spus și Ariel. Acum, când încă pot.

Deși aproape toți erau de acord cu el, toți se uitară la Matt. Se știa că era cel mai deștept din familia lor și știau că orice soluție trebuia să vină de la el. Ochii lui Matt se plimbară în jurul mesei când acesta le simți privirile pline de speranță ațintite spre el și, într-un final, își scutură capul.

-Nu e nici o cale de ieșire, amice, își puse Matt paharul pe masa de lemn și, în același timp, se ridică de pe bancă. Dacă ne-ai chemat aici numai pentru această discuție, atunci eu am plecat. Am lucruri serioase de făcut, locuri de văzut...

-Nu vrei nici măcar să încerci, strigă Becka, sărind şi ea de pe locul ei. Pur şi simplu ai renunţat pentru că mai ai puţin timp la dispoziţie şi nu îţi mai pasă.

-Am încercat, draga mea, îi răspunse Matt cu un zâmbet trist pe buze.

Becka era verişoara lui favorită. Poate pentru că era cea mai mică sau poate pentru că nu era răzgâiată şi era amuzantă şi avea o inimă mare. Degetele lui îi mângâiară obrazul cu dragoste, dar în acelaşi timp cu tristeţe, iar apoi o sărută pe frunte.

-Becka, am încercat din greu să găsesc o portiţă de ieşire în cuvintele din documentele pentru trust. Crede-mă, nu există nici una. Dacă eu nu am putut găsi nimic, draga mea, atunci nimeni nu poate şi o ştii doară. Este un motiv pentru care sunt considerat cel mai bun avocat din ţară, şi cu toţii ştiţi că nu spun asta numai din vanitate. Oricum, draga mea, zilele acestea mă mulţumesc să-mi fac banii muncind din greu şi bucurându-mă cât mai mult de puţinul timp liber pe care îl am. Am încetat să mai încerc să îndeplinesc altfel de visuri. Nu e în cărţi pentru mine, atâta tot.

Toţi verii îl priviră şocaţi. Numai sora lui, Maggie, îl înţelegea foarte bine. Nu avea ea prea multă răbdare, în special cu proştii, dar Matt reprezenta ceva special pentru ea.

Întotdeauna îl admirase şi ştia că nu era genul de om care să renunţe la nimic fără luptă. Auzindu-l spunând că s-a resemnat o făcu să înţeleagă profunzimea mâniei lui, chiar dacă el o ascundea faţă de ei.

Simți nevoia să îl ia în brațe și să nu-i mai dea drumul, dar știa că lui nu i-ar fi plăcut așa ceva. Fratelui ei nu-i plăceau manifestările exagerate de afecțiune, așa că se mulțumi să-l mângâie ușor pe mână.

-Matt, ar trebui să încerci să-ți folosești timpul rămas căutând o fată pentru tine, îi spuse maică-sa cu reproș, și atenția tuturor se întoarse spre Marjorie, care continuă. Mai ai încă o șansă, fiule, și eu nu vorbesc aici despre bani, și o știi foarte bine. Știu că povestea aceea cu Velma te-a făcut să-ți fie teamă să-ți mai angajezi inima din nou, iar mie nu-mi place asta. Acesta nu este Matty pe care-l știu eu. Aceea nu a fost iubire, fiule, și știi foarte bine. Dacă ar fi fost iubire adevărată, ți-ai fi căpătat puterile pe deplin chiar dacă nu ai obținut banii.

-Mamă, Velma a iești din tablou de mai bine de un deceniu deja. Este o poveste din trecut. Care e scopul de a o mai aduce în discuție acum? i-o întoarse Matt scurt, scuturându-și capul.

Nu înțelegea insistența mamei sale de a aduce din nou în prezent amintiri amare.

-Pentru că din cauza ei ai încetat să mai privești femeile cu speranță, sublinie Marjorie, scuturându-și degetul mustrător la primul său născut. Te gândești că toate femeile sunt ca ea și de aceea iei tot ce poți de la ele și mergi mai departe. O altă femeie pe listă! E ca și cum ai ține scorul: cu câte femei poate să fie norocos Matt? îi reproșă ea cu acreală, ceea ce nu era ceva ce mai văzuseră înainte.

Ochii tuturor erau fixați pe ea.

-Nu este bine pentru tine, Matt! Chiar dacă ai renunţat la banii din trust, ceea ce, apropo, este prosteşte, încă eşti în viaţă şi tot ai nevoie de o femeie pe care să te poţi baza, după cum am spus mereu. Vei îmbătrâni singur şi amar! îşi încheie Marjorie tirada neobişnuită împungându-şi fiul în piept cu degetul.

-Mulţumesc pentru previziuni, mamă. Este întotdeauna fantastic să ştii cum îţi va arăta viitorul! replică Matt cu sarcasm şi se mişcă din calea degetului ei ascuţit.

Cu toate acestea nu plecă. Părea nehotărât şi îşi aruncă privirea spre verii săi.

Marjorie îşi scutură capul cu amărăciune, dar decise să nu mai continue cu acea linie de discuţie. Îşi cunoştea fiul bine şi ştia că nu exista nimic care să-l facă să se răzgândească când reacţiona astfel. Era ca şi cum ar fi vorbit cu o piatră.

Tăcerea se întinse câteva minute. Toată lumea era ocupată. Fie îşi mâncau plăcinta, fie se jucau cu paharele lor de băutură, pretinzând că nu se întâmplase nimic deosebit între Marjorie şi fiul său cel mai mare. Dar mai cu seamă, încercau să evite să se privească în ochi, de teamă că vreunul ar putea spune ceva supărător din nou.

Până la urmă, Alex, cel care vorbea cel mai deschis dintre toţi, nu mai suportă tăcerea incomodă şi se uită în jurul mesei pentru a vedea cam care era starea de spirit a fiecăruia. Nesigur dacă merita efortul sau nu, se decise să încerce un nou subiect de discuţie.

-Știi că tu ești nepotul favorit al bătrânei doamne, Matt. Nu o poți convinge să pună capăt la această nebunie? Ea poate să schimbe documentele dacă vrea. Nu e ca și cum cuvintele ar fi săpate în piatră, spuse Alex și îi așteptă răspunsul lui Matt cu neliniște.

-Am încercat și asta, Alex, spuse Matt oftând și scuturându-și capul. A spus că a făcut-o pentru binele nostru, ce-o vrea ea să spună cu asta... Așa că... Pot spune că am încercat absolut totul și că e timpul să-mi limitez pierderile.

Din nou nici unul nu spuse nimic câteva clipe și, din nou, nici unul nu îi putea privi pe ceilalți în ochi, în timp ce tăcerea se întindea.

Încurajat de tăcerea neobișnuită, pentru că de obicei astfel de adunări erau foarte zgomotoase și pline de conversație, Matt își luă la revedere cu o simplă fluturare a mâinii și o porni spre cărarea ce ducea spre ușa de la bucătărie, fluierând ușor pentru sine.

Ariel, gânditoare ca mai întotdeauna, privi după el până cc dispăru din vedere și nu o mai putea auzi și apoi spuse cu tristețe:

-Este trist... Într-adevăr foarte trist. Este cel mai mare dintre noi și deja a renunțat.

Câteva momente toți s-au holbat la ea fără cuvinte, de parcă i-ar mai fi crescut un cap în ultima oră.

După o clipă, pentru că nu își putea crede urechilor, fratele ei, Alex, îi replică furios:

-Ei bine, și noi sântem destul de aproape, Ariel. Nu e ca și cum am mai avea mult timp la dispoziţie, nu-i așa? Doar vreo trei ani, nătângo! Când am împlinit treizeci și cinci de ani, totul s-a dus: banii, puterea, totul. Și nu putem face nimic să oprim chestia asta!

-Nici măcar să trișăm, interveni Jay cu amărăciune, iar ceilalţi izbucniră în râs.

-Oh, da, mi-amintesc bine, spuse Lily. Ai încercat să faci pe nebunul îndrăgostit și ai venit cu tipa aia redusă mental. Camilla, cred că era numele ei.

Jay aprobă dând din cap zâmbind. Uitase deja de ridiculizarea pe care o suferise atunci. Temperamentul său comod nu îi permitea să fie ranchiunos pentru mai mult timp.

-Da, dar nu a mers, nu-i așa? spuse Josh foarte la obiect. Fosilele acelea două te-au mirosit imediat.

-Eh, ei pot să citească mintea omului, așa că a fost floare la ureche pentru ei să-l dea de gol, sublinie mătușa Marjorie cu un zâmbet enigmatic pe buze. De aceea au fost numiţi administratori, știţi bine. Nimeni nu îi poate păcăli. Nu ar fi trebuit să încerci să trișezi, Jay. Bătrâna doamnă nu te-a iertat încă.

Jay ridică din umeri. Știa el bine care îi era relaţia cu străbunica lui în zilele acelea. Nu credea că ea îl va ierta vreodată.

Bătrâna scorpie era o adevărată comoară. Era plină de resentiment și amărăciune.

Doar câțiva dintre ei mai puteau să smulgă vreun zâmbet de la ea, iar în ultima vreme el nu s-a aflat în acel grup. După isprava cu femeia aceea, străbunică-sa nici măcar nu-l mai băga în seamă la cinele de familie. Pretindea că el nici măcar nu exista.

Jay aruncă o privire în jur și observă că toți tăcuseră, gândindu-se la implicațiile a ceea ce s-a întâmplat.

Spera cu adevărat că nu va mai trebui să treacă printr-o nouă perioadă de glume răutăcioase sau tachinare inocentă, la care Becka era maestră. El chiar tresări când Becka începu să vorbească, așteptându-se la ce era mai rău.

-Deci trebuie numai să așteptăm ca ei să moară... începu Becka să spună ezitant, privirea ei trecând de la unul la altul.

-Nu așa de repede, o întrerupse Marjorie în grabă. Regula spune că dacă cei doi decedează, alți doi le vor lua locul. Același tip de puteri, păpușă, așa că nu vei avea cum să-i păcălești nici pe aceea. Trebuie să înțelegi că nu există nici o cale ocolită. Trebuie să joci după reguli.

La naiba! înjură Alex. Și toată drama asta numai din cauză că străbunicul a avut tupeul să o părăsească pe străbunica pentru altă femeie și un alt idiot a părăsit-o pe mătușa Evelyn la altar și ea s-a sinucis! își scutură el capul, de parcă totul era de neînțeles pentru el. Deci, acum, generație după generație trebuie plătească din cauza acelor doi idioți. Unde naiba este dreptatea în toată chestia asta?

-Ei bine, și eu cred că a fost o concluzie extrem de radicală din partea bunicii mele, replică Marjorie conciliatoriu. Dar nu a existat niciodată o cale de a o face să se răzgândească, din păcate. Știu că tatăl meu a încercat la vremea lui, dar nu a vrut să-l asculte. A încercat din nou când fericirea mea era în joc, şi tot nimic. Nu a vrut să renunţe. Nici măcar un pic. Din moment ce banii erau încă ai ei, avea dreptul să decidă ce dorea să facă cu ei.

-Dar de ce blestemul referitor la puterile noastre? Asta chiar nu pot să o înţeleg, se minună Becka.

-Acelaş motiv. Bunicul era şi el vrăjitor şi a folosit acele puteri pentru a seduce o femeie foarte tânără şi pentru a o părăsi pe bunica. Iar bărbatul care a părăsit-o pe Evelyn la altar fusese şi el ademenit de o vrăjitoare. Aşa că bunica nu mai dorea ca nici o altă vrăjitoare să-şi abuzeze puterile.

-Dar eu nu aş face-o! strigă Becka.

-Ştiu asta, puiule, o bătu Marjorie pe mână cu tandreţe. Nu toate merele sunt putrede, eu ştiu măcar atâta lucru. Dar bunica nu a vrut să audă nimic, aşa că... Suntem cu toţii în aceeaşi găleată. Acum toţi din generaţia mea au trebuit să plătească pentru asta, iar generaţia voastră trebuie să plătească de asemenea. Oricum, dacă reuşiţi să vă găsiţi dragostea adevărată şi să obţineţi banii, atunci problema banilor se va încheia, iar generaţiile viitoare vor avea numai blestemul să-l învingă, încercă Marjorie să le ridice spiritele, dar fără prea mult succes.

-Oh, numai atât, oftă Lily şi îşi puse bărbia în mână, fixându-şi privirea visătoare undeva în depărtare.

-Chiar am vrut să deschid o pepinieră, şopti Ariel neconsolată, iar fratele ei îi mângâie degetele, în timp ce ochii lui luceau cu profundă îngrijorare pentru visurile surorii sale.

-Nu e totul pierdut, draga mea, spuse Marjorie şi îi mângâie şi ea mâna. Vei vedea. Îţi vei găsi sufletul pereche, Ariel. Totul va fi bine.

-Unde? Unde aş putea să-mi găsesc sufletul pereche, mătuşică? Oamenii de care mă lovesc în fiecare zi nu sunt nici măcar potriviţi să-mi fie iubiţi, crede-mă. Nu i-aş lăsa să se apropie de mine pentru nimic în lume, aşa că să-mi găsesc sufletul pereche este absolut imposibil. Nu există nici o şansă pentru mine în lumea asta! M-am uitat peste tot în jur ani de zile şi nimic! spuse ea, iar de data aceasta îi apărură lacrimi în ochi.

-Aşteaptă şi o să vezi, Ariel. Lucrurile astea au felul lor de a se petrece, îi şopti Marjorie, iar apoi începu să le adune farfuriile pentru a le arăta că s-a încheiat conversaţia.

Nu avea nici un sens să dezbată ceva ce nu putea fi schimbat. Nu mai era nimic de adăugat, iar scâncitul nu ajuta defel. Femeia mai în vârstă ştia asta bine. Scâncitul nu ajuta niciodată. Trebuia să-ţi sufleci mânecile şi să faci ceva.

Deşi ceilalţi au sărit de pe scaune să o ajute, toţi se gândeau încă la conversaţie şi la viitorul care nu părea prea rozaliu, ba chiar arăta cam lipsit de speranţă pentru ei în acel moment.

CAPITOLUL UNU

BECKA PĂRĂSI CAFENEAUA în grabă. Ținea o cafea fierbinte într-o mână, iar în același timp, încerca să îndese o brioșă și un covrig în geanta ei cu cealaltă mână.

Uitase să ceară o manșetă de protecție pentru ceașca de cafea de unică folosință, iar în plus, uitase să ia un șervețel. Capul îi era în nori în acea dimineață, iar acum fierbințeala cafelei îi ardea degetele prin cana de hârtie.

Nu se mai putea întoarce la cafenea. Era deja în întârziere pentru clasele de dimineață, iar ultimul lucru pe care îl dorea era să piardă cursul cu subiectul ei preferat.

Becka continuă să se lupte cu toate. Încercă să convingă brioșa și covrigul să intre în geanta ei mică, întrebându-se de ce oare plecase de acasă cu o asemenea geantă mică.

Oamenii și lucrurile din jurul ei se estompară din ce în ce mai mult pe măsură ce se lupta cu geanta, grăbindu-se în același timp spre stația de autobuz.

Doar o clipă mai târziu, tocmai când dădea colțul, cu ochii mereu fixați pe geanta ei mică care nu coopera cu ea deloc, intră într-un bărbat înalt. Norocul fiindu-i cum era în acea dimineață, capacul de la paharul de cafea se desfăcu și tot lichidul acela fierbine se vărsă pe cămașa albă, imaculată, a uriașului.

Desigur, se gândi Becka, lucrurile nu puteau fi mai proaste. Nu numai că l-a opărit, dar nenorociata aia de cămaşă trebuia să fie albă. De ce nu era neagră? Nimeni nu ar fi remarcat petele de cafea pe o cămaşă neagră.

-Oh, Dumnezeule, îmi pare atât de rău. Foarte, foarte rău! se bâlbâi ea şi încercă să-i cureţe cafeaua de pe cămaşă cu mâinile goale, uitând de paharul de hârtie care zăcea pe trotuar, aruncată precum veştile de ieri, complet goală. Uitase şi de micul dejul pe care şi-l dorise atât de mult, şi care acum atârna precar pe o parte a genţii, gata să cadă de asemenea.

Mâinile ei scuturară cămaşa bărbatului pe cât de repede puteau. Încerca să limiteze arsurile cel puţin.

Becka ştia că lichidul fierbinte a trecut deja prin cămaşa lui şi nici nu dorea să se gândească la ce se întâmplase pielii ce se afla dedesubt, probabil arsă rău de cafeaua proaspăt făcută.

-Cred că mai bine îţi scoţi cămaşa, strigă ea, fără să îşi ia ochii de la ce făcea.

Remuşcarea era cea care îi determina acţiunile şi imagini cu camera de gardă de la spital îi apărură în minte. Concentrată pe greşeala ei aproape catastrofică, Becka nici măcar nu remarcă restul bărbatului căruia îi aparţinea pieptul respectiv, şi evident nici sprânceana care îi sări în sus atunci când ea îi ceru să se dezbrace.

-Pot să te înteb ce încerci de fapt să faci? întrebă el într-un final, pe un ton blând, înşelător.

Până atunci, el pur şi simplu îi privise creştetul capului, complet şocat de acţiunile micuţei femei din faţa lui.

Auzindu-i vocea, ea își ridică în sfârșit privirea la chipul lui și clipi. Nu o dată sau de două ori, ci de trei ori. Bărbatul pe care îl avea în fața ei nu era tipul de bărbat cizelat și politicos pe care îl întâlnise în viața ei înainte. Era departe, foarte departe de acel tip de bărbat.

Chipul colțuros al acestui bărbat era marcat de o cicatrice lungă și palidă pe obrazul său stâng, care începea de undeva din apropierea colțului ochiului și continua până aproape de colțul gurii, dându-i o alură periculoasă. Arăta ca unul din mercenarii pe care îi văzuse într-unul din documentarele despre războiul civil din fosta Yugoslavie, ceea ce nu era prea liniștitor.

Sprânceana lui rămăsese ridicată disprețuitor și, timp de o clipă, ea se întrebă cum de putea să facă asta. Nu era ușor să faci o asemenea mișcare atât de mult timp, s-a gândit ea.

Tânăra femeie a uitat complet de curiozitatea sa când i-a întâlnit ochii, mai reci decât Oceanul Arctic și aproape că se cutremură.

Ea clipi din nou, înghiți cu greu și apoi încercă să-și găsească vocea. Se forță să fie curajoasă, refuzând să-l lase să creadă că era o mâță fricoasă. Ea întotdeauna încerca să facă față oricărui pericol fără să se retragă, iar acela nu era momentul să se schimbe.

-Hmm.... Mă gândeam... știi tu... cămașa ta...

-Mda, am auzit chestia aceea despre cămașa mea, nu te teme, dar chiar nu înțeleg care va fi diferența dacă mi-aș scoate-o. Cu sau fără cămașă, pielea mi-e tot opărită, dimineața mea este distrusă și eu tot scos din țâțâni sunt, spuse el pe un ton plat, care nu dezvăluia nici cea mai mică urmă de furie, iar acel lucru o înspăimântă pe Becka şi mai mult.

Era adevărat că vocea nu părea să fie furioasă, dar opoziţia flagrantă dintre cuvintele lui şi tonul lui o făcea nervoasă. Becka nici măcar nu ştia cum ar trebui să-i vorbească.

Înghiţi din nou şi spuse cu curaj:

-Ştiu asta, dar cafeaua este în mare parte pe cămaşă, deci dacă o scoţi...

-Acum? se minună el, când văzu că s-a oprit fără să termine fraza.

-Bineînţeles că da, aprobă ea cu o înclinare a capului şi accentuă cuvintele pentru a le face să sune pline de siguranţă, chiar dacă ea nu era prea sigură de ce spunea.

Ea pretinse că ştia ce face, chiar dacă chipul îi ardea de jenă şi ruşine. Era prima dată când îi cerea unui bărbat să-şi scoată hainele, chiar dacă era vorba numai de cămaşă. Mai mult de atât, tonul şi atitudinea lui o făcea să se simtă teribil de nelalocul ei şi îi era teamă că totul i se vedea pe faţă.

Nu putea spune că avea o faţă bună pentru poker. De fiecare dată când juca cărţi cu Jay, acesta râdea de eforturile ei ineficiente de a blufa.

Bărbatul o privi câteva secunde, dar apoi, cu o mişcare îndrăzneaţă, îşi scoase cămaşa.

-Poftim, dă-ţi toată silinţa, spuse el şi-i înmână cămaşa care era deja stricată.

Cu toate acestea, Becka nu o luă. Nici măcar nu observă că el i-o întindea şi nici nu-şi regăsi vocea să-i răspundă. Ochii ei erau prea ocupaţi să parcurgă suprafaţa acelui piept bine sculptat, presărat cu păr creţ şi aspru, încă umed din cauza cafelei ei. Uitase complet ce dorea sau ce se presupunea că trebuia să facă.

-Pământul la lună? o luă el în râs cu vocea lui gravă şi îşi flutură mâna în faţa ochilor ei.

Într-un final, gestul lui o ajutară să revină la realitate şi ochii Beckăi sărirâ să-i întâlnească pe ai lui imediat.

-Scuze, m-am pierdut petru o clipă în gânduri, mormăi ea, destul de dezamăgită de admiraţia ei prostească pentru figura bărbatului. Se crezuse imună la un astfel de comportament.

Într-un final, ea luă cămaşa din mâna lui care tot aştepta, şi se folosi de ea să-i usuce pieptul, cu mişcări mai viguroase decât ar fi fost necesare.

Cafeaua devenise deja o pată uscată lipicioasă, dar ea nici nu se gândi la asta, după cum nu se gândi că, în fapt, îi cam lua un strat de piele vulnerabilă şi arsă.

Nu-şi dădu seama de nici unul dintre acele lucruri pentru că, de fapt, Becka mustea cu jenă, supărată pe ea însăşi din cauza neatenţiei sale, dar şi din cauza tuturor reacţiilor sale ulterioare.

Nu numai că şi-a vărsat cafeaua pe un străin, dar a mai fost şi surprinsă holbându-se la pieptul bărbatului ca o femeie simplă la minte şi desfrânată.

-Da, am remarcat, replică el amuzat, privindu-i expresia în timp ce ea îi curăţa pieptul.

Felul în care ea gândea îl amuza. Putea să-i citească toate gândurile pe chip fără prea mare dificultate.

Era înviorător să vadă pe cineva atât de nealterat ca femeia pe care o avea în fața ochilor. Se săturase de jocurile jucate în societate și dorea ceva nou.

După câteva clipe, se decise să o întrebe:

-Are acest efect asupra ta pieptul oricărui bărbat sau numai al meu?

În vocea lui răsună puțină răutate, iar tonul lui o făcu să se îndrepte și să-l privească drept în ochi. Apoi replică îmbufnată:

-Încerc numai să te ajut, doar știi! De ce te comporți ca un ticălos?

Când ea se răsti la el, ochii lui devenira mai reci decât fuseseră înainte și el își smulse cămașa din mâna ei.

-Da, cu astfel de ajutor nu ar trebui să fiu surprins dacă mor mâine!

Becka bătu din picior cu frustrare, își ridică vocea și îi răspunse cu încrederea ei de sine obișnuită :

-Ești numai ofticat pentru că ți-am stricat cămașa.

Vocea ei era pe cât de hotărâtă posibil, iar ea dădu și din cap, sperând că astfel va demonstra că știe despre ce vorbește.

-Dar a fost numai un accident, trebuie să înțelegi. Nu e ca și cum aș fi vrut să-mi vărs cafeaua pe tine! Aș fi preferat să o beau, să știi, îl sfidă ea și ridică din umeri.

Stătea dreaptă ca o lumânare în fața lui, atitudinea ei la fel de confidentă și dominantă ca și a lui. Cu toate acestea, strică totul când adăugă pe tonul încăpățânat al unui copil:

-Chiar mi-ar fi trebuit cafeaua aceea!

Fascinat de schimbarea bruscă în atitudinea ei, o privi mai atent. Abia acum îi remarcă ochii de culoarea ciocolatei și în special gura mică, arcuită, cu buze rozalii. Ceva în el aproape implora și îl împingea să o înșface o dată și să-i guste gura dulce și senzuală.

Pe măsură ce ea vorbea, interesul lui în buzele ei crescu și la un moment dat, o nevoie agonizantă îl împinse să se aplece și să ia ceea ce dorea. Buzele ei deveniră și mai tentante când femeia își trecu vârful limbii peste buza superioară. Ceva i se agită în abdomen și brusc, interesul i se schimbă complet.

-Mi-ești datoare, spuse el atât de abrupt încât atmosfera se încărcă cu tensiune imediat.

Becka își deschise gura șocată, gata să-i răspundă. Cu toate acestea, nu putu scoate nici un sunet câteva clipe. Izbucnirea lui o uluise.

Bărbatul nu își clarifică declarația și nici nu elaboră mai mult pe tema respectivă. Pur și simplu, așteptă ca ea să-i proceseze cuvintele și să îi dea o replică îndrăzneață. Din ce văzuse până atunci, era sigur că va primi una. Nu avu de așteptat prea mult timp.

-Despre ce vorbești? reuși ea să spună până la urmă, vocea ei având o notă de indignare voalată. Ochii ei măriți îi priveau intens pe ai lui.

-Ce ai auzit, îi ignoră el supărarea inofensivă, iar apoi continuă. Îmi ești datoare.

-Pentru cămașa asta? îl întrebă ea neîncrezătoare, arătându-i cămașa pe care o ținea în mână.

-Printre alte lucruri.

Zâmbetul lui de lup îi produse un fior pe șira spinării, iar mintea ei începu să se gândească la tot felul de scenarii neliniștitoare.

-Ce alte lucruri? întrebă Becka cu întârziere din cauza ezitării și nesiguranței.

Ochii ei păreau să se lărgească din ce în ce mai mult, iar vârful limbii îi atinse din nou buza superioară cu nervozitate, ceea ce avu darul de a-l chinui și a-l face mai conștient de dorința crescândă pe care o resimțea pentru ea.

El nu înțelegea acea dorință irațională și improbabilă pentru femeia aceea neîndemânatică pe care abia o întâlnise, dar ceva dinlăuntrul lui o dorea nebunește. De fapt, trebuia să o aibă, iar asta era tot.

Arăta cam tânără, poate mult prea tânără, aceasta era adevărat, dar el știa că aparențele erau uneori înșelătoare. Cu toate acestea își făcu o notă mentală să nu uite să o întrebe ce vârstă avea. Nu dorea să își facă de cap cu momeală de închisoare, chiar dacă atracția ce o resimțea față de ea era atât de puternică.

Avea o politică strictă în ceea ce privea mersul la închisoare. Politica lui era destul de simplă. Închisoarea nu era un loc pe care tânjea să-l vadă pe dinăuntru. O văzuse o dată deja și fusese mai mult decât suficient.

-M-ai opărit, mi-ai distrus cămașa și, evident, nu pot să merg la întâlnirea de afaceri pe care o aveam pe jumătate dezbrăcat. Și, te rog, ia notă, că era o întâlnire foarte importantă și eu sunt deja în întârziere din cauza ta, îi explică el cu răbdare de parcă i-ar fi vorbit unui copil mic.

Evident, era numai un șiretlic. El încerca numai să vadă ce fel de reacție putea obține din partea ei.

Ea simți cum sângele îi invadă fața și își blestemă tenul alb care trăda prea mult și în cele mai nepotrivite momente.

Indiferent cât de mult încerca ea să apară sofisticată și cu sânge rece, întotdeauna dădea greș din cauză că pielea ei o trăda. Era blestemul vieții ei. Poate nu singurul cu care avea de-a face, dar se găsea pe primele trei locuri.

Becka se gândi să abordeze lucrurile diferit cu el, pentru a scăpa de buclucul care se zărea la orizont și, foarte politicoasă, spuse:

-Îmi pare foarte rău că te-am opărit și că ți-am distrus cămașa. Desigur, îmi pare foarte rău și de întâlnirea ta de afaceri, dar zău că nu văd cum aș putea...

Ea nu mai reuși să-și termine fraza pentru că un zâmbet obraznic apăru pe buzele lui. Acel zâmbet o făcu să-și piardă firul gândirii din nou. De data aceasta, îi era teamă de ce va spune el.

-Cred că-mi datorezi ceva și îți poți plăti datoria acceptând o întâlnire cu mine, în sfârșit își prezentă el condițiile, dar pe un ton care implicau prea multe lucruri care ar fi fost de preferat să rămână nespuse.

-O întâlnire cu tine, repetă ea automat, ca și cum nu ar fi fost capabilă să înțeleagă conceptul.

EXTRAS DIN DILEMA LUI MATT

(CARTEA A DOUA DIN SERIA FAMILIA WINSTON)

PROLOG

-Becka, mişcă-ţi fundul sus, acum, bubui vocea lui Bryan, ceea ce îl făcu pe Matt să zâmbească.

Matt cunoştea politica Beckăi de a nu încuia uşa de la intrare. Ştia de asemenea că Bryan nu avea prea mult succes să o facă să-i asculte sfatul de a o încuia.

De aceea Matt nu se obosea niciodată să sune la uşă. El doar intra în casă. În fond, se simţea acolo ca la el acasă. Becka şi Bryan erau unii dintre cei mai cumsecade din familie, chiar dacă cuplul lor era destul de ciudat.

-Am crezut că-ţi place fundul meu, strigă Becka din birou, iar apoi ieşi în viteză din încăpere.

Trecu la mică distanţă de Matt şi nici măcar nu îl remarcă. Începu să urce scările, două în acelaşi timp.

-Îţi iubesc fundul şi o ştii. Dar în momentul acesta, adu-l aici sus. Levitează, la naiba, şi nu vrea să mă asculte, veni vocea hărţuită a lui Bryan de undeva de sus, iar Matt izbucni în râs.

Imaginaţia lui Matt nu era foarte dezvoltată, dar cel puţin putea să-şi imagineze cât de stresat era Bryan având doi copii cu talente speciale.

Venind din afara familiei Winston, Bryan a trebuit să accepte multe lucruri. Şi cu toate acestea, nimeni nu putea spune că nu-şi respecta responsabilităţile.

Chiar dacă uneori nu avea nici o idee ce ar trebui să facă în anumite circumstanțe, își înfigea picioarele în pământ și lua lucrurile cum erau. Totuși acum, părea copleșit din cauza fiicei sale de o lună și jumătate, care moștenise abilitățile familiei mamei sale.

Cum nu veneau decât șoapte de la etaj, Matt se decise să se ducă acolo și să-i viziteze pe nepoata și nepotul său. Știa că apariția lui îl va face pe Bryan să-și dea ochii peste cap. El va înțelege că Becka a uitat să încuie ușa din nou și probabil că se va certa cu ea după ce Matt va pleca.

Bryan nu va spune un cuvânt în fața lui Matt. Indiferent cât de supărat era, Bryan nu-i spunea nimic Beckăi în fața celorlalți. Se gândea că familia a judecat-o destul pentru că s-a măritat cu un bărbat care era cu doisprezece ani mai în vârstă decât ea și nu avea nevoie să audă de la nimeni '*Ți-am spus eu*'.

Matt bătu la ușa camerei copiilor, iar Bryan își ridică privirea. Pe chipul lui se zări îngrijorarea. Când ochii îi căzură pe Matt, tensiunea îi dispăru și zâmbi, scuturându-și capul.

-Din nou nu ai încuiat ușa, spuse el pe un ton resemnat, aruncându-i o privire Beckăi.

-Am uitat, ridică ea din umeri și îl bătu pe mână. Nu te îngrijora, nimeni nu intră, doar Matt. Bună, Matt, ce mai faci?

Matt nu reuși să-și ascundă amuzamentul. Verișoara lui cea mai tânără era o constantă bucurie pentru el, și lui îi făcea plăcere să-l vadă pe Bryan luptându-se atât cu grija pentru ea, cât și cu inabilitatea lui de a o face să înțeleagă pericolele orașului.

-Doar treceam pe aici. Am o ora liberă și m-am gândit să vin să vă văd pe voi doi. Și pe maimuțici.

Matt intră în cameră și veni la Becka, care o ținea pe Lea în brațe. Îi sărută obrazul Beckăi, iar apoi îi alintă capul bebelușului și îi sărută vârful capului.

-Deja vă face probleme, înțeleg, se întoarse el spre Bryan, care își ridică o sprânceană interogativ. Te-am auzit când am intrat în casă, mărturisi Matt, iar un zâmbet obraznic îi apăru pe buze.

Becka se înroși. Își amintea ce strigase Bryan ca să o facă să vină la etaj. Îi aruncă o privire iritată, iar Bryan se mulțumi doar să surâdă.

Matt râse. Îi iubea pe amândoi, iar inima îi exploda de bucurie ori de câte ori se gândea cât de bine se potriveau împreună.

Dar cu toate acestea, uneori era gelos pe ei, pentru că nu putea avea și el acelaș lucru.

-Deci au început problemele, înțeleg, spuse el arătând spre ghemul din brațele Beckăi.

-Mă sperie înfiorător, să-ți spun drept. Mulțumesc lui Dumnezeu că Sean nu a manifestat nici un fel de puteri deocamdată, replică Bryan.

-O va face... în timp, îi spuse Matt, punând o mână pe umărul lui ca să-l liniștească. Te vei descurca, nu-ți fă griji. Niciodată nu mi-ai dat impresia că ai fi un bărbat care să nu fie capabil să aibă grijă de absolut tot.

Bryan îi aruncă o privire posomorâtă, dar nu spuse nimic. Își aruncă privirea spre Becka, gata să spună ceva, dar ea îl opri, punând un deget la gură.

-A adormit din nou, şopti ea, iar Bryan veni să îşi ia fiica şi să o pună înapoi în leagănul ei.

Becka şi Matt o porniră spre uşă, aşteptându-se ca Bryan să-i urmeze. Când Matt privi în urmă, Bryan continua să-şi privească fiica dormind, iar expresia de pe chipul lui era de nepreţuit.

Lui Matt i-a plăcut Bryan din momentul în care s-au întâlnit. Cu toate acestea, pe măsură ce l-a cunoscut mai bine, respectul şi sentimentele lui faţă de bărbat au evoluat foarte mult.

Bryan era un soţ şi un tată devotat şi efectiv îi tăia răsuflarea lui Matt să-l vadă pe bărbatul acela uriaş atât de îndrăgostit de familia sa.

Matt coborî la parter după Becka şi o găsi în biroul ei. Scria ceva la computer, verificând un teanc de hârtii pe care le avea lângă ea.

-Ce faci? o întrebă el.

-Trebuie să termin un eseu. Mai am două rânduri şi am terminat, îi replică ea, fără să-l privească.

Matt se sprijini de tocul uşii, încrucişându-şi gleznele, şi păstră tăcerea ca Becka să poată să-şi termine treaba. Un minut mai târziu, Bryan veni şi el jos şi îi făcu semn lui Matt să îl urmeze în bucătărie.

Încă înainte de a călca în bucătărie aroma de tocană de vită îi ajunse la nas, iar el inhală cu plăcere. Stomacul îi mormăi, iar Bryan, care era aproape de el, râse.

-Eşti gata să iei prânzul? îl tachină el pe Matt.

-Presupun că tu ai gătit, se interesă Matt pe un ton sec.

-Presupui bine, replică Bryan. Nu aş lăsa-o pe Becka în bucătărie. Este un dezastru umbător, ridică el din umeri, iar apoi se îndreptă spre maşina de gătit şi luă o lingură de lemn să amestece în tocană.

-Asta sunt? se burzului Becka din spatele lui Matt, iar Bryan tresări.

-Haide, iubito, doar ştii că nu poţi nici măcar fierbe un ou, îi replică Bryan, dar nu se auzea nici măcar o urmă de reproş în vocea lui. Şi doar o ducem bine, nu-i aşa? Nu este nevoie să găteşti tu când eu pot să o fac foarte bine, adăugă el.

Veni spre ea, îi luă capul în căuşul palmelor şi îi sărută buzele tandru. Matt se întoarse să privească pe fereastră afară. Tandreţea dintre cei doi îi strecură un dor în suflet pe care crezuse că-l strivise cu mult timp în urmă.

-Vă este foame la amândoi? întrebă Bryan, întorcându-se spre sobă şi luând castroane din dulap.

-Voi aşeza eu masa, interveni Becka.

-Ce e de aşezat, iubito? se miră Bryan. Stai jos şi aduc eu totul la masă.

-Dar vreau să ajut, replică Becka cu supărare în voce.

Matt ştia că nu voia ca el să creadă că ea nu făcea nimic prin casă, dar el oricum ştia mai bine. Bryan nu o lăsa să facă prea multe.

-Ai avut destule de făcut pe ziua de azi, Becka, o mângâie el pe faţă şi îi sărută vârful nasului. A trebuit să mergi la şcoală – şi ai uitat să închizi uşa de la intrare cu ocazia asta, se gândi el să adauge, şi ai muncit la eseul tău de-a lungul ultimelor două ore...

-Da, şi tu ai gătit, ai făcut curat şi ai avut grijă şi de copii, răspunse ea. Şi peste două ore trebuie să te duci la dojo pentru clasele de după-masă şi seară, aşa că...

-Pot să mă ocup şi de asta, nu te îngrijora, îşi flutură Bryan mâna, îndepărtându-i îngrijorarea, iar în acelaşi timp, o conduse la masă şi o ajută să ia loc. Tu eşti proaspătă mămică şi trebuie să te odihneşti cât mai mult posibil, sublinie el.

-Am fost proaspătă mamă acum o lună şi jumătate, Bryan. Acum sunt foarte bine, replică ea, cu încăpăţânare.

-Şi aşa trebuie să şi rămâi, îi împinse ea umărul în jos când ea încercă să se ridice. Haide, Becka, stai jos. Pot căra trei boluri la masă singur, spuse el cu frustrare în voce.

Becka doar ridică din umeri, dar nu mai încercă să se ridice din nou. Matt, căruia întotdeauna îi plăcea să-i vadă duelându-se, o privea. Becka îşi muşca buza inferioară, clar supărată.

-Care e problema, păpuşă? o întrebă el pe un ton liniştit.

-Nu mă lasă să fac nimic, se răsti ea. De parcă sunt fragilă.

-Nu am spus niciodată că ai fi fragilă, veni vocea lui Bryan de la mică distanţă.

Becka şi Matt se întoarseră spre el, iar Matt imediat se ridică să-l ajute pe Bryan să pună tava grea pe masă. Bryan umpluse trei castroane cu vârf şi tăiase felii de pâine de casă caldă.

-Pot să-ţi spun că găteşti la fel de bine ca mama, mirosi Matt tocana, iar apoi mormăi de satisfacţie.

Becka zâmbi, mândră de Bryan. Mătuşa Marjorie era cea mai bună bucătăreasă pe care o ştia, iar lauda lui Matt însemna ceva.

Îşi cufundă lingura în tocănniţă şi se agită un pic pe scaun, înainte de a duce lingura la gură.

-Spune ce gândeşti, îi ceru Bryan. Ceva te macină, spuse el, privind-o dintr-o parte.

Matt ştia că Becka nici măcar nu putea strănuta fără ca Bryan să se îngrijoreze.

-Ei bine, dacă vrei să ştii, începu ea să spună ezitant, nu cred că e corect ca tu să faci absolut totul. A trecut deja o lună şi jumătate de când am născut aşa că sunt perfect capabilă...

Bryan o opri, atingându-i mâna.

-Nu-ţi fă griji în legătură cu asta, Becka. Faci mai mult decât destul. Tu trebuie să te trezeşti noaptea să alăptezi copiii, şi...

-Ha! pufni ea fără pic de eleganţă, iar Matt se văzu nevoit să îşi ascundă zâmbetul.

-Ha? întrebă Bryan. Ce vrea să însemne asta?

-Ori de câte ori mă trezesc, te trezeşti şi tu, aşa că nu încerca să mă abureşti cu chestia asta, ridică Becka din umeri.

-M-oi trezi cu, dar nu alăptez, replică el, imbufnat.

Matt nu se mai putu abţine şi izbucni în râs.

-Voi doi sânteţi comici. Sânteţi primul cuplu pe care l-am văzut certându-se pentru că celălalt face mai mult, scutură el din cap.

-Tu mănâncă şi taci din gură, se răsti Becka la el. Eu vorbesc serios aici. Da, alăptez şi, da, merg la şcoală. Asta este suma realizărilor mele, se îmbufnă ea.

-Nu aş spune asta, murmură Bryan. Tu mă faci fericit, Becka, spuse el, luându-i mâna şi strângându-i-o cu tandreţe. Şi nu te mai îngrijora atât de mult. Mama ta o va trimite pe fiica Rosei aici mâine. Ea va face curat şi va spăla rufele, aşa că nu voi mai avea multe de făcut.

-În sfârşit, spuse Becka uşurată. Cel puţin nu vei mai avea de făcut şi lucrurile acelea.

Matt surâse. Ştia că Becka nu va accepta ca Bryan să muncească atât de mult pentru o vreme îndelungată. Acum, cel puţin, ştia că mai era altcineva care să se ocupe de cea mai mare parte a treburilor domestice, pentru că Bryan nu ar fi acceptat niciodată ajutorul ei.

Din păcate, nu le era uşor să angajeze ajutor în gospodăriile lor. Aveau nevoie de oameni care să păstreze secretul familiei şi nu puteau să angajeze pe oricine.

Din fericire, oamenii pe care îi angajau lucrau pentru ei generaţie după generaţie. Rosa era menajera părinţilor Beckăi şi fiica menajerei unchiului Michael.

-Deci va începe de mâine? întrebă Becka.

Bryan se mulţumi numai să dea din cap şi mai luă nişte tocană. Matt ştia că bărbatul era extenuat. Începuse să facă totul în casă singur încă dinainte de naşterea copiilor şi, de asemenea, continuase şi cu programul lui de antrenament.

Au savurat tocana de vită în tăcere câteva minute, iar apoi Becka îl privi pe Matt interogativ.

-Ce este? o întrebă el.

-Mă întrebam dacă ai veşti, ridică ea din umeri şi mai luă o felie de pâine.

-Ce fel de veşti aştepţi? întrebă Matt şi urmându-i exemplul, se mai servi şi el cu o altă felie de pâine.

Bryan chiar știa ce să facă în bucătărie. Își imagină că Bryan știa ce să facă în aproape orice fel de situație. Vărul său prin căsătorie era unul dintre bărbații cei mai plini de resurse și talentați din familie.

-Știi doar, Matt, insistă Becka. Este deja 19 mai.

-Și? întrebă Matt posomorât.

Știa unde ducea acea discuție și nu îi plăcea. Doar Bryan privi de la unul la celălalt cu curiozitate.

-În iulie, este ziua ta de naștere, continuă Becka cu încăpățânare. Pe 27, se gândi ea să sublinieze.

-Și? întrebă Matt, pretinzând lipsă de interes. Ai de gând să planifici o petrecere pentru mine sau ce?

-Nu te gândi să te joci cu mine, Matt Winston, se răsti Becka și pumnul ei mic lovi masa, iar sprâncenele lui Bryan i se ridicară pe frunte. Știi foarte bine despre ce vorbesc.

Matt scutură din cap, mai luă din tocăniță și mestecă.

-Nu, nu prea știu, replică el. Mă gândeam să fac o croazieră sau să merg undeva, asta este adevărat. Dar încă nu m-am decis, ridică el din umeri din nou.

Becka se holbă la el cu uimire. Apoi respiră adânc, gata să se lanseze într-o predică. Bryan îi atinse brațul și o calmă.

-Matt, spuse el. Văd că e o problemă la mijloc și nu vreau ca Becka să se enerveze. Deci, despre ce este vorba?

-De ce nu o întrebi pe ea? replică Matt cu îndărătnicie. Nu știu ce vrea de la mine, răspunse el cu indiferență și continuă să mănânce.

Nu prea regreta că venise la ei acasă. Îi plăcea să-i vadă interacționând unul cu celălalt și îi iubea pe cei mici. Mai mult decât atât, mânca întotdeauna bine în bucătăria lui Bryan.

-Bine, iubito, despre ce este vorba? o întrebă Bryan când înțelese că Matt nu va spune nimic.

-Va avea treizeci și cinci de ani pe 27 iulie, sublinie Becka.

-Și? insistă Bryan, știind că discuția implica mai mult decât ziuua de naștere a lui Matt.

-Atunci va pierde absolut totul.

-Ce va pierde? întrebă Bryan din nou, având senzația că îi smulgea cuvintele din gură.

-Puterile, banii din trust...

-Oh, înțeleg acum. Deci chestia aia are un termen limită, Bryan dădu din cap când înțelese cum stăteau lucrurile.

Se întoarse spre Matt și așteptă ca și el să spună ceva. Cu toate acestea, Matt doar continuă să mănânce. Nu părea interesat să adauge nimic la discuție.

-Haide, Matt, spuse Becka. Mai ai puțin mai mult de o lună și jumătate la dispoziție.

La cuvintele ei, mâna i se opri cu lingura la jumătatea distanței spre gură. Ochii lui șocați se fixară pe Becka. După câteva secunde de tăcere asurzitoare, puse lingura înapoi în bol și întrebă:

-Tu chiar vorbești serios?

-Acum ce mai e? își aruncă ea mâinile în aer.

Bryan mustăci. Uneori, Becka avea un talent real pentru dramă.

Matt împinse bolul la o parte cu regret. Chiar vrusese să mănânce tocănița aceea. O încruntătură îi apăru între sprâncene și o privi fix pe Becka.

-Nu am găsit o femeie de care să mă îndrăgostesc până acum și tu chiar crezi că aș putea găsi una într-o lună și jumătate, observă el. Bryan, nevasă-ta și-a pierdut mințile. Chiar îmi pare rău pentru tine, spuse el întorcându-se spre Bryan.

-Nu, îi replică Bryan. Becka e deșteaptă și ar trebui să o asculți. Nu întotdeauna ai nevoie de ani de zile pentru ca să te îndrăgostești. Mie mi-a luat o zi și jumătate, poate chiar mai puțin de atât. Iar tu ai mai mult de patruzeci și cinci de zile, cred, îl mustră Bryan, scuturându-și capul.

-Aha, acum înțeleg. Voi doi sunteți îngrozitor de fericiți și vedeți totul prin ochelari roz, trase Matt concluzia și începu să se ridice de pe scaun.

-Poate că da sau poate că nu, replică Bryan. Dar asta nu înseamnă că nu îți poți termina tocănița. Atât Becka cât și eu, spuse el aruncându-i Beckăi o privire plină de subînțeles, nu vom mai discuta despre problema aceasta. Corect, iubita mea? o întrebă el, iar ea aprobă, dând din cap fără tragere de inimă.

Nehotărât, Matt privi de la unul la celălalt, dar, până la urmă, foamea lui câștigă. Se așeză din nou pe scaun și trase bolul în fața lui.

BIOGRAFIA AUTOAREI

Rowena *Dawn* scrie romane de dragoste, citește cărți polițiste și se uită la comedii. Îi place să se plimbe prin pădure, dar iubește marea nebunește.

Are o relație de dragoste și ură cu scrisul ei și îl înnebunește pe câinele ei când nu se oprește din scris pentru a-l scoate la plimbare.

Această serie *Jumătatea Perfectă* va avea patru romane, iar toate vor fi despre iubire, aventură și conspirații.

Ați întâlnit toate personajele masculine în aceste romane, *Cu Dublu Tăiș* și *Ochi în Întuneric*.

Curând va apare a treia carte din seria "*Jumătatea Perfectă*" a Rowenei Dawn: **ATRAS!**

De asemenea de Rowena Dawn:

Cu Dublu Tăiș – Prima Carte din seria Jumătatea Perfectă - eBook, paperback, (audio book – doar în limba engleză)

Meg – eBook (***Meg La Răscruce de Drumuri***), paperback, (audio book – doar în limba engleză – *Leap of Faith*)

Trezirea Beckăi (Prima Carte din Seria Familiei Winston) – eBook, paperback, (audio book – doar în limba engleză)

Bărbatul (Aproape) Perfect - eBook, paperback, (audio book – doar în limba engleză)

Dilema lui Matt (Cartea a Doua din Seria Familia Winston)

VOR FI PUBLICATE:

ATRAS (Cartea a treia din Seria Jumătatea Perfectă).

Salvarea lui Jay (Cartea a treia din seria Familia Winston)

Vă mulțumesc că ați citit **JUMĂTATEA PERFECTĂ - CARTEA ÎNTÎI.**

Dacă v-a plăcut, vă rog spuneți-le și prietenilor dumneavoastră despre ea sau scrieți o scurtă recenzie.

Reclama din gură în gură este cel mai bun prieten al unui autor și este extrem de apreciată.

Vă mulțumesc,
Rowena Dawn

CUPRINS

Pentru a afla despre viitoare lansări de carte, vă rog înscrieți-vă la newsletter pe:

www.roxananastase.weebly.com[1].

Nu vă vor fi trimise alt gen de emailuri.

---

1.   *http://www.roxananastase.weebly.com*

Did you love *Jumătatea Perfectă Cartea Întâi*? Then you should read *Atras*[2] by Rowena Dawn!

[3]

Nick nu-şi dorea decât să fie lăsat în pace ca să poată uita urâţenia lumii înconjurătoare. Şi, cu toate acestea, lumea exterioară intervine în viaţa sa şi se vede pus în rolul de cavaler salvator. Ea caută adăpost, dar nu se poate încrede în nici un bărbat. Doi oameni puternici, prinşi într-o situaţie dificilă. Vor găsi ei oare un punct comun?